MIX
Papier aus verantwortungsvollen Quellen
FSC www.fsc.org
FSC® C017859

Auflage:
4 3 2 1
2018 2017 2016 2015

HAYMON tb 182

Originalausgabe

www.haymonverlag.at

ISBN 978-3-7099-7805-4

Umschlag- und Buchgestaltung nach Entwürfen von hœretzeder grafische gestaltung, Scheffau/Tirol
Umschlag: Eisele Grafik·Design, München
Coverfoto: Bigstock/forgiss
Satz: Da-TeX Gerd Blumenstein, Leipzig
Autorenfoto: Christiane M. Pabst

Gedruckt auf umweltfreundlichem,
chlor- und säurefrei gebleichtem Papier.

Manfred Wieninger

Der Mann mit dem goldenen Revolver

Ein Hinterhof-Krimi
mit Marek Miert

Manfred Wieninger

Der Mann mit dem goldenen Revolver

„Wie hast du mich gefunden?“, fragte ich die Frau, die spätabends vor meiner Wohnungstür stand, leicht verblüfft.

„Mein Gott, Miert! Du stehst im Telefonbuch und dein Foto ist öfter in den Lokalzeitungen, als du denkst, wenn du wieder einmal mit einem deiner idiotischen Fälle in die Bredouille geraten bist“, antwortete die Frau, die – wie ich mich zu entsinnen glaubte – Adriana hieß, oder auch Daniela oder sonst wie, gereizt. Ihr Nachname war mir sowieso unbekannt, tutto completo.

Ihr blasses, ovales Gesicht mit der feingliedrigen Nase unter dem brünetten Pagenkopf war mir besser im Gedächtnis geblieben. Sie war kleiner, als ich sie in Erinnerung hatte, und steckte in ausgewaschenen Jeans und einem bis zum Hals zugeknöpften dunkelgrünen Parka. Erschöpft sah sie aus und irgendwie mitgenommen. Eigentlich konnte ich mich kaum an sie erinnern, nur an eine ziemlich desaströse Nacht in einem Lokal am Schießstattring vor vielleicht einem Jahr, in der ich an einem guten Dutzend Caipirinhas sozusagen zerschellt und am Morgen danach in ihrer Garçonnière bei der Hesserkaserne – genauer gesagt: in ihrem Bett – aufgewacht war. Schon damals hatte ich mich post festum an nichts mehr erinnern können, außer an den brasilianischen Zuckerrohrschnaps, den ich bei Gott nie wieder trinken werde. Frühmorgens, während sie noch unruhig wie eine arme Seele schlief, hatte ich die winzige Wohnung verlassen, um daheim meine heftigen Kopfschmerzen auszukurieren und meinen Brand mit Kamillentee und Ähnlichem zu löschen. Viel mehr als ihren Vornamen hatte ich in dem Lokal nicht mitbekommen, und eigentlich nicht einmal den.

Das Beunruhigende, das wirklich Beunruhigende an der Frau war das Baby, das sie in einem dunkelblauen Tragegeschirr über Bauch und Brust trug. Neben ihrem rechten Fuß stand eine übergroße, abgenutzte schwarze Reisetasche.

Heiliger Bimbam, dachte ich, solche Situationen kommen doch eigentlich nur in schlechten Kabarett-Programmen und in diesen verlogenen Herzschmerz-Filmchen im Fernsehen vor, aber doch nicht in der Wirklichkeit!

„Wie geht es dir?“, fragte ich einfallslos, um das Schweigen zu brechen.

„Seit wann interessierst du dich dafür, wie es mir geht?“, gab meine spätabendliche Besucherin schmallippig zurück.

Okay, dachte ich, 1:0 für sie.

„Willst du mich, nein uns, nicht wenigstens hereinbitten?!“, fragte die Frau in spitzem Tonfall.

Es war ein kühler, eintöniger Septemberabend, der sich wie Strudelteig bis in die Nacht gezogen hatte. Ich hatte mehrere Partien Schach gegen mich selbst gespielt und jedes Mal verloren. Dazu hatte ich eine Flasche eines unkomplizierten Röschitzer Zweigelt getrunken.

„Natürlich“, antwortete ich und machte die Tür frei.

Schon seit Tagen hatte niemand angerufen, hatte sich niemand für mich interessiert. Auch Kundschaft hatte sich keine blicken lassen. Nicht einmal ein paar Zeugen Jehovas hatten bei mir geklingelt. Eigentlich, dachte ich, war ich so gefragt wie der Tod.

Die Frau, die Adriana oder Daniela oder sonst wie hieß, ging ein wenig in die Knie, um die Reisetasche aufzuheben, und marschierte dann ganz langsam an mir vorbei. Das Baby im Tragegeschirr schlief. Es hatte eine helle Haut mit orangen Stellen und einen unwahrscheinlich großen, völlig kahlen Kopf.

Meine späte Besucherin ließ sich nach den wenigen Schritten in mein Wohnbüro hinein auf der nächstbesten Sitzgelegenheit nieder; auf einem der hohen, unlackierten Eichenstühle, die ich selbst irgendwie patschert fand und auf dem für gewöhnlich meine Klienten Platz nahmen. Also all die Gauner und Verbrecher, die Lügner und Betrüger, all die Dr. Seltsams und Geistesgestörten, die Mühseligen und Beladenen, die mich gelegentlich mit unmöglichen Dingen und seltsamen Erledigungen beauftragten. Damit verdiente ich mehr schlecht als recht meinen Lebensunterhalt. Meine moralische Grundlage bei diesen Aufträgen war meistens selbstgezimmert, und manchmal überschritt ich Grenzen, die man besser nicht überschreiten sollte. Aber die Entscheidung darüber lag immer bei mir – jedenfalls bildete ich mir das ein.

Die Reisetasche stellte die Frau mit dem Baby wieder neben ihrem rechten Fuß ab. Im Übrigen blieb sie sitzen, wo sie saß, und rührte sich nicht. Sie machte auch keinerlei Anstalten, wieder aufzustehen und in die kleine Wohnung hinter meinem Büro weiterzugehen.

Na ja, dachte ich, im Grunde hat sie schon recht – viel mehr als ein altes Reiseschach und ein paar mittelprächtige Weine hatte meine Wohnung schließlich auch nicht zu bieten. Auch der Wohnungsinhaber war nicht gerade eine Attraktion.

Höchstwahrscheinlich falscher Alarm, dachte ich, und der Pamperletsch geht dich gar nichts an. Das ist nur eine Klientin. Vielleicht will sie bloß, dass ich ihren Exfreund zusammenschlage oder ihren Erbonkel beschatte oder auch umgekehrt.

Ich ging um die voluminöse Reisetasche herum, umrundete meinen Schreibtisch und setzte mich auf den Rollsessel aus rostrotem Kunstleder, zweifellos das Prunkstück meiner Büroeinrichtung, die ich samt und sonders auf einem kirchlichen Flohmarkt erworben hatte. Die hatten mir fast noch etwas bezahlt dafür, dass ich ihnen den ganzen Krempel in Bausch und Bogen abnahm.

Weil ich nicht recht wusste, was ich mit meinen Händen anfangen sollte, schob ich einen Packen unbezahlter Rechnungen und Mahnungen auf der Schreibtischplatte von links nach rechts und dann doch wieder nach links zurück.

„Ich gehe in einen Kibbuz", ließ mich die Frau, die ich in einer Art verzweifelter Arbeitshypothese noch immer für eine Klientin hielt, wissen, „für ein paar Monate."

Das Baby vor ihrer Brust bewegte die Lippen, als versuchte es, im Schlaf mit geschlossenem Mund zu schreien.

„Aha", bemerkte ich eloquent.

„Die Stadt heißt Arad. Die Männer dort tragen hohe weiße Seidenstrümpfe, Knickerbocker aus schwarzem Stoff und fellbesetzte Mützen mit Streifen aus rotem Fuchs. Die Frauen tragen Perücken, auch wenn sie jung sind. Es ist eine schöne, moderne Stadt. Ich habe Fotos im Internet gesehen."

„Aha", sagte ich wieder.

„Die Marktfrauen, die Salat und Radieschen verkaufen, haben breite Patronengurte und großkalibrige Colts um die Hüften geschnallt. Ich habe mir Fotos vom Ausflug einer Kindergartengruppe angeschaut. Die Kinder Hand in Hand in Zweierreihen, angeführt von einer Kindergartentante mit schussbereiter Uzi. Die Nachhut hat die Kindergartenhelferin ebenfalls mit einer automatischen Schusswaffe gebildet. Es ist eine Stadt der Pioniere. Als Frau muss man sich dort unheimlich stark fühlen."

„Mhm", machte ich und fügte einigermaßen ratlos hinzu: „Unheimlich, ja."

„Rund um die Stadt ist Wüste, an allen Ecken und Enden nur Wüste. Diesmal kann ich nicht davonlaufen, diesmal werde ich es zu Ende bringen! Verstehst du, Miert?"

„Verstehe", antwortete ich, obwohl ich nicht das Geringste verstand.

„Ein paar Monate in diesem Kibbuz und alles wird anders", sagte die junge Frau mit dem Baby träumerisch.

„Du musst dich selbst finden?", fragte ich vorsichtig.

„Red keinen Schwachsinn, Miert!", antwortete die Frau, die Adriana oder Daniela hieß. „Mir ist im Moment einfach alles zu viel. Ich muss eine Auszeit nehmen."

„Auszeit?"

„In der Tasche sind Windeln, Wischtücher, die Geburtsurkunde, der Mutter-Kind-Pass, Flascherl, Schnuller und alle Babysachen, die ich mir halt leisten konnte. Ja, und auch ein Buch über Säuglingspflege", erklärte die Frau, die Adriana oder Daniela oder vielleicht auch Clarissa hieß. „Außerdem ein Gerät zum Milchabpumpen. Aber das wirst du nicht brauchen. Er ist schon abgestillt."

„Er? Abgestillt?", wiederholte ich blöde.

„Das Buch heißt *Säuglingspflege für Dummies*, ein Basis-Grundkurs, der keinerlei Vorkenntnisse voraussetzt."

Da bin ich aber beruhigt, dachte ich.

Beunruhigenderweise begann meine späte Besucherin nun, diverse Druckknöpfe, Schnallen und Laschen an dem Tragegeschirr vor ihrer Brust zu lösen.

„Ich hab einfach niemand anderen als dich, Miert“, sagte sie.

„Das kannst du aber jetzt nicht ernst meinen!“, antwortete ich in aufkeimender Panik.

„Ich melde mich bei dir, wenn ich wieder zurück bin! Versprochen!“

„Das ist aber nett“, antwortete ich.

Mit einem Mal lag das Baby auf meinem Schreibtisch und seine Mutter erhob sich plötzlich von meinem Eichenstuhl.

„Entschuldige mal, das kann doch jetzt unmöglich dein Ernst sein!“, protestierte ich.

„Soll ich ihn im Waisenhaus abgeben? Oder im Wald aussetzen? Oder dem Bürgermeister vors Büro legen?“, schoss die Frau eine Reihe von rhetorischen Fragen auf mich ab.

Sie hat sich von dem Kind, dachte ich, überhaupt nicht verabschiedet, kein Busserl, kein Kuss, nicht einmal eine flüchtige Berührung mit der Hand.

„Das habe ich nicht gesagt, aber es wird doch um Himmels willen irgendjemand anderen geben!!“, protestierte ich heftiger.

„Es gibt nur dich, Miert“, sagte sie auf dem Weg zu meiner Wohnungstür leise, „es gibt nur dich!“

Mamma mia, dachte ich, als das Baby plötzlich aufwachte und wie am Spieß zu brüllen begann. Aber da hatte seine Mutter schon die Tür hinter sich zugemacht und war unterwegs in ein neues Leben.

Natürlich hätte ich der Frau, die Adriana, Daniela oder wie auch immer hieß, sofort nachrennen, sie notfalls an den Schultern packen und unaufhörlich auf sie einreden müssen wie auf einen kranken Esel, um sie doch zu bewegen, sich um ihr Kind zu kümmern und den Pamperletsch gefälligst wieder mitzunehmen.

Stattdessen stand ich auf, stützte mich mit beiden Händen auf die Schreibtischplatte und starrte entsetzt auf das Baby. Sein verzweifeltes Weinen begann plötzlich und unvermutet in mein Herz zu schneiden. So ein Schlamassel, dachte ich.

Noch ein paar Sekunden hätte ich wie gesagt die durchaus realistische Chance gehabt, das Kind aufzunehmen, mit ihm in meinen Armen der Mutter nachzulaufen, sie einzuholen, an ihr mütterliches Gewissen oder die Stimme des Blutes oder sonst einen halbwegs glaubhaften Schmarrn zu appellieren und sie so dazu zu bringen, ihr Baby wieder mitzunehmen. Stattdessen stand ich bewegungslos vor dem brüllenden Bauxerl und starrte verzweifelt auf meine riesigen roten Hände, auf meine klodeckelgroßen Pratzen, die zwar bei Schlägereien oder Abbrucharbeiten überaus hilfreich waren, mir aber überhaupt nicht dafür geeignet erschienen, ein so winziges Wesen wie einen menschlichen Säugling anzugreifen und hochzuheben. Vor allem hatte ich eine Heidenangst davor, das Kind mit diesen Mordstrummhänden irgendwie zu quetschen und zu verletzen. So verpasste ich die Chance, die Mutter doch noch abzufangen. Im Verpassen von Chancen war ich immer schon ganz groß gewesen.

Jetzt habe ich doch glatt vergessen zu fragen, dachte ich bestürzt, wie das Baby eigentlich heißt.

***

„Weiß du eigentlich, wie spät es ist, Miert?!", seufzte Miranda ins Telefon.

Ich liebe ihre Schlafzimmerstimme, dachte ich versonnen. Auch, wenn ich ihrem Schlafzimmer nie näher gekommen war als etwa dem Büro des amerikanischen

Präsidenten oder dem Versteck von Osama bin Laden. Das Baby hatte ebenso schlagartig zu brüllen aufgehört, wie es damit begonnen hatte. Es lag ganz ruhig auf dem Rücken und versuchte, ein Stück von seiner eigenen Nase abzubeißen, oder, als ihm das nicht gelang, wenigstens die eigene Oberlippe mit der Unterlippe zu verschlingen.

Das Baby hieß Manuel Higatzberger, seine Mutter Manuela Higatzberger. Von einem Vater war in der Geburtsurkunde des Standesamtes Harland nicht die Schreibe. Weitere Dokumente oder nützliche Hinweise waren in der Reisetasche, die nach Milch und Verzweiflung roch, nicht zu finden gewesen. Immerhin ging aus der Geburtsurkunde hervor, dass Manuel drei Monate und zwei Tage alt war.

„Ich bitte dich, Miranda! Das ist ein Notfall! Ein absoluter Notfall!!“, flehte ich.

„Läufst du wieder Amok gegen einen ganzen Mafiaclan? Haben sich deine sämtlichen Gläubiger gegen dich verschworen und sind zu Dutzenden in dein Wohnbüro eingedrungen, um dir dein Schach und ein paar verschimmelte Kürbiskerne wegzunehmen? Oder hast du gerade Oberleutnant Gabloner erschossen und ich soll jetzt auf einen Sprung bei dir vorbeischauen, um dir beim Zersägen der Leiche zu helfen?“

„Schlimmer“, antwortete ich. „Viel schlimmer.“

Miranda war leider Gottes nicht meine Freundin, aber vielleicht der letzte Freund, den ich noch hatte. Eigentlich war sie Sommelier im einzigen Haubenlokal Harlands, dem „Medici“ am Riemerplatz. In Wirklichkeit hieß sie Güleser, aber diesen Namen hatte sie während der Ausbildung abgelegt. Mit einem solchen Namen konnte man hierzulande nur als Küchenhilfe oder Putzfrau Karriere machen. Nicht ablegen konnte sie glücklicherweise die mediterrane Fülle ihres langen, turmalinschwarzen Haares, die ägäische Sonnenhaut und die Augen von der Farbe der rauchigen Erde Anatoliens. Erhalten geblieben war der kleinen Person auch ein Figürchen jenseits allen kalifornisch-calvinistischen Fitnesswahns. Manchmal bildete ich mir ein, in sie verliebt zu sein, und mitunter besuchte sie mich in meinen Träumen. Ihr Gang war so aufregend wie eine Tretmine. Manchmal träumte ich von Seifenschaum und von ihren Beinen. Auch wenn sie vor etwas mehr als drei Jahren geheiratet hatte. Gemeinsam mit ihrem Ehemann hatte sie einen riesigen, verwahrlosten Weinberg in der Nähe von Stoitzendorf gekauft. Dort hatten die beiden einen der interessantesten Cuvées dieses Landes produziert, er wurde mit Preisen geradezu überhäuft. Nur zu gerne wäre ich an der Stelle ihres Mannes gewesen, um ihren Weinberg zu bestellen und ihre Trauben zu pflücken. Vor ein paar Wochen war sie jedoch völlig überraschend nach Harland zurückgekommen und hatte ihre alte Stelle wieder angenommen. Keine Spur mehr von einem Ehemann.

„Und weswegen rufst du mich zur Geisterstunde an und bringst mich um mein bisschen Schönheitsschlaf?“, fragte Miranda noch immer noch ziemlich enerviert, was ich ihr im Übrigen nicht verdenken konnte.

„Du brauchst doch keinen Schönheitsschlaf!“, protestierte ich im Brustton der Überzeugung.

„Weißt du eigentlich, was man in Kurdistan mit Idioten wie dir macht?“

„Sind das leicht die, die selbst bei den harmlosesten Verfehlungen immer gleich irgendwelche Körperteile abschneiden?“, scherzte ich matt.

„Ich lege jetzt sofort auf, Miert!“, drohte Miranda.

„Ein Findelkind ...“

„Was, bitte?“, fragte der Traum meiner schlaflosen Nächte verblüfft.

„Ich sagte es doch: ein Findelkind. Es ist circa 52 Zentimeter groß, es schreit und es stinkt. Und es ist süß, süßer als Baklava. Und ohne Zweifel echt. Und ich weiß ehrlich gesagt nicht, was ich damit machen soll!“

Nicht sehr gentlemanlike verschwieg ich Miranda, dass ich durchaus der Vater dieses Findelkindes sein konnte, das im Übrigen überhaupt kein Findelkind war. Männer sind eben doch Schweine, dachte ich, ich bin da wahrscheinlich keine Ausnahme.

***

„Dir fehlt eine Wickelkommode, dir fehlt ein Kinderwagen, dir fehlt ein Maxi-Cosi, dir fehlt ein Stubenwagen, dir fehlt eine Babybadewanne, dir fehlt ein Fläschchensterilisator, dir fehlt eigentlich überhaupt alles, was man braucht, um ein Baby zu versorgen!“, informierte mich Miranda über meine Babypflege-Lage. „Am besten wird sein, du gibst das Findelkind morgen beim Jugendamt ab. Oder beim Fundamt, so genau kenne ich mich da nicht aus.“

„Habt ihr eigentlich an Kinder gedacht, du und dein Mann?“, fragte ich.

„Mein Privatleben geht dich überhaupt nichts an, Miert!“, entgegnete Miranda kurz angebunden.

„Mein Privatleben, mein ganzes Privatleben ist seit einer Stunde dieses Baby“, antwortete ich. „Deswegen gebe ich es jetzt nicht gleich wieder her. Auf keinen Fall. Soviel ist einmal sicher.“

Miranda hatte mir quasi im Schnellsiedeverfahren beigebracht, wie man Manuel wickelte. Miranda hatte mir gezeigt, wie man aus etwas Sojamilch, Wasser und gekochten, passierten Kartoffeln einen wunderbaren Babybrei fabrizieren konnte. Vorausgesetzt, man verfügte über Milch, Erdäpfel, Passiersieb und Pürierstab. Wunderbarerweise hatte sie all dies mitgebracht und sich selbst gleich mit dazu. Sie trug Jeans und einen enganliegenden roten Rollkragen-Pulli. Und auch wenn sie ungeschminkt wie die Nacht war und ihre Frisur etwas Schwalbennestartiges hatte, sah sie, fand ich, einfach hinreißend aus.

„Gestern Nacht hätte ich gerne davon geträumt, dich pudelfasersplitternackt an ein Messingbett zu fesseln“, faselte ich, während Miranda versuchte, mit Bücher- und Papierstößen als seitliche Begrenzungen den Couchtisch in meinem Wohn-Schlafzimmer zu einem halbwegs brauchbaren Wickeltisch umzufunktionieren. „Aber es ist mir irgendwie nicht gelungen. Die Imagination, meine ich“, redete ich weiter Blech.

„Vollidiot“, meinte Miranda nur.

Das Baby, das bis dahin einigermaßen ruhig in meinen Armen geschlafen hatte, begann plötzlich zu lachen, ja geradezu krächzend zu kudern.

„Wenn meinst du jetzt damit, Manuel oder mich?“

„Willst du es schriftlich haben, Miert, dass du ein Vollidiot bist?!“

„Bist du geschieden, Miranda?“, fragte ich nun ernst.

„Was geht dich das an?“, fragte die Frau, in die ich möglicherweise schon seit Jahren verliebt war, zurück.

„Bist du?“ Ich war gespannt.

In aller Ruhe stellte Miranda den provisorischen Wickeltisch fertig. Dann sagte sie: „Fast. Aber bilde dir ja nichts ein, Miert!“

„Du und ich, Miranda ...", begann ich vorsichtig.

„Es wäre zu früh, viel zu früh ...", schnitt sie mir das Wort ab.

„Vor drei Jahren war ich zu spät dran, viel zu spät. Ich möchte jetzt einfach nichts mehr falsch machen! Verstehst du, Miranda?"

„Du solltest rasch etwas unternehmen, Miert, dein Kühlschrank schaut nämlich aus, dass es einer Sau graust! Aber das Tuppergeschirr mit dem Erbsenreis habe ich trotzdem hineingestellt. Babys sind robuster, als man denkt."

„Soll ich den Reis auch pürieren?", fragte ich unbedarft.

„Klar doch. Ebenso wie die Käsekrainer und die Leberkäsesemmeln, die du dem Baby, wie ich dich kenne, sicherlich in ein paar Tagen füttern wirst."

„Miranda ..."

„Wo wird das Baby übrigens schlafen, Miert? Du kannst es ja nicht die ganze Nacht auf deinem Couchtisch liegen lassen!"

„In meinem Bett. Ich ziehe mich auf die Couch zurück", entwickelte ich wieder einmal selbst eine Idee. Praktisch aus dem Nichts heraus.

„Dreh die Heizung höher und putz morgen unbedingt den Kühlschrank."

„Gib mir eine Chance, Miranda."

„Du hast offenbar schon der Mutter dieses Kindes eine Chance gegeben", gab sie mit zornig blitzenden Augen zurück.

„Bis vor einer Viertelstunde habe ich nicht einmal ihren Familiennamen gekannt, geschweige denn ihren Vornamen."

„Ich weiß, Männer sind Schweine."

Das, dachte ich, habe ich jetzt gebraucht.

„Soll das heißen, dass du nicht über Nacht bleibst?“, fragte ich.

Daraufhin bekam Miranda einen mittelschweren Lachanfall.

Zehn Sekunden später war sie aus meiner Wohnung abgezischt wie eine F16.

***

Um sechs Uhr früh läutete es an der Tür meines Wohnbüros Sturm.

Das vierstöckige, abgewohnte Zinshaus, in dem ich logierte, lag hinter dem Hauptbahnhof zwischen einer kroatischen Grillstube und einer pleitegegangenen Peepshow, die jetzt einem Marktfahrer als Lager für seinen Kram diente. Die uralte Zinskaserne gehörte seit einiger Zeit einer Bank, ebenso wie fast das gesamte Gründerzeit-Grätzel. Alles sollte abgerissen werden. Für noch ein Einkaufs- oder Fachmarktzentrum, für noch einen Büroturm, für noch ein paar Garagen, für noch ein Hotel mit Wellnessoase oder für was auch immer. Für die einen sind Immobilien-Entwickler und ihre Architekten die letzten Visionäre, für die anderen schlicht und einfach Verbrecher. In meinem Haus gab es mittlerweile keinen Hausmeister mehr, kein Licht im Stiegenhaus, das Haustor ließ sich nicht mehr schließen, und manchmal fielen der Strom oder das Wasser aus – für ein paar Minuten, ein paar Stunden oder für ein paar Tage. Mein Nachbar im Erdgeschoß, ein pensionierter Postoberoffizial, war vor einiger Zeit ausgezogen. In den oberen Stockwerken wohnte beziehungsweise hauste wohl noch die eine oder andere Partei, wirklich sicher war ich mir da aber nicht. Man hatte mir eine Abfindung im Gegenwert von etwa zwei neuen

Herrenhemden angeboten, wenn ich ebenfalls auszog. Aber ich fand, es wäre doch gelacht, wenn sich dieser Betrag nicht in die Höhe treiben ließe.

Der Jugendstil der Fassade war alt geworden. Zuletzt hatte man ihr wohl zu Zeiten des Bürgerkriegs oder noch früher einen neuen Anstrich gegönnt. Die üppige florale Ornamentik der Fassadengestaltung war längst zu einer Gefahr für Passanten geworden, so brüchig waren die Verputz- und Mauerteile schon. Die Bank hatte die Fassade daher vor einem Jahr mit einem riesigen, dunkelgrünen Baunetz verhängen lassen. Ähnlich trist sah es im Stiegenhaus aus, wo keiner mehr die herabgefallenen Sandstein-Bröckchen und den Ziegelstaub wegkehrte, vom übrigen Müll, etwa gebrauchten Kleenex und Präservativen, ganz zu schweigen. Denn weil das Haustor wie gesagt defekt war und nach meinem Ermessen in diesem Jahrzehnt auch nicht mehr repariert werden würde, nützte gelegentlich die eine oder andere Schöne der Nacht vom nahen Rotlichtrevier den Hausflur des Erdgeschosses als Empfangs- und Arbeitsräumlichkeit. Wenn es daher nächtens vor meinem Wohnbüro grummelte und grammelte oder gar an meiner Tür scharrte, war ich auch im Halbschlaf in der Lage, einen scharfen Wachhund, mindestens einen Dobermann, zu markieren und entsprechend glaubhaft zu bellen. Ich war vor ein paar Jahren hier eingezogen, als mein Einkommen gerade so üppig sprudelte wie ein seichter Brunnen in der tiefsten Sahara und meine Ersparnisse unweigerlich zur Neige gingen. Daran hatte sich kaum etwas geändert, außer dass es längst keinen Spargroschen mehr gab, deshalb war ich noch immer hier. Wenigstens gab diese Büroadresse potentiellen Kunden gleich einen treffenden Eindruck davon, wie billig ich war. Höchstens mein Dickschädel konnte sie teuer zu stehen kommen. Ansonsten war ich wohl der erste Diskont-Detektiv Harlands. Vielleicht war das ja, zumindest hatte ich das anfangs geglaubt, eine Marktlücke. Langsam, aber sicher begann sich dieser Glaube jedoch zu verflüchtigen.

Sturmläuten an der Wohnungstür um sechs Uhr in der Früh war in diesem Wohnviertel kein gutes Zeichen. In der Hoffnung, dass Miranda es sich doch noch überlegt hatte, öffnete ich sofort, ohne erst wie gewöhnlich durch das Guckloch in der Tür zu spähen und trotz des unmöglichen Aufzuges, in dem ich steckte, trotz meines unvorteilhaften Behelfspyjamas, der aus einer löchrigen schwarzen Trainingshose und einem verwaschenen orangen T-Shirt der LA Lakers bestand. Vor mir stand aber keineswegs die Perle Anatoliens, sondern Manuela Higatzberger. Sie war, so kam es mir jedenfalls vor, noch kleiner als gestern Abend. Ihre Augen waren verweint, ihr Mund von Schmerz zerfasert. Ihr dunkelgrüner Parka roch nach schweißiger Verzweiflung.

„Schalom", scherzte ich matt, „schon wieder zurück aus dem Kibbuz?"

Für meine unpassenden Bemerkungen, dachte ich, bin ich absolut zu Recht mehr berüchtigt als berühmt. Aber da war der flapsige Sager, der noch dazu so unnötig wie Frostbeulen war, leider schon heraus.

Ohne mich einer Antwort zu würdigen – ich konnte es ihr nicht verdenken – trat Manuela über die Schwelle und drängte sich noch immer wortlos an mir vorbei. Ich trat rasch einen Schritt zurück, um ihrer Entschlossenheit Raum zu geben.

Meine Augen waren viereckig. Auf einem Sessel am Fußende meines Bettes hatte ich die halbe Nacht vor dem darin ruhenden Manuel Higatzberger gewacht.

Aus Angst, das Bauxerl im Schlaf zu erdrücken, wenn wir beide im selben Bett schliefen. Das Baby hatte glücklicherweise einen ruhigen Schlaf, gelegentlich unterbrochen von dezenten Rülpsern und Fürzen, die wohl auf das Konto meines Kartoffelbreis gingen.

Manuela Higatzberger war gekommen, um ihr Baby zu holen. Das war eindeutig. Und es war auch schön.

Ich setzte mich auf einen der unbequemen Eichenstühle im Vorzimmer meines Wohnbüros und ließ ihr Zeit. An meine unverhoffte Vaterrolle hatte ich mich noch nicht gewöhnt, nicht einmal ansatzweise, da war es damit auch schon wieder vorbei.

Aus meinem Wohnschlafzimmer hörte ich das glucksende Lachen des Babys.

Vielleicht wäre ich sogar ein guter Vater geworden, dachte ich, obwohl das nüchtern betrachtet doch eher unwahrscheinlich war. So ehrlich musste man schon sein, auch zu sich selbst. Mein Leben bestand aus einer Kette von bösen Zores, peinlichen Pannen und schlimmen Schlägereien. Außerdem war ich praktisch permanent pleite. Nicht gerade die idealen Voraussetzungen für ein Vaterdasein.

Manuela Higatzberger hatte es offensichtlich eilig, Manuel wieder mitzunehmen. Nach kaum drei, vier Minuten kam sie mit ihrem Buben im dunkelblauen Tragegeschirr über dem Bauch und der übergroßen, alten Reisetasche in der rechten Hand aus meinem Wohn-Schlafzimmer. Schweigend ging sie im Vorzimmer an mir vorbei und verließ die Wohnung.

Wofür hätte sie sich auch bedanken sollen, dachte ich.

Als das Baby fort war, saß ich noch immer unbeweglich im Vorzimmer auf dem unbequemen Eichenstuhl und rührte mich nicht. Nicht, dass ich mich leer wie eine Bar am Montagmorgen gefühlt hätte, aber so richtig wohl war mir auch nicht. Ich hätte Manuela zum Abschied gerne etwas Gutes, etwas Tröstliches, etwas Aufbauendes gesagt, aber so etwas gelingt Typen wie mir nur in amerikanischen Tragikomödien aus Hollywood. Robert Redford oder wenigstens John Belushi wären an meiner Stelle sicherlich großartig gewesen, ich dagegen brachte den Mund nicht auf.

Ich schloss die Wohnungstür und tappte zurück in meine Wohnschlafküche, aus der sich der Duft des Babys langsam verflüchtigte. Stattdessen begann es, wieder vornehmlich nach schlechter Küche, guten Weinen und tausend vertanen Chancen zu riechen. Anzunehmen, dachte ich, dass Manuela Higatzberger noch immer in der Garçonnière am Schießstattring wohnt. Wenn ich die Augen schloss und dabei konzentriert an Caipirinha dachte, konnte ich mich sogar an Details der winzigen Wohnung erinnern.

***

Ing. Scheibelreiter wollte kein Baby bei mir abgeben. Immerhin. Er sah auch nicht so aus, als ob er in einem Wüsten-Kibbuz ein neues Leben beginnen wollte. Schwarzer Nadelstreifanzug, silbergraue, sehr dezente Krawatte, manikürte Hände und eine aufwendige Föhnfrisur, die sicherlich mehr gekostet hatte, als ich in einem besonders schlechten Monat verdiente. In seiner rechten Hand trug er eine schwarze Gucci-Aktentasche, die, wenn sie keine Fälschung war, mehr wert war als mein Auto – sogar mehr als mein ganzes Leben. Nicht gerade die Art von Klienten, dachte ich, die normalerweise meine Kanzlei frequentieren. Als Arbeitshypothese musste ich leider davon ausgehen, dass sich Ing. Scheibelreiter irrtümlich in das Vor- und Empfangszimmer meines Wohnbüros verirrt hatte und seinen groben Irrtum bald erkennen würde, um meine Wohngegend daraufhin fluchtartig zu verlassen. Allein schon seine schwarzen, sicherlich handgenähten Lackschuhe waren wertvoll genug, um in meinem Grätzel dafür ein Messer in den Hals gesteckt zu bekommen. Im Übrigen war mein Besucher dünn wie der Wahrheitsgehalt eines Politiker-Versprechens, annähernd zwei Meter groß und hatte ein paar Pockennarben in einem glattrasierten, vogelartigen Gesicht. Irgendwie, fand ich, passte seine Physiognomie nicht recht zu seiner Dressed-for-Success-Adjustierung, aber bei Geschäftsleuten war Schönheit wohl eher nachrangig. Auf jeden Fall hatte er eine schöne Visitenkarte mit goldgeprägten Lettern auf beigem Büttenpapier auf meinen Schreibtisch gelegt.

Ing. Manfried Scheibelreiter, MBA
Real Estate Development

Darunter standen eine Anschrift im noblen ersten Bezirk der Bundeshauptstadt, eine Handynummer und eine E-Mail-Adresse.

Noch schöner als die Visitenkarte waren allerdings die beiden violetten 500-Euro-Scheine, die der Besucher unter die Visitenkarte gelegt hatte. Mit ihnen gewann Ing. Scheibelreiter, MBA auch meine vollste Aufmerksamkeit, obwohl er mich beim Frühstück gestört hatte. Erdäpfel mit Butter. Der Rest von Mirandas edler Lebensmittelspende, der nicht zu Brei für Baby Manuel verarbeitet worden war. Selbstredend steckte ich auch noch in meinem Behelfspyjama. Wahrscheinlich war ich weltweit der einzige Berufsdetektiv, der im

Dienst Trainingshosen trug. Es war kaum eine Stunde her, seit mich Manuela Higatzberger genauso wort- und grußlos verlassen hatte, wie ich sie einst verlassen hatte.

„Mein Flieger geht in zwei Stunden und 37 Minuten. Also machen wir es kurz!“, meinte Ing. Scheibelreiter knapp.

Zeit ist Geld, dachte ich, jedenfalls seine Zeit, meine Zeit ist wohl nicht ganz so viel wert.

„Was machen wir kurz?“

Fragen war das Wichtigste in meinem Beruf. Und meinen Beruf verstand ich, auch wenn das oberflächlich betrachtet kaum zu glauben war, da ich damit kaum etwas verdiente und in einer Bruchbude hausen musste.

„Ich möchte Sie damit beauftragen, zwei Tage lang ein Haus zu bewachen, das ich kürzlich geerbt habe. Hier in Harland. Die Adresse ist Hinterholz 1. Es liegt einigermaßen abgelegen hinter der ehemaligen Panzerkaserne.“

„Von wem haben Sie dieses Haus denn geerbt?“, fragte ich.

„Von meinen Großvater Isidor Novy, der letzte Nacht im hiesigen Krankenhaus verstorben ist. Natürlich bin ich noch nicht dazu gekommen, seinen Nachlass zu sichten und zu bergen. Die nächsten zwei Tage bin ich auf einer unaufschiebbaren Geschäftsreise. Mein Flieger geht in zwei Stunden und 36 Minuten.“

„Warum beauftragen Sie nicht einfach den ÖWD, den österreichischen Wachdienst, oder irgendeinen anderen größeren Sicherheitsdienstleister?“, wollte ich wissen.

Anstatt die beiden Fünfhunderter einfach einzustecken und den Auftrag anzunehmen, dachte ich, über mich selbst verdrossen, stelle ich völlig überflüssige Fragen.

„Damit irgend so ein Halawachl von denen alle fünf bis sechs Stunden vorbeischaut, lustlos das Haustürschloss und die Fenster überprüft und dann wieder davonfährt? Bewachung heißt für mich, dass Sie die nächsten 48 Stunden in Hinterholz 1 verbringen werden, das heißt, dass Sie dort wohnen werden!"

Das war in der Tat ungewöhnlich, fand ich, auch das Dialektwort Halawachl, vor allem wenn es so ein geschleckter Businessman aus der Wiener City verwendete.

„Wenn Sie eine so umfassende Sicherung des Hauses für notwendig erachten, muss der Nachlass Ihres Großvaters ganz schön wertvoll sein. Worin besteht er?"

„Das hat Sie a nicht zu interessieren und b weiß ich das nicht. Worin er außer dem Haus besteht, meine ich. Mein Großvater Isidor Novy hat mit meiner Mutter, seiner einzigen Tochter, seit 46 Jahren kein Wort mehr gesprochen. Daher natürlich auch mit mir nicht. Ich habe ihn eigentlich so gut wie nicht gekannt."

„Wieso sind Sie dann so sicher, dass Sie das Haus erben werden?", fragte ich.

„Weil ich der einzige Enkel bin und er mir aus dem Krankenhaus mit der Post einen Haustorschlüssel und ein vor fünf Tagen handgeschriebenes, sicherlich gültiges Testament geschickt hat."

Isidor Novy, dachte ich, hat gewusst, dass er bald sterben wird.

„Wie sind Sie gerade auf mich gekommen?", konnte ich mir ein weiteres Nachfragen nicht verkneifen. Diese Frage hatte ich allen meinen bisherigen Klienten gestellt – und die meisten hatten mich glatt angelogen.

„Ich habe mich erkundigt. Sie sind alleinstehend und werden es schon zwei Tage lang aushalten, auch wenn es sich um das verwahrloste Haus eines uralten Mannes am Ende der Welt handelt. Nehmen Sie eine Campingliege und etwas Proviant mit“, antwortete Ing. Scheibelreiter und blickte auf seine Armbanduhr. Keine Protz-Rolex, aber auch nichts Billiges, ganz im Gegenteil. Eine Glashütte, schätzte ich.

„Die tausend Euro haben mich überzeugt“, sagte ich also, „ich übernehme den Auftrag.“

Wortlos legte Ing. Scheibelreiter einen kleinen, verchromten Schlüssel, vermutlich zu einem ganz gewöhnlichen Zylinderschloss, auf meinen Schreibtisch.

„Übrigens, welche Art von Immobilien, wenn ich fragen darf, entwickeln Sie?“

„Gefängnisse“, antwortete Ing. Scheibelreiter wie aus der Pistole geschossen.

„Gefängnisse?“, wiederholte ich zweifelnd.

„Ja. Wir, das heißt meine Gesellschaft, kaufen europaweit aufgelassene Gefängnisse auf und entwickeln sie zu Seniorenresidenzen.“

Wenn ich an die paar Altersheime dachte, die ich aus eigener Anschauung kannte, brauchte man da wohl gar nicht viel zu ändern. Im Wesentlichen den Namen.

***

Ein schlecht geschotterter, von Unkraut und Gräsern beinahe zugewachsener Feldweg zwischen einer schon vor Jahren aufgegebenen Panzerkaserne und den Fertigteilgebäuden eines deutsch-polnischen Baumarktes am westlichen Stadtrand von Harland zog sich hinter den beiden riesigen Arealen über einen sanften Hügel in den Probstwald. Irgendwo dahinter mochte Hinterholz 1 liegen.

Um die ohnehin reichlich ramponierte Federung – welch ein Euphemismus – meines Ford Granada zu schonen, fuhr ich im Schritttempo dahin. Das Kasernenareal sah noch trostloser aus, als ich es in Erinnerung hatte. Vor ein paar Monaten hatte ich in einer der verlassenen, devastierten Baracken einen versoffenen Friseurgehilfen aufgespürt. Entgegen dem strikten Auftrag seiner Lebensgefährtin hatte ich ihn nicht zusammengeschlagen, als er sich geweigert hatte, mit mir zu kommen und die überfälligen Alimente für seine dreijährige Tochter zu bezahlen. Stattdessen hatte ich eine Art Taschenpfändung versucht, was gründlich danebengegangen war. Der Mann hatte gerade einmal zehn Cent, dafür aber jede Menge Kronenkorken von Bierflaschen in seinen Hosen- und Jackentaschen gehabt. Auf die Frage, warum er seine Familie, nicht aber die Korken wegwarf, erhielt ich keine Antwort.

Wenn man auf den breiten, kopfsteingepflasterten, panzertauglichen Lagerstraßen innerhalb des Areals der seit einigen Jahren sich selbst überlassenen Kaserne dahinmarschierte, erinnerte ich mich, und vielleicht auch noch den verschlammten sogenannten Panzerkorridor zum nahen ehemaligen Truppenübungsplatz Völtendorf beging, kam man sich vor wie eine Art von Expeditionsteilnehmer in einer verödeten Kolchose im tiefsten Inneren Kasachstans. Die Öde einer aufgegebenen militärischen Anlage war vielleicht nur die logische Fortsetzung der Ödnis des militärischen Lebens an sich. Auf der Suche nach dem Friseurgehilfen hatte ich hölzerne Panzergaragen der Deutschen Wehrmacht, Panzerwerkstätten aus den Siebzigerjahren und eine ebenfalls aufgegebene, einst hochmoderne Simulationsschießanlage für Leopard-Kampfpanzer durchsucht. Besonders verlassen, erinnerte ich mich, hatte die militärische Hindernisbahn am westlichen Rand des Kasernenareals ausgesehen; hüfthohe Grasstöcke schmiegten sich an den feinrissigen Beton der einzelnen Hindernisse, an denen wohl zigtausende Rekruten Wasser und Blut geschwitzt hatten. An den Rändern der Betonpisten und der asphaltierten Vorplätze zu den Garagen und Werkstätten sammelten sich Feinstaub, Flugsand, lockerer Boden für die ersten Pionierpflanzen. Größere und kleinere Grasbüschel hatten längst begonnen, über die riesigen Parkplätze zu wachsen, auf denen zuletzt die Wehrbuckel, die Rekruten des Panzerbataillons 10, ihre Autos abgestellt hatten. Das per se Unerquickliche des Militärischen, erinnerte ich mich, zeigte sich allein schon daran, dass auf dem ganzen Gelände, einer Fläche von vielleicht 50 oder 60 Fußballfeldern, nur eine einzige fruchtbringende Pflanze wuchs; ein Kirschbaum. Sonst gab es dort nur Gewächse mit ungenießbaren oder gar keinen Früchten, vor allem aber viel, viel Gras, getränkt mit dem Schweiß von ganzen Rekrutengenerationen, angepflanzt von vier, fünf verschiedenen Armeen seit der Monarchie.

Im Kofferraum meines Ford Granada befanden sich ein Schlafsack, ein paar Flaschen Mineralwasser und Wein und ein respektabler Vorrat an Manner Schnitten. Irritiert dachte ich daran, dass mir Ing. Scheibelreiter keinen schriftlichen Auftrag, überhaupt nichts Schriftliches dagelassen hatte. Kein Papier, nur Papiergeld. Ich hatte auch nichts von ihm verlangt. Derlei Anfängerfehler hätte ich mir eigentlich nicht mehr zugetraut.

***

Isidor Novy hatte seine Behausung am Rande des Probstwaldes aus uralten, hölzernen Eisenbahnschwellen zusammengezimmert. Ein tiefdunkles, klobiges Eigenbau-Blockhaus, wie eine kleine Festung. In grauer Vorzeit waren ausgediente Schwellen von diversen Bahndienststellen mehr oder weniger gratis an Selbstabholer abgegeben worden. Der Nachteil an diesem billigen Baustoff war allerdings, dass er mit Pestiziden und Holzschutzmitteln, vor allem Teeröl, aber auch mit Rückständen des Bahnbetriebes wie Öl aus Radlagern und Asbest aus Bremsabrieb verseucht war. Gefährlicher Abfall, dachte ich. Heute mussten solche Holzschwellen als Sondermüll entsorgt werden. War Novy einem Krebsleiden erlegen?

Die annähernd quadratische und mit Teerpappe gedeckte Behausung hatte nur eine Eingangstür und seltsamerweise überhaupt keine Fenster. Neben der Hütte stand ein großer Schuppen aus dunklen, verwitterten Brettern. Der Wald war dicht, sein Unterholz reichte fast bis zu den beiden Gebäuden. Das war kein Haus, das war ein Versteck, die Festung eines verwunschenen Ritters. Ich war bis zu einem geschotterten Vorplatz vor der Eingangstür gefahren. Als erstes war mir aufgefallen, dass es keinen Verteilerkasten der EVN, weder für Strom noch für Gas, gab, auch keinen Hausmast für eine eventuelle Oberleitung, von Lichtmasten am einzigen Zufahrtsweg ganz abgesehen. Der Schlüssel, den mir Ing. Schreibelreiter gegeben hatte, passte. Im Halbdunkel des einzigen Raumes der seltsamen Behausung konnte ich ein Bett, zwei altdeutsche Kleiderkästen, einen relativ großen Tisch mit zwei Sesseln und eine freistehende Badewanne erkennen. Es gab auch einen Holzofen mit einer Kochplatte und einem Ofenrohr, das in einem kreisrunden Loch in einer Wand der Hütte verschwand. Es roch nach Rauch, Teer und den Ausdünstungen eines alten Mannes, der seine Behausung nur durch eine einzige Tür hatte lüften können. Unmöglich, dachte ich, hier zu übernachten oder gar zwei Tage lang zu wohnen. Daran konnten auch tausend Euro nichts ändern. Mangels einer vernünftigen Taschenlampe verzichtete ich darauf, das Halbdunkel der Hütte zu durchsuchen oder die Bude gar ordentlich zu filzen. Ing. Scheibelreiter, da war ich mir sicher, hatte nur wertloses Gerümpel und Sperrmüll geerbt.

Jede Stille, behaupten zumindest die Lyriker, hat eine andere Farbe. Blau und kontemplativ sei beispielsweise eine, grauschwarz und depressiv eine andere. Die Stille in Isidor Novys Hütte war schwarz und verbittert. Der Tod hatte hier wohl schon öfter vorbeigeschaut, bevor Novy tatsächlich verstorben war. Seltsamerweise inmitten all der neuzeitlichen Technik eines modernen Krankenhauses. Wahrscheinlich hatte er genau das nicht gewollt.

Hinter der Hütte fand ich ein Plumpsklo wie aus einem Ganghofer-Roman und einen offensichtlich fast neuen Dieselgenerator, der durch ein Bretterdach halbwegs vor der Witterung geschützt war und wohl zur Stromerzeugung gedient hatte. Ich schaffte es nicht, ihn anzuwerfen. Die Technik und ich standen seit jeher auf Kriegsfuß miteinander. Ich konnte eine Glühlampe in die Fassung schrauben oder eine Weißblech-Fischdose öffnen. Für alles, was darüber hinaus ging, war ich nicht zu gebrauchen. Mein technisches Verständnis, schätzte ich, reichte gerade noch für zivilisatorischen Errungenschaften und Geräte, die im Kern vor 1897 oder so erfunden worden waren.

***

Isidor Novys Schuppen war eindeutig größer als seine Hütte. Er war auch nicht aus Eisenbahnschwellen, sondern aus ganz gewöhnlichen, handelsüblichen Brettern zusammengezimmert worden und hatte sogar einen

Estrich aus Beton. Der Schlüssel für die Eingangstür seiner Behausung passte auch in das Schloss der mit Stahlbändern gesicherten Tür des Schuppens. Es gab drei relativ kleine, vergitterte Glasfenster und eine ganze Menge Schwerlast-Regale aus Stahl, die mit allerlei Werkzeugen und diversen Fahrradteilen vollgerammelt waren. Ich entdeckte Sättel und Ketten, Speichen und Kotflügel, Lichtmaschinen und Reifen, Schläuche und Klingeln, Schlösser und Lenkstangen, Pedale und Pumpen, Dynamos und Gepäckträger, Bremsbacken und Rohrschellen – und und und. Die meisten Teile sahen allerdings aus, als wären sie bereits etliche Jahre, wenn nicht sogar Jahrzehnte alt und würden eher auf altertümliche Steyr-Waffenräder als auf neuzeitliche Bikes passen. In einer Ecke lehnten auch tatsächlich zwei verstaubte Waffenräder an der Bretterwand, denen nur Sättel und Lichtmaschinen fehlten. Vor allem aber stand mitten im Raum ein nicht ganz so altes Sofa, das mit rostrotem Stoff bezogen war und ganz passabel aussah. Isidor Novy, der wohl so etwas wie ein Fahrradmechaniker gewesen sein musste, hatte es offenbar geschätzt, bei der Arbeit gelegentlich Ruhepausen einzulegen. Für alles zusammen, dachte ich, würde man auf einem Flohmarkt vielleicht ein paar Netsch bekommen, aber alleine die Mühe, die ganzen Trümmer dorthin zu verfrachten, stand schon nicht mehr dafür. Ing. Scheibelreiter, MBA, wunderte ich mich, ließ mich etwas bewachen, was eine Bewachung einfach nicht wert war. Offenbar kannte er den Nachlass seines Großvaters wirklich nicht und machte sich völlig falsche Vorstellungen. Isidor Novy war wohl keiner von denen gewesen, die den Kasten vor lauter Sparbüchern nicht mehr zubrachten. Aber auf seinem Sofa im Fahrradschuppen, fand ich, konnte man durchaus übernachten.

***

In Harland gab es, mich eingeschlossen, kaum einen, der Harry Schleicher nicht vom Wegsehen kannte, aber letztlich war Harland viel zu klein, als dass man üble Typen wie ihn auf Dauer übersehen konnte. Schon gar nicht in meinem Berufsfeld. Ich war zwar keiner, der groß Dossiers anlegte, aber Informationen über hiesige Kotzbrocken wie Schleicher sammelte ich in einer Art Déformation professionnelle praktisch andauernd. Und zwar automatisch und ohne viel nachzudenken. Wenn auch nur unsystematisch und im Kopf. Über Schleichers jahrzehntelange, (klein-)kriminelle Berufskarriere war jedoch nicht allzu viel bekannt. Hauptberuflich hatte er vermutlich Zeit seines Lebens nach bescheidenen Anfängen als Mopeddieb und Schmieresteher bei einer einheimischen Einbrecher-Partie vor allem Zigaretten, aber auch Menschen, also Marlboro und Prostituierte, geschmuggelt. Vielleicht tat er das auch immer noch, in den letzten Jahren aber wohl nur mehr als eine Art Organisator und vielleicht auch als Financier. Ein (klein-)krimineller Senior officer, um es auf Neudeutsch zu sagen. Auch die stille Teilhaberschaft an mehreren Bordellen, teils in Harland, teils im mährisch-österreichischen Grenzgebiet, hatte man ihm vor Jahren dem Vernehmen nach zugetraut. Offiziell lebte er von der Mindestsicherung. Denn nicht alle seine geschäftlichen Projekte waren wahnsinnig erfolgreich. Vor allem war er aber in Harland und Umgebung seit Jahrzehnten als besonders übler Raufbold und Knochenbrecher berühmt und berüchtigt. Beim alljährlichen Harlander Volksfest auf der sogenannten Rennbahn, das ich als Bub regelmäßig miterlebt hatte, dudelten im Bierzelt nicht nur die „Kasermandln" und ähnliche Perlen österreichischer (Volks-)Kultur, sondern es fanden auch offizielle Boxkämpfe in einem aus ein paar Brettern notdürftig zusammengenagelten Ring in der Zeltmitte statt. In diesem legendären Bierzelt, aber außerhalb des Rings und fern von jeglicher sportlicher Fairness fand Harry Schleicher vornehmlich seine Opfer. Irgendwelche durch den Alkohol total wehrlose Betrunkene, die er nach Lust und Laune zusammenschlug. Einfach nur so, weil ihm halt danach war. Oder weil Samstag war. Oder weil er leichtes Sodbrennen hatte. Einmal hatte er einem seiner bedauernswerten Kontrahenten sogar ein Ohr abgebissen, was aber laut den Lokalzeitungen nur zivilrechtlich geahndet wurde. Wenn ich an all die ausgeschlagenen Zähne, gebrochenen Finger und Handwurzelknochen, Speichen, Ellen und Schlüsselbeine, an all die geplatzten Milzdrüsen und devastierten Gesichter, all die zerschlagenen Augenbrauen und Nasen dachte, die ihm vom hiesigen Bezirksgericht nur in den seltensten Fällen eindeutig zugeordnet werden konnten, kam mir noch heute das Kotzen. Überhaupt hatten ihm die Gerichte in all den Jahren und Jahrzehnten nicht allzu viele seiner illegalen Aktivitäten nachweisen können. Alles in allem war er bisher wohl nur drei-, viermal rechtskräftig verurteilt worden und hatte insgesamt nicht mehr als vielleicht zwei Jahre gesessen. Mittlerweile war er wohl knapp über 70, aber die Milde und Mäßigung des Alters waren noch nicht über ihn gekommen. Er war meiner Meinung nach derselbe Drecksack, der er immer gewesen war.

Er und sein Büttel, ein glatzköpfiger Bodybuilder im Trainingsanzug, erwischten mich beim Ford Granada, als ich gerade meinen Schlafsack aus dem offenen Kofferraum heben wollte. Sie hatten sich wohl hinter dem Wagen hockend verborgen. Während mich der alte Schleicher mit einem Stromschlag aus einem Taser außer Gefecht setzte, drosch sein Adlatus bereits mit einer Zaunlatte auf mich ein. Aus Schleichers Sicht war das wohl eine nur mäßige Misshandlung.

***

Während ich wie ein riesenhaft-voluminöser Frosch zuckend zu Boden ging und noch bevor ich relativ schnell das Bewusstsein verlor, sah ich keine Sterne, sondern dachte in einem Zustand am Rande des Bewusstseins, dass die meisten, die allermeisten Verbrechen keine Klasse hatten und schon gar keine Seele. Sie waren so bestürzend sinnlos wie eine Ode an eine Klopapierrolle. Es gab keine eleganten Meisterdiebe à la Arsène Lupin, keine witzig-eloquenten Gentleman-Gauner, es gab keine romantischen Robin Hoods, es gab nur Gestörte, Wahnsinnige und das absolut Böse. Dabei war das sogenannte Böse, dachte ich vegetativ, meistens furchtbar blöde und banal, aber trotzdem brandgefährlich wie eine Handgranate ohne Sicherungssplint in der Faust eines von Kopf bis Fuß Gelähmten.

Aus dem Nirwana weckte mich schließlich die brüchige, aber laute Altmännerstimme Harry Schleichers, der mein rechtes Augenlid unsanft hochgezogen hatte, um zu sehen, ob ich überhaupt noch lebte: „Schleich dich, Miert, ich sag dir, schleich dich! Mach einen Abgang, aber dalli! Du störst bei der Schatzsuche. Du störst!“

Sein Atem roch nach reichlich Alkohol und einem veritablen Furunkel im Hals-Rachen-Raum.

Um mein völliges Einverständnis zu signalisieren, versuchte ich, mein linkes Augenlid selbstständig hochzuziehen. Mit mehr oder weniger Erfolg.

„Oida, wennst mich weiter so deppat anschaust, bist abgstochen a gleich“, sekundierte Schleichers circa 140 Kilo schwerer Bodybuilder-Assistent, der seinen Auftraggeber sicherte.

Ich schmeckte Blut in meinen Mund, ich roch Blut unter meinen Nasenlöchern und wurde erneut ohnmächtig.

***

Alles in allem dürfte ich, wie ich später feststellte, nicht länger als zwanzig Minuten bewusstlos gewesen sein. Immerhin mehr als genug, um mich hundsmiserabel zu fühlen, wobei ich über die Wirkung des Tasers auf meinen Körper, auf mein Nervensystem, auf meine Schmerzzentren gar nichts schreiben möchte. Das war einfach unbeschreiblich grauslich, weit jenseits jeder zahnärztlichen Wurzelbehandlung. Jedenfalls, als ich aus dem zerebralen Nichts wieder erwacht war, lag ich in meiner ganzen Pracht in einer Art Embryonalstellung auf dem Schotterweg knapp hinter dem Ford Granada. Vom Rollkommando Schleicher keine Spur mehr. Wahrscheinlich waren die beiden Scheißkerle in der Hütte oder im Schuppen am Werken. Ich versuchte, mich zu einer Art Sitzposition aufzurichten und die diversen Schäden an meinem Luxuskörper festzustellen. Mein Kopf fühlte sich circa zehnmal größer an, als ein menschlicher Schädel rein anatomisch sein konnte. Blut sickerte aus einer Wunde knapp oberhalb meiner rechten Schläfe. Hemdkragen und Hemd, aber auch der Hals waren blutverkrustet. Mein Sakko, ja meine gesamte Oberbekleidung, war an mehreren Stellen zerfetzt und zerrissen. Ich blutete auch etwas aus einer oberflächlichen Wunde am linken Handrücken, offensichtlich eine Abwehrverletzung.

Viele meiner jüngeren, dynamischeren Kollegen oder etwa gar ein Hollywood-Krimineser wie Jackie Chan wären jetzt hurtig aufgesprungen, hätten „Vendetta!“ gebrüllt und zum Sturm auf Novys Hütte geblasen. Ich dagegen zog mich langsam und mühselig wie ein Hundertjähriger am Heck des Ford Granada hoch, stand dann mit zitternder Beinmuskulatur da und starrte in den offenen Kofferraum.

Nicht nur der Taser, dachte ich, hat mich elektrisiert, sondern auch das Wort „Schatzsuche“, das Schleicher gebraucht hat. Ing. Scheibelreiter, soviel war sicher, hatte mir einiges verschwiegen.

Im Kofferraum lagen noch immer der Schlafsack, die Sechserpackung Mineralwasser und die Manner Schnitten.

Der Wein dagegen, zwei Flaschen eines ganz guten Brunello di Montalcino, die ich in besseren Tagen erworben hatte, war weg.

Vendetta!, dachte ich.

Tatsächlich aber stakste ich auf unsicheren Beinen zur Fahrertür, ließ mich auf den Sitz fallen, startete den Wagen und fuhr langsam wie mit einem elektrischen Rollstuhl davon. Von wegen Vendetta.

***

Das Vormittagslicht war diesig, der Himmel dicht bewölkt. Ob ich nach der liebevollen Behandlung durch Schleicher & Co. überhaupt fahrtüchtig war, hätte ich keinen Amtsarzt beurteilen lassen wollen. Ich fühlte mich jedenfalls wie eine Tomate, über die eine Horde schlecht gelaunter Elefanten getrampelt war. Meine Aussichten, diesen Auftrag zu erfüllen, waren nicht gerade rosig. Wenn das überhaupt ein

Auftrag war und nicht nur eine böse Posse, ein Kasperltheater, bei dem ich das Krokodil zu spielen hatte, das soeben vom Wurschtel erschlagen worden war. In der österreichischen Umgangssprache, räsonierte ich am Volant, changierte der Begriff Held zwischen der wörtlichen Hauptbedeutung und dem Feld des nachgerade Unheldischen, Unseriösen, ja sogar Strizzihaften. Der auf den ersten Blick eindeutige Satz „Du bist mir ja ein Held“ konnte ironischerweise durchaus das glatte Gegenteil bedeuten.

Ich war kein Held. Weder so noch so. Daheim in meinem Wohnbüro angekommen hatte ich meine blutige Oberbekleidung ausgezogen und samt und sonders in den Mülleimer gestopft. Verblüfft hatte ich darüber nachgedacht, dass mein gegenwärtiger Wohnstandard auch nicht wesentlicher höher war als der des seligen Isidor Novy. In Wirklichkeit war ich wohl genauso ein Eigenbrötler wie er. Dann hatte ich mich mitsamt den Schuhen und der Hose aufs Bett gelegt und war fast sofort eingeschlafen. Wieder einmal quälte mich einer meiner verqueren Albträume. Harry Schleicher, betrunken wie eine Haubitze, lauerte in der Tiefgarage des Harlander Krankenhauses einer Krankenschwester auf. Als die Frau ihre Autotür aufschloss, verlangte er schreiend den Zündschlüssel von ihr und drückte ihr eine alte, tschechische Pistole, die er vor Jahren – das wusste ich in meinem Albtraum unzweifelhaft – einem Saufkumpel gestohlen hatte, gegen den Bauch. Das couragierte Opfer wehrte sich und wollte den Schlüssel partout nicht hergeben. Bauchschuss. Fassungslos vor Entsetzen riss sie sich vom Angreifer los und wollte flüchten. Kopfschuss, damit sie dereinst vor Gericht keine Zeugin abgeben konnte oder einfach weil Mittwoch war. Oder Freitag. In der Aufregung und bedingt durch den eigenen Alkoholisierungsgrad konnte Schleicher daraufhin den Autoschlüssel nirgends finden. Den holte, das wusste ich in meinem albtraumartigen Zustand, ein paar Stunden später der Gerichtsmediziner unter der Leiche der Krankenschwester hervor. Der Schütze verließ die Tiefgarage notgedrungen per pedes und bot dabei sich und seine breite, rotverschwitzte Altmänner-Visage zwei Videokameras en face und im Profil dar. Er nahm den Bus und ließ sich zum Reihenhaus seiner Exfrau bringen. Dort trat er eine Terrassentür ein und verschaffte sich Zugang zu den Wohnräumen. Er wollte auf seine ehemalige Gattin und deren neuen Lebensgefährten warten, wahrscheinlich um sie ebenfalls zu erschießen. Um sich die Wartezeit angenehmer zu machen, bediente er sich an der Hausbar. Eierlikör, keine Frucade. Als seine Ex und ihr Freund nach ein paar Stunden noch immer nicht aufgetaucht waren, legte Schleicher schließlich aus Langeweile Feuer. Die Freiwillige Feuerwehr Harland-Stadt fand ihn schließlich bewusstlos mit einer Mordsrauchgasvergiftung im Wohnzimmer. Neben sich hatte er die Schuss-, sprich Mordwaffe liegen, die den Florianijüngern natürlich sofort auffiel.

So leicht wirst es aber nicht haben, Miert, dachte ich im Aufwachen. Der alte Schleicher wird sich garantiert nicht selbst aus dem Verkehr ziehen, das ist nichts als ein dämlicher Wunschtraum von dir.

Mit einem Waschlappen entfernte ich im Badezimmer diverse Blutkrusten von meinem Oberkörper und meinem Kopf, dann suchte ich mir ein frisches Hemd. Anschließend setzte ich mich in meine winzige Küche und machte in der Filtermaschine Kaffee, eine schwarzbraune Brühe, in der fast der Löffel stecken blieb. Ich versuchte mich zu erinnern, in welchem der zahlreichen unbenützten Kellerabteile – schließlich musste ich als einer der Lieblingsfeinde von Oberleutnant Egon Gabloner jederzeit mit einer amtlichen Durchsuchung meines Wohnbüros rechnen – ich die Schrotflinte aus Opa Mierts Beständen versteckt hatte. Ein, zwei Jahre schon hatte ich keinerlei Veranlassung gesehen, das höllische Ding in die Hand zu nehmen. Hoffentlich war die Munition im Keller nicht feucht und damit unbrauchbar geworden. Wenn doch, dachte ich, werde ich Harry Schleicher halt mit dem Kolben erschlagen.

Im Übrigen hatte ich fast sechs Stunden geschlafen, die meiste Zeit davon wie ein Toter. Ing. Scheibelreiters Auftrag hatte ich nicht einmal ansatzweise erfüllt.

***

Als ich auf der um diese Zeit relativ stark befahrenen Mariazeller Straße schon den Blinker gesetzt hatte, um vielleicht hundert Meter weiter nach rechts in den unscheinbaren Feldweg zwischen der aufgelassenen Kaserne und dem Baumarkt einzubiegen, bemerkte ich gerade noch rechtzeitig den Polizeiwagen, der mit Karacho und eingeschaltetem Blaulicht auf eben diesem Feldweg zum Probstwald, also in Richtung von Novys Hütte, unterwegs war. Überfall-Kommando, ein weißer Opel-Kombi, hinter dem der Schotter aufstaubte.

Holla, dachte ich, das wäre absolut kein Spaß, mit einer illegalen Schrotflinte im Kofferraum in eine Polizeiaktion zu geraten und eventuell kontrolliert zu werden. Das war etwas, das ich mir beim seit Jahren ziemlich desaströsen Stand meiner Beziehungen zu Harlands Kriminaldirektor Gabloner einfach nicht leisten konnte.

Ich schaltete den Blinker aus und fuhr auf der B20 gemächlich weiter Richtung Süden. Mit meiner geplanten Vendetta würde es heute wohl nichts mehr werden. Schleicher und sein ekelhafter Muskelprotz waren entweder schon eingekastelt oder hatten sich, was genauso wahrscheinlich war, in den Wald stehlen können. In meinem Kopfdossier war nirgends vermerkt, wo der alte Arsch wohnte. Nach seinem Tod, dachte ich, wird er wohl in der Hölle logieren, aber das nützt mir jetzt halt auch nichts.

Bei der Abzweigung ins Pielachtal fuhr ich von der Mariazeller Straße ab, um gleich darauf Richtung Brunn abzubiegen. Ein kurzer Straßentunnel führte unter der B20 durch. An der nächsten Kreuzung nahm ich eine Nebenstraße Richtung Stadt.

Mein Ziel war der deutsch-polnische Baumarkt südlich der ehemaligen Panzerkaserne.

***

Der gegen Westen, gegen den Probstwald hin gelegene Parkplatz des Baumarktes war riesig. Insgesamt, schätzte ich, war das von hohen, grasbewachsenen Lärmschutzwällen umgebene Areal wohl größer als die Grundflächen des Harlander Domes, des hiesigen Rathauses und des Landtages zusammen. Klare Prioritäten also. Die Mehrheit hierzulande, kam ich wie so oft ins Sinnieren, hält von Metaphysik und politischen Eliten eindeutig weniger als vom Shoppen. Die Mehrheit hat einen Führerschein, Karies und nichts verbrochen. Die Mehrheit hat ein Auto oder zwei, aber keinen Genierer und – glaubt man den Umfragen – auch keine Lust, täglich die Unterwäsche zu wechseln. Die Mehrheit wünscht sich ein properes Einfamilienhaus im Grünen, in einem stillen Winkel, eineinhalb Kinder – ein Bub und ein kleines Mäderl – und einen Golden Retriever. Die Mehrheit meidet Lokale, wo nichts Paniertes auf der Karte steht. Die Mehrheit ist Rechtshänder, fährt rechts und wählt rechts. Die Mehrheit, grübelte ich, hatte schon mit Schicksalsschlägen zu kämpfen, beispielsweise mit Flachsen im Schnitzel und mit Hämorrhoiden. Die Mehrheit würde vor die Wahl gestellt höchstwahrscheinlich lieber einige Zeitlang auf Sex verzichten als auf das Handy oder gar – Gott behüte – auf die Fernbedienung. Die Mehrheit ist analog, auch wenn ihre Lieblingsspielzeuge digital sind. Die Mehrheit könnte – theoretisch – Bücher lesen, studiert aber lieber Online-Kataloge und Speisekarten. Meistens denkt die Mehrheit: „Eh wurscht." Oder: „Meiner Seel!" Die Mehrheit hat der Kunst nichts zu sagen, wie auch die Kunst ihr nichts sagt, ihr jedenfalls nicht zusagt, weswegen sie ihr per se absagt. Es gibt doch so schöne und auch preiswerte Ölgemälde beim Leiner, denkt die Mehrheit beim Behübschen des Wohnzimmers, oder ich druck mir halt was aus dem Internet aus. Die Mehrheit ist korrumpierbar, erhält aber nur höchst selten entsprechende Angebote. Die Mehrheit, dachte ich, hat immer ein paar schwache, rassistische Witze parat, meistens über Türken. Die Mehrheit liebt Tiere. Die Mehrheit kennt keine Türken näher, höchstens die kurdische Putzfrau vom Büro. Die Mehrheit pinkelt heimlich in öffentliche Schwimmbecken. Die Mehrheit ist stolz. Die Mehrheit, grübelte ich weiter, liebt Meerblick, Weihnachten und großzügige Rabatte. Die Mehrheit schätzt große Portionen und Gemütlichkeit. Die Mehrheit ist öfters berauscht, auch von sich selbst und den eigenen kulturellen Leistungen, zum Beispiel von Einkaufszentren am Stadtrand, irgendwo im urbanen Nirgendwo. Die Mehrheit ist kein Kind von Traurigkeit. Die Mehrheit hat Zukunft. Die Mehrheit ist die Zukunft.

Ich jedenfalls, dachte ich, gehöre eindeutig nicht der Mehrheit an. Vermutlich hatte keiner aus den Legionen von Parkplatzbenützern jemals den Lärmschutzwall erklommen, schon gar nicht an einer Stelle gegen Westen, um den nahen Rand des Probstwaldes auszuspähen. Ich stand zwar kurz vor der Anschaffung meiner ersten Lesebrille, aber auf die Entfernung sah ich noch sehr gut. Neben Novys Hütte, das konnte ich ganz gut erkennen, stand ein Löffelbagger. Auf und neben dem geschotterten Vorplatz vor der seltsamen Behausung waren ein LKW, vier Polizei-PKWs und der Van des Überfallkommandos geparkt. Diverse Uniformierte und Zivilisten liefen zwischen Hütte und Schuppen hin und her. Mittendrin schien ein großer, dicker Zivilist mit rotem Gesicht und fast weißen Haaren das Ganze mit ruckartigen Armbewegungen zu dirigieren – Kriminaldirektor Oberleutnant Egon Gabloner, wenn ich meinen Augen trauen durfte, in voller Aktion.

Es ist höchst an der Zeit, dachte ich, mich über diesen Isidor Novy eingehend zu erkundigen. Also machte ich, dass ich von dem Wall wieder herunterkam.

***

Die Gründerzeit-Villa im Cottage-Viertel südlich des Stadtzentrums war sicherlich keine der Adressen, in die Typen wie ich, Menschen mit meiner Profession und Reputation, so mir nichts dir nichts eingelassen wurden. Außer es war eine Schuldnerberatung, eine Sachwalter-Kanzlei oder die Ordination eines Kassenarztes darin untergebracht. Das war allerdings nicht der Fall.

In einem mit einer offensichtlich professionellen und entsprechend teuren Alarmanlage, allerlei Kameras und einer Gegensprechanlage gesicherten Privathaus wie diesem hatte ich normalerweise keine Chance, regulär empfangen zu werden. Die Bewohner brauchten auf dem hausinternen Videokanal bloß meine breiten Schultern, meine riesigen Hände und mein billiges, alles andere als maßgeschneidertes Sakko zu sehen – von den diversen, berufsbedingten Narben in meinen Gesicht ganz zu schweigen –, um mir spontan jeglichen Einlass zu verwehren und ein Hausverbot auf Lebenszeit gegen mich zu verhängen. Den ganzen Weg vom Baumarkt und der Mariazeller Straße bis in die Josefstraße war ein schwarzer Volvo hinter mir hergefahren. Auch als ich in die Maria Theresia-Straße abbog, war er hinter mir geblieben, aber das konnte Zufall sein. Ich machte mir jedenfalls keine allzu großen Sorgen; der einzige Stalker, der sich jemals nachweislich an mich gehängt hatte, war ein Gerichtsvollzieher gewesen.

Oberst Viktor Schabasser war eine Legende. Er war schon so lange eine Legende, dass ich mich ehrlich gesagt ernsthaft fragte, ob er überhaupt noch am Leben war. Von Toten Informationen zu erhalten, war etwas mühsam – eigentlich schafften das nur die Maden- und Würmer-Zähler der Gerichtsmedizin. Andererseits hätten die Lokalzeitungen den Tod des früheren Harlander Kriminaldirektors sicherlich vermeldet. Mittlerweile war er wohl schon mehr als zwanzig, fünfundzwanzig Jahre in Pension. Ich hatte noch nie mit ihm zu tun gehabt und kannte ihn nicht persönlich – seine Amtszeit war einfach schon zu lange her. Mit leicht gemischten Gefühlen drückte ich daher den Klingelknopf an einem Pfeiler gleich rechts neben dem eindrucksvollen, schmiedeeisernen Eingangstor.

Nichts rührte sich. Kein Ton aus dem Lautsprecher der Gegensprechanlage, der unter dem Knopf angebracht war.

Ich drückte noch einmal.

Schweigen im Walde.

Ich hielt den Finger ungefähr eine halbe Minute lang auf dem Klingelknopf.

Als Reaktion kamen ein leises, irgendwie beleidigtes Krächzen und ein lauter Piepton aus der Gegensprechanlage.

„Marek Miert für Herrn Oberst Schabasser. In einer dringenden, wirklich dringenden Angelegenheit", sprach ich in meinem besten Standarddeutsch in das Mikro und hielt gleichzeitig den aufgeschlagenen Personalausweis mit meinem Konterfei in eine Kamera, die auf dem Pfeiler montiert war.

***

Eine ältere Frau mit dünnen, braunen Haaren in einem grauen Hauskleid hatte mich schweigend eingelassen und bis vor die Tür eines Zimmers im ersten Stock des Gebäudes geführt. Dort hatte sie mich mit einer seltsam tonlosen, unmodulierten Stimme auf den prekären Gesundheitszustand von Oberst Schabasser hingewiesen. Sie ließ auch ganz ungeniert durchblicken, dass es ihr nicht gerade ein besonderes Anliegen gewesen war, mich vorzulassen – ganz im Gegenteil. Einzig auf Wunsch von Kriminaldirektor in Ruhe Viktor Schabasser würde ich eine Audienz erhalten, deren Dauer allerdings zwanzig Minuten nicht überschreiten dürfe. Allein schon wegen dessen wie gesagt labilen Gesundheitszustandes. Es war schwer zu sagen, ob die Dame Schabassers Gattin oder seine Pflegerin war. Ich nickte gedankenlos, worauf die Gattinpflegerin die Zimmertür öffnete und mich quasi durchwinkte. Sie selbst blieb, als ich vorsichtig wie in einen Kreißsaal ins Zimmer getreten war, schweigend-wachsam im Türrahmen stehen.

In einem Pflegebett, wie es in Pflegeheimen, Demenzstationen und Krankenhäusern üblich war, mehr oder minder aufrecht sitzend, empfing mich Oberst Schabasser lächelnd – ein freundlicher Totenkopf mit nicht allzu vielen blondgrauen Haaren auf einer von Muttermalen und Warzen übersäten Schädeldecke. Sein mehr als schmächtiger, kindkleiner Körper war in eine Tuchent und noch zwei, drei Decken gehüllt. Auch seine Arme waren darunter verborgen. Zuletzt hatte ich vor Jahren in einer Lokalzeitung ein Foto von ihm gesehen, das ihn in eindeutig besseren Tagen gezeigt hatte. Umso schockierter war ich jetzt, ließ mir aber natürlich nicht das Geringste anmerken.

„Marek Miert, der letzte Ritter in unserer Branche, wenn ich mich nicht irre", begrüßte mich die Legende mit einer seltsam jungen und klaren Stimme. Die Gattinpflegerin in der Tür grunzte leise und missbilligend.

„Habe die Ehre, Herr Kriminaldirektor", antwortete ich förmlich und vorsichtig.

Das große Zimmer war früher wohl eine Bibliothek gewesen. An allen vier Wänden reichten uralte, hölzerne Bücherregale bis an die Decke. Die meisten dieser Regale waren allerdings leer.

Der Totenschädel bemerkte meinen fragenden Blick.

„Die ganzen Bücher haben damals die Nazis ausgeräumt. Die Villa war jüdischer Besitz. Ich selbst habe in meinem Leben einfach keine Zeit gefunden, zehn-, zwölftausend oder mehr Bücher nachzufüllen", meinte der Oberst außer Dienst. „Außerdem hatte ich im Büro mehr als genug zu lesen, all die Akten.“

Erst jetzt bemerkte ich den Infusionsständer rechts vom Kopfende des Bettes und vor allem den Thonet-Stuhl am Fußende. Ich war erwartet worden, obwohl ich den früheren Kriminaldirektor nur aus diversen Erzählungen kannte, die eine beeindruckende Legende aus grauer Vorzeit beschrieben.

„Ich hoffe, Herr Kriminaldirektor, dass Ihnen der Name Isidor Novy etwas sagt. Er ist letzte Nacht im hiesigen Krankenhaus verstorben“, ging ich gleich in medias res, „deswegen bin ich zu Ihnen gekommen.“

„Da wird ja einiges los sein, schätze ich, wenn der Novy das Zeitliche gesegnet hat“, antwortete der uralte Mann. „Setzen Sie sich, Miert, setzen Sie sich doch! Dann brauche ich den Kopf nicht so hoch zu heben, um Ihnen ins Gesicht sehen zu können. Das Wichtigste bei einem Verhör ist es, den Leuten ins Gesicht zu schauen.“

Ich folgte seiner Aufforderung. Schlimmer als der Elektroschocker konnte ein Verhör durch einen alten Fuchs auch nicht sein.

***

Dann kam es aber doch ganz anders. Von einem Verhör konnte keine Rede sein – Kriminaldirektor a. D. Oberst Schabasser redete und redete, und ich versuchte anfangs vergebens, einen Zusammenhang zu Isidor Novy herzustellen.

„Es war wiederholt der gleiche Modus Operandi, müssen Sie wissen. Immer ganz kleine Dorfbanken im Umkreis von Harland mit einer Eingangstür, die quasi aus zwei Flügeln bestanden hat, also mit diesem zweiflügeligen Typ von Eingangstür. Diese speziellen, die in den Sechziger und Siebzigerjahren verbreitet waren. Sie haben keine Klinke, sondern auf beiden Flügeln Ringe aus Stahl oder einem sonstigen Metall, massiv angeschraubt oder aufgeschweißt auf die Türblätter beziehungsweise Türflügel. Nach seinem Rückzug aus der jeweiligen Bank hat der Täter von außen ein kurzes, mit rotem Kunststoff ummanteltes Fahrrad-Kabelschloss mit einer Zahlenkombination verwendet – ein einst weit verbreitetes Fabrikat der Marke Fort, das es mittlerweile gar nicht mehr im Handel geben dürfte –, es durch die beiden Türringe beziehungsweise Türgriffe gefädelt und dann das Schloss zusammengesteckt und die Zahlen verdreht. So hat von innen keiner mehr die Tür aufmachen können, auch wenn er einen Schlüssel gehabt hat. Das Problem, dass ihn Bankangestellte oder Kunden bei seinen Absetzbewegungen von der Bank weg verfolgt hätten, hat für ihn also praktisch nicht existiert. Vielleicht ist er auch deswegen über die Jahre so erfolgreich gewesen, so unverschämt erfolgreich. Einige Jahre lang wird er wohl fast so viel verdient haben wie der Bundespräsident, und das auch noch steuerfrei."

„Auf welche Zahlen waren die Schlösser eingestellt?", fragte ich neugierig.

„Alle Zahlenschlösser hatten drei Stellen und waren immer nur auf eine einzige Zahlenkombination eingestellt: 666", antwortete Oberst Schabasser und fügte lächelnd hinzu: „Ehrlich gesagt haben wir deshalb monate-, wenn nicht jahrelang nach einem Satanisten gesucht, natürlich ohne die Zeitungen davon zu unterrichten. Sonst wäre ja der Teufel los gewesen – im sprichwörtlichen Sinne. Ich glaube aber nicht, dass der Täter ein Satanist gewesen ist, ganz und gar nicht. Das war nicht mehr als eine Art Verwirrungstaktik von ihm."

Erst jetzt bemerkte ich, dass das Zimmer höchstwahrscheinlich geheizt war, sehr gut geheizt war.

„Der Täter hat nie ein Fluchtfahrzeug benützt, sondern ist immer zu Fuß entkommen. Alles Dorfbanken, die er heimgesucht hat – in diesen winzigen Ortschaften reichen der Wald, die Felder und die Fluren oft bis in den Siedlungskern. In die Maisfelder, in die Stauden, in die Gstätten, da ist er hineingelaufen und war in null Komma nix perdu. Viele dieser Orte waren von größeren oder kleineren Waldstücken, ja von ganzen Wäldern umgeben. Das waren ausgedehnte Areale. Wir haben bald auch Suchhunde eingesetzt, aber er ist kilometerweit in seichten Flussläufen und in diversen Bachbetten dahingelaufen. Die Hunde haben die Spur nie halten können. Einige der Hundeführer waren der Meinung, dass er auf seinen Fluchten außerdem Pfeffer oder irgendwelche anderen Substanzen verstreut hat. Der Täter war jedenfalls in gewisser Weise so etwas wie ein Waldläufer, ein Waldmensch."

„Isidor Novy, der Einsiedler vom Probstwald?", warf ich hoffnungsvoll ein.

„Davon bin ich etwa ab 1971 ausgegangen. Insgesamt viermal haben wir seine einschichtige Behausung hinter der Kaserne und den ganzen Wald rundherum durchsucht. Mit Suchhunden, mit 50 oder 70 Polizeischülern, mit allem Drum und Dran. Aber wir haben nie etwas gefunden, er muss ein gutes Depot irgendwo im Probstwald gehabt haben, ein Depot mit der Waffe, seinen Schuhen und der Kleidung, die er bei den Banküberfällen immer getragen hat, mit seiner Vermummung und vor allem mit dem Geld, mit all dem Schotter. Wir haben ihm jedenfalls nie das Geringste nachweisen können. Auch die Schmalspurfilme, die wir von circa einem Drittel der Überfälle hatten, haben nichts hergegeben. Darauf war nur jemand mit der Statur von Novy zu erkennen, aber das war eine Durchschnittsstatur. Sein Gesicht und seine Haare waren immer sorgfältig vermummt. Einfach durch eine schwarze Roger-Staub-Maske, nicht sehr phantasie-, aber wirkungsvoll.“

Kriminaldirektor a. D. Oberst Viktor Schabasser, das musste ich mir spätestens jetzt eingestehen, stank. Das ganze Zimmer stank nach seinen Fäkalien, seinem Urin und den Ausdünstungen seiner Greisenhaut. Irgendwo unter den Deckenbergen musste eine Windelhose verborgen sein, oder die Gattinpflegerin wechselte alle paar Stunden das Leintuch. Zwei bedauernswerte Existenzen, aber vielleicht stand uns das allen bevor. Wenn wir nicht, räsonierte ich, mit fünfzig oder sechzig einem schnell fahrenden Mercedes Benz die Stirn bieten oder in Grado einen ganzen Teller Miesmuscheln essen, die ein nordafrikanischer Flüchtling in der Mittagssonne auf der Spiaggia Principale, dem belebten Hauptstrand der Isola del Sole, aufgelesen und dem weit entfernten Restaurant billigst verkauft hat. Das Leben, dachte ich, ist in Wirklichkeit absurd wie Bier mit Tequilageschmack, und das Ende ist keinen Deut besser, einfach grauslich.

„Wie viele Banken hat Novy auf diese Art und Weise überfallen?“, fragte ich.

„17, soweit ich mich erinnere. 1978 ist jedenfalls die letzte Bank in unserer Gegend in diesem Modus Operandi ausgeraubt worden. Es gab keine Nachahmungstäter, weil inzwischen alle Bankinstitute in Harland und vor allem im Landkreis ihre Eingangstüren ausgetauscht hatten. Mit dem Fahrradschloss-Trick wäre keiner mehr weit gekommen.“

***

„In der fünften Bank, die er überfallen hat, war eine Kamera. Kein Video wie heute, sondern eine Super-8-Kamera. Ich habe den Film entwickeln lassen und ihn mir, glaube ich, hundertmal angeschaut, bis das Zelluloid auf der Spule zu rauchen begonnen und dann Feuer gefangen hat. Es gibt darauf eine kurze Sequenz, wo er ausrutscht und mit dem Lauf seiner abgesägten Schrotflinte versehentlich an die Budel schlägt. Der Schnappverschluss am Lauf ist aufgegangen und man hat eine Sekunde, weil die Kamera günstig positioniert war, in die beiden Patronenkammern sehen können, zumindest mit einer starken Lupe. Novy hat immer nur diese eine Waffe benützt."

„Und?", fragte ich, während Oberst Schabasser eine kurze Effektpause machte.

„Die beiden Kammern waren leer, da waren keine Köpfe von Patronen zu sehen! Der Novy hat die ganzen Banken mit einer ungeladenen Waffe überfallen! Da bin ich mir sicher!", sagte Oberst Schabasser aufgeregt.

„Außerdem war da noch etwas", fuhr der lebende Totenschädel fort. „Mitte der Siebziger ist eine größere Summe aus einem der Banküberfälle aufgetaucht. Die Harlander Emmaus-Gemeinschaft hat für einen Zubau ihres Obdachlosenheims eine erhebliche Rechnung bei einem Baumeister damit bar bezahlt. Der hat das Geld zu seiner Bank getragen und wollte es auf das Geschäftskonto einzahlen. Die Bank hat dann anhand der Nummern der Tausend-Schilling-Scheine herausgefunden, dass es jenes Geld war, das ein paar Jahre zuvor bei einem Überfall auf eine ihrer Filialen im Umkreis von Harland geraubt worden war. Wir sind natürlich mit Karacho zu Emmaus gefahren, aber der

Geschäftsführer hat glaubhaft versichern können, dass der Betrag aus einer anonymen Spende stammte, aus einem Kuvert voller Banknoten, das sie vor ein paar Tagen in ihrem Briefkasten gefunden hatten. Natürlich musste Emmaus die Rechnung dann noch einmal bezahlen, mit Geld, das nicht heiß war, aber meine Meinung über den Novy hatte sich geändert", meinte Oberst Schabasser. „Für mich war der Kerl von da an nicht mehr der Staatsfeind Nr. 1."

Der uralte Kriminalist nahm sich Zeit für ein bisschen Schnappatmung und noch eine Effektpause.

„Und das hat sich, unter uns gesagt, natürlich auf künftige Ermittlungen ausgewirkt, obwohl ich mir eigentlich keinen Vorwurf machen kann und mir keine Nachlässigkeit zuschulden kommen habe lassen. Außerdem hatte ich sowieso andere Sorgen als den Novy. Zum Beispiel drei abgängige, alleinstehende ältere Männer, alle im Abstand von ein paar Monaten aus Harland verschwunden und auch noch ein halbes Jahr oder Jahr später nicht aufgetaucht. Ich war der erste, der diese drei Fälle in eine Serie gebracht hat."

„Erzählen Sie mir mehr davon. Das interessiert mich", log ich. Männer wie Schabasser musste man am Reden halten, andernfalls konnte es passieren, dass sie sich irgendwo in ihrem Hirn verloren.

„Mit meinen Leuten habe ich stundenlang, tagelang die ganzen Nachbarschaften der drei befragt, die Grätzel. Nichts. Wir haben alle drei Wohnungen penibel gefilzt und jeden verschimmelten Zettel mit einem Namen, mit einer Telefonnummer da herausgeholt. Wir haben jeden Kontakt, den die jemals in ihrem Leben gehabt haben, unter die Lupe genommen. Ihre Exfrauen, ihre schlampigen Verhältnisse, ihre Arbeitskollegen, ihre Gläubiger, ihre Schuldner.

Natürlich auch alle Bekannten, Verwandten und selbst die Greißler, bei denen sie eingekauft haben, ja sogar den jeweiligen Pfarrer. Nichts. Wir haben die Etiketten aus ihrer Kleidung getrennt und sind damit in die Geschäfte gelaufen. Nichts. Auffallend war auch, dass in den Wohnungen praktisch keine Wertsachen vorhanden waren, also kein Schmuck, keine Uhren, keine Fernseher, keine Ölgemälde, keine Briefmarken- oder Münzsammlungen, keine Radios, keine Feldstecher, keine Jagdgewehre, von Bargeld ganz zu schweigen. Außerdem ist mir aufgefallen, dass jeder der drei eine kleine, aber feine Kollektion von Damenunterwäsche hatte, versteckt in doppelten Böden von Schränken, einer auch in einem geheimen Fach eines alten Sekretärs, gebrauchte Damenunterwäsche. Das war der einzige Hinweis auf eine Verbindung", erzählte der Oberst.

„Wie sind Sie vorgegangen?", fragte ich. Ich war nur noch Stichwortgeber für den uralten Mann.

„Nach Schema F, wie es damals üblich war, ohne auf irgendwelche genialen Eingebungen zu warten. Wir haben die ganze Kartei der Sitte hinauf und hinunter vorgeladen, alle stadtbekannten Perverslinge, Sexualstraftäter, Zuhälter und Nutten, und haben sie eingehend befragt, ob sie irgendetwas über die Wäsche aussagen können. Das hat natürlich einen Riesenwirbel gemacht. Ehrlich gesagt haben wir in den Verhörzimmern auch nicht gerade mit Drohungen und Faustwatschen gespart. Das war damals halt State of the Art", sagte Oberst Schabasser und grinste.

Im Zimmer stank es noch immer, und es schien immer heißer zu werden. Allerdings war das alles nichts gegen einen Taser und eine Zaunlatte.

„Schließlich hat uns einer einen Zund gegeben. Ein Pärchen, das in einer verfallenen Mühle in Zaderhaus gehaust und per Zeitungsinserat gebrauchte Damenunterwäsche angeboten hat. Ich bin sofort mit dem vollen Aufgebot hingefahren und wir haben eineinhalb Tage Hausdurchsuchung gemacht, inklusive ein bisschen graben im Gemüsegarten. Das Problem war nur, dass die beiden in dem Gemäuer eine Nerz- und eine Hühnerzucht betrieben haben und die drei alten Tatterer in entsprechend zerkleinerter Form an die Viecher verfüttert haben dürften."

„Wie haben Sie sie schließlich gekriegt?", fragte ich desinteressiert.

„Ein Schätzmeister vom Wiener Dorotheum hat sich an die Frau erinnern können. Und das, was sie dort versteigern hat lassen, konnte einem der alten Geilspechte zugeordnet werden. Die haben zuerst regelmäßig gebrauchte Unterwäsche in der Mühle gekauft. Nach einigen Wochen haben sie gegen Bezahlung auch dabei zuschauen dürfen, wie die Frau neue Unterwäsche angezogen, ein paar Minuten eingetragen und dann wieder ausgezogen hat. Irgendwann waren dem Pärchen die so eingehenden Honorare aber zu spärlich und der Mann hat einen Prügel genommen und einen der alten Onanisten totgeschlagen. Dann sind sie in die Wohnung des Opfers und haben sie komplett ausgeräumt. Dreimal sind sie so vorgegangen. Die Nerze sind übrigens auf Anordnung des Gerichts nach Wien verkauft worden. Vielleicht trägt jetzt noch irgendwer die Mäntel und Jacken, die aus ihnen gemacht worden sind. Was mit den Hühnern passiert ist, weiß ich nicht."

Mamma mia, dachte ich, diese Hühner sind so ziemlich das Letzte auf der Welt, was mich interessiert.

„Wissen Sie noch, wie viel Novy bei seinen 17 Banküberfällen insgesamt erbeutet hat?", versuchte ich verzweifelt, das Gespräch zu dem Einsiedler vom Probstwald zurückzuführen.

Die Gattinpflegerin im Türrahmen gab schon seit ein, zwei Minuten wieder missbilligende Grunzgeräusche von sich. Meine Audienz bei ihrem Mann oder ihrem Pflegling dauerte nach ihrem Dafürhalten wohl schon viel zu lange. Umso froher war ich, dass es mir doch noch zu gelingen schien, den uralten Oberst wieder auf das Thema Isidor Novy zu bringen.

„Nicht viel mehr als eine Million. Schilling natürlich, keine Euro. Sein größter Coup war aber in Wald, das ist eine kleine Ortschaft im Probstwald. Dort hat er vor der lokalen Raiffeisenbank einen Kleintransporter erbeutet, mit dem die Nationalbank Regionalbankfilialen mit Golddukaten, einfachen Dukaten und Vierfachdukaten, beliefert hat. Den Fahrer und einen weiteren Wachmann hat er entwaffnet und dann mit seinem Fahrradschlosstrick in der Bankfiliale eingesperrt. Das war übrigens auch der einzige Überfall, bei dem er nicht zu Fuß geflohen ist."

„Wie viel?", fragte ich gespannt.

„Knapp über dreißig Kilo Dukatengold, also Feingold: 986 Teile Gold, legiert mit 14 Teilen Kupfer."

„Wow", sagte ich nur.

„Den Lieferwagen haben wir zwei Tage später ausgebrannt in einem Wäldchen bei Statzendorf gefunden. Natürlich ohne die Golddukaten."

„Und Sie sind sich sicher, dass der Novy hinter all dem steckt?"

„Novy war Fahrradmechaniker und auch so etwas wie ein Waldmensch, aber wirklich sicher ist nur der Tod", sagte der uralte Oberst und sah plötzlich sehr müde aus. Seine Gattinpflegerin machte einen Schritt ins Zimmer, in dem es immer intensiver nach Fäkalien roch.

„Einen letzte Frage noch: Wie viel von all dem Geld und Gold kann Novys Tochter abbekommen haben?“, erkundigte ich mich gehetzt.

„Ein absoluter Eigenbrötler wie Novy und eine Tochter? Machen Sie sich nicht lächerlich, Miert“, meinte Kriminaldirektor in Ruhe Viktor Schabasser. Der Totenkopf schien mich auszulachen, aber eigentlich fand ich, dass alle fleischlosen Schädel aussahen, als ob sie lachten. Im größten Unglück, in der ärgsten Katastrophe, im bösesten Schmerz steckt manchmal, dachte ich, auch so etwas wie ein absurder Witz. Meistens allerdings halt sehr, sehr versteckt. Nur Totenköpfe grinsen eben völlig offen, ja geradezu ungeniert. Lachend oder wenigstens lächelnd sterben, dachte ich, das wäre es. Der uralte Oberst hatte mir etwas voraus – nicht nur zahlreiche Jahresringe, nicht nur die Erfahrung seines langen Lebens. Da machte es auch nichts, jedenfalls nicht wirklich, dass er stank wie ein Iltis. Babys stinken auch, dachte ich, und mit einem Mal kam mir unvermutet Manuel Higatzberger in den Sinn, und doch kann sich ihrem Charme kaum einer entziehen. Ich jedenfalls nicht.

***

„Sie können mir einen schönen Tod wünschen, Miert – alles andere hatte ich schon im Leben“, antwortete Oberst Schabasser, als ich ihm zum Abschied alles Gute wünschte. Seine Frau oder Pflegerin stand noch immer im Türrahmen und machte eine Bewegung, als wollte sie mich mit einem Besen aus dem Zimmer kehren. Die Audienz bei ihrem Mann oder Pflegling war beendet, jedenfalls wenn es nach ihr ging.

„Alle kennen die Geschichte von Isidor Novy und seinem mutmaßlichen Schatz. Sogar Oberleutnant Gabloner hat mich heute Mittag deswegen aufgesucht", verriet mir Oberst Schabasser noch.

„Ich habe meine Dossiers bisher wohl eindeutig über die falschen Leute angelegt", antwortete ich.

„Ich habe Egon Gabloner nie als meinen Nachfolger empfunden", sagte der uralte Kriminaldirektor a. D. plötzlich und unvermutet. Er sagte es sehr leise, aber durchaus vernehmbar. „Ich meine, er war natürlich legitimiert durch die Ernennung und durch die Hierarchie, aber er war nicht mein Nachfolger. Sie könnten das werden, Miert, Sie könnten das noch immer werden, jedenfalls im übertragenen, symbolischen Sinne, wenn Sie nur ein bisschen weniger stur wären ..."

„Ich fühle mich geehrt", antwortete ich, „aber das können Sie nicht von mir verlangen."

Die Gattinpflegerin trat jetzt energisch ins Zimmer und stützte sich von hinten mit beiden Armen auf die Lehne meines Sessels, als wollte sie ihn mir wegziehen. Irritiert stand ich auf.

„Kommen Sie nie wieder hierher, Sie haben ihn aufgeregt!", zischte sie mit leicht feuchter Aussprache in mein rechtes Ohr.

Während dieser Worte war Oberst Schabasser entweder eingeschlafen oder gestorben.

***

Wirklich ausgegeben, überlegte ich, konnte Isidor Novy all das erbeutete Gold und Geld nicht haben, auch nicht in Jahrzehnten, jedenfalls nicht bei seiner mehr als bescheidenen, geradezu grotesk thoreauschen Lebensweise. Nicht einmal eine Familie oder wenigstens ein Haustier hatte er zu erhalten gehabt. Kein Wunder, dass sich unmittelbar nach seinem Tod allerhand – verbeamtete und nicht verbeamtete – Schatzsucher auf sein Anwesen stürzten.

Die Gattinpflegerin führte mich wieder vorbei an all den dunklen, altdeutschen Kommoden, Vitrinen und Kästen, an den altertümlichen Kronleuchtern, durch überbreite Gänge und ein mehr als großzügiges Stiegenhaus, dessen Wände und Decken mit üppigem Stuck verziert waren, durch all die anscheinend fast unveränderte Bürgerlichkeit des 19. Jahrhunderts. Ein Totenhaus, dachte ich.

„Ich möchte Sie hier nie wieder sehen!“, verabschiedete mich die Gattinpflegerin vor der Haustür, einem Monstrum aus dunklem Holz, Butzenscheiben und Schmiedeeisen.

Ich Sie eigentlich auch nicht, dachte ich, weder hier noch anderswo. Aber ich verkniff mir jedwede Äußerung.

Der steril-einfallslose Vorgarten war wahrscheinlich von einem Profigärtner angelegt worden und wurde von diesem wohl auch gepflegt, lieblos-professionell, husch-pfusch und fertig.

Vor dem schmiedeeisernen Eingangstor, das sich majestätisch wie ein von einem dienstbaren Geist über dem Sultan von Brunei geschwungener, übergroßer Palmwedel automatisch hinter mir schloss, zog ich das Handy aus der Hosentasche und wählte die Nummer von Ing. Manfried Scheibelreiter, MBA.

In der kurzen Zeit, überlegte ich, anstatt mich gedanklich auf das sicherlich schwierige Gespräch mit meinem lügnerischen Auftraggeber vorzubereiten, konnte mir Oberst Schabasser unmöglich alles gesagt haben, was er über Novy wusste. Immerhin war er jahre-, wenn nicht jahrzehntelang hinter dem Sonderling und mutmaßlichen Serien-Bankräuber her gewesen. Überdies hatte er über einen seiner sicherlich größten ungelösten Fälle die meiste Zeit mit einer seltsamen Distanz gesprochen. Insgesamt war ich aus dem alten Fuchs nicht recht schlau geworden. Vielleicht, sinnierte ich, sollte ich bei Oberst Schabasser Erkundigungen über Oberst Schabasser einholen. Aber eine zweite Chance, in diese leere Bibliothek vorzudringen, würde ich wohl nicht mehr bekommen. Nicht in diesem Leben. Dafür würden die Gattinpflegerin und der Tod schon sorgen.

Das Handy von Ing. Scheibelreiter war tot.

Auf der Fahrt vom Cottage-Viertel in die Harlander Innenstadt überlegte ich, warum mich der angebliche Enkel von Isidor Novy eigentlich engagiert hatte. Wahrscheinlich war er ein Glücksritter, ein Schatzsucher wie Schleicher, der tatsächlich – der einzige Punkt, bei dem er mich wohl nicht angelogen hatte – die ersten zwei Tage nach dem Tod des Einsiedlers vom Probstwald in dessen Behausung verhindert war und nicht auf Schatzsuche gehen konnte. Wahrscheinlich wegen seiner nötigen Anwesenheit bei einer potentiell noch ertragreicheren illegalen beziehungsweise kriminellen Operation, der er sich vorrangig zu widmen hatte, vielleicht sogar im Ausland. Möglicherweise musste er ja in Birmingham oder im Wuppertal dringend jemanden killen. Was wusste ich schon von dieser mehr als fragwürdigen Figur? Ich als sein Auftragnehmer sollte für ihn wohl einfach die Stellung in Hinterholz 1 halten und andere Schatzsucher wie Schleicher wenigstens zwei Tage lang davon abhalten, das novysche Anwesen zu filzen, zu durchwühlen und den angrenzenden Waldboden gleich mit dazu. Na ja, das war wohl gründlich danebengegangen. Pech für Scheibelreiter, dass er keinen wehrhafteren Wachmann oder gleich ein ganzes Büro mit mehreren Mitarbeitern engagiert hatte. Wahrscheinlich wollte er Kosten sparen und war deswegen auf einen Diskont-Detektiv wie mich gekommen. Doch wie, fragte ich mich selbst, war er an den Schlüssel für die Hütte und den Schuppen des potentiellen Bankräubers gelangt? Wahrscheinlich hatte er den sterbenden Novy einfach in dessen Krankenhauszimmer bestohlen, seine Hausschlüssel aus dem Nachtkästchen genommen. Dieser Scheibelreiter war wohl nichts anderes als ein Leichenfledderer, also ein besonders mieses Stück Dreck.

***

Meine Hausbank würde mir keinen einzigen Euro mehr borgen, nicht einmal einen Cent. Kleingewerbetreibende wie ich waren denen sowieso von vornherein verdächtig. Dazu war mein Konto schon seit längerer Zeit hoffnungslos überzogen. Wenn die wollten, konnten sie die offenen Forderungen jederzeit fällig stellen und mich damit in den Konkurs schicken, und gleich auch noch in einen anschließenden Privatkonkurs. Aber lieber profitierten sie noch eine Weile von den horrenden Kontoüberziehungsspesen und -zinsen, die sie mir verrechneten. Mit dem Geld, das sie so an mir und zigtausenden anderen verdienten, zockten sie an allen möglichen und unmöglichen Finanzplätzen dieser Welt mit ziemlich risikoreichen und ziemlich komplizierten Veranlagungen, die sie wahrscheinlich selbst nicht immer ausreichend verstanden. Die Hauptsache war wohl der Kick für die Vorstände, das Adrenalin beim Traden. Stellte ich mir jedenfalls vor. Aber in Wirklichkeit war das eine Welt, die für mich und auch für das gemeine Fußvolk der Bank, sprich für die Angestellten in den Frontoffices, unzugänglich war.

Die ältere, erfahrene Kassiererin in der Filiale in der Kremser Gasse kannte mich und meinen Kontostand seit Jahren. Entsprechend säuerlich war ihr Gesichtsausdruck, als ich vor ihr am Schalter stand. Immerhin rief sie nicht gleich den Sicherheitsdienst und sprach auch kein Hausverbot inklusive Kontokündigung aus.

„Es tut mir leid, Herr Miert, aber Ihr Konto ...“, setzte sie zu einer höflichen, aber bestimmten Vorab-Verweigerung einer eventuellen Abhebung meinerseits an. Der Automat im Foyer gab mir schon seit langem kein Geld mehr.

„Ich möchte etwas einzahlen“, sagte ich mit einem leicht triumphierenden Unterton in der Stimme.

Die Augen der Kassiererin wurden groß und kugelrund.

„Ja, tatsächlich“, fügte ich hinzu und legte einen der beiden 500-Euro-Scheine von Ing. Scheibelreiter auf die Budel. Ich hatte nicht vor, das Honorar an meinen Auftraggeber zurückzuzahlen, ganz sicher nicht, gerade weil ich an der Erledigung seines Auftrages durch Harry Schleicher und fast die gesamte Harlander Polizei inklusive Oberleutnant Gabloner gehindert worden war. Ich nahm ohnehin nicht an, dass ich von meinem Auftraggeber je wieder etwas hören würde. Ein absoluter Horror wie der Taser-Schock war mit einem Tausender nicht einmal annähernd abgegolten, fand ich.

„Ich zahle die ganzen 500 Euro ein“, setzte ich noch einen drauf.

Die Kassiererin streifte den Geldschein und meine Kontokarte blitzschnell ein, als könnte ich es mir noch einmal anders überlegen, und buchte fröhlich drauflos. Dieser Tag, dachte ich, war für sie wohl gerettet.

Als ich nach der erfolgten Einzahlung den zweiten 500-Euro-Schein auf die Budel legte, um ihn in Hunderter zu wechseln, stieg meine Reputation bei meiner Hausbank vertreten durch die Kassiererin geradezu ins Unermessliche. Ein schöner Moment in meinem Leben, fand ich, ein wirklich schöner Moment.

Meine Bankfiliale lag in der Fußgängerzone, in einer der Haupteinkaufsstraßen der Stadt. 500 und mehr Gelegenheiten, die zweiten 500 Euro schnell loszuwerden. Aber ich blieb recht standhaft, ging sogar an einer neueröffneten Vinothek vorbei, klopfenden Herzens allerdings, und kaufte in der Innenstadt nur drei dicke, extradicke Scheiben Leberkäse und ein paar frische Handsemmeln. Auch wenn man es meiner eher barock-epochalen Figur nicht unbedingt ansieht, kann ich sehr leicht, dachte ich, auf geeiste Gurkensuppe mit Garnelen verzichten, ebenso auf Prosciuttoröllchen mit Kren-Mascarpone-Füllung auf Rucola und Balsamicoglacé und auf Wildlachswürfel in Kürbiskernkruste auf getrüffeltem Polenta und Dillrahm. Auch aus Pfaufilet mit Topfen-Pistazien-Füllung auf Kartoffel-Passionsfrucht-Püree und sautierten Champignons machte ich mir nichts und mein Gusto auf Artischocken-Ingwer-Schaum auf Limonensorbet oder Ananasravioli mit Nuss-Grammel-Füllung an Weiße-Schoko-Espuma hielt sich in Grenzen. Aber bei Leberkäse wurde ich schwach.

***

Am anderen Ende des langgestreckten Rathausplatzes glaubte ich, die Gestalt von Manuela Higatzberger von hinten zu sehen. Sie trug noch immer den dunkelgrünen Parka und strebte langsam auf die Franziskanergasse zu. Ihre Silhouette war leicht schief, da sie die große schwarze Reisetasche mit sich schleppte, in der sich wohl Baby Manuel befand. Vielleicht konnte sie sich nicht einmal einen Kinderwagen leisten. Mit ein paar schnellen Schritten hätte ich sie einholen können, aber trotz klopfendem Herzen entschied mich für den Leberkäse und gegen sie. Vielleicht hatte ich einfach nur Angst, dass ich doch nicht der Vater von Manuel war. Und genauso viel Angst davor, dass ich der Vater war. Manuela hatte das Wichtigste nicht ausgesprochen. Es war mir sowieso schleierhaft, warum ich noch keinen Brief eines Anwaltes erhalten hatte, in dem von mir Alimente eingefordert wurden. Andererseits, bei all den aufgebrochenen Postkästen, inklusive meinem eigenen, im Erdgeschoß der Mietkaserne, in der ich hausen musste, war es ein Wunder, dass mich überhaupt noch Post erreichte, gelegentlich wenigstens. Das meiste davon waren allerdings Rechnungen und Werbung, die mir sowieso gestohlen bleiben konnten. Und ein etwaiger Exekutor würde mir bei mir nur auf Sperrmüllmöbel und allerlei wertloses Zeug stoßen. Alles von Wert, das ich im Moment besaß, war das Honorar von Ing. Scheibelreiter minus getätigten Leberkäse- und Semmeleinkaufes.

Als ich den Weg zu einem der Zugänge zur Tiefgarage unter dem Rathausplatz fortsetzte, in der ich den Ford Granada abgestellt hatte, spürte ich in meinem Herz einen Stich. Manchmal wusste man, dass man einen Fehler beging, und beging ihn trotzdem. Vielleicht war das in meinem Leben die letzte Chance auf so etwas wie Kind und Kegel gewesen, und ich hatte sie links liegen gelassen. Ich würde jetzt gerne, dachte ich, trinken, so richtig trinken, denn ich werde dereinst alleine sterben.

***

Grobkörniger, mit allerlei Glasscherben und -splittern vermischter Schotter mit unvermuteten, gleichsam unlogisch eingestreuten Inseln von schlampig verlegtem, uraltem Katzenkopfpflaster, über das teilweise Gras und Kraut gewachsen war, drei Koloniakübel aus schwarzem Plastik ohne allzu viel verrotteten Inhalt, die schon ewig nicht mehr von der Müllabfuhr abgeholt worden waren, leere Schnapsflaschen, zertretene Bierdosen und der ganze sonstige Abfall der Liebesdienerinnen und ihrer meschuggen Freier und ein knapp mannshoher, verkrüppelter Holler-Strauch – das waren in etwa die Attraktionen des Hinterhofs der verlassenen Mietskaserne, in der ich mehr schlecht als recht logierte. Wenn man von meinem selbstgebastelten Grill aus zwei Dutzend alten, abgeschlagenen Ziegelsteinen und dem darübergelegten Teil eines Sandsiebes sowie einem schmutzig-weißen Plastikgartensessel vermutlich aus den frühen Siebzigerjahren absah. Wenn ich nicht mehr weiterwusste, grillte ich.

Umgeben war der Hinterhof nicht nur vom massiven Baukörper meines Gründerzeit-Wohnhauses, sondern auch von etwa einem Dutzend hölzerner Werkzeugschuppen, deren Eingangstüren sämtlich schon vor Jahren aufgebrochen worden waren, und von aneinandergebauten, ehemaligen Garagen der Mieter. Die meisten Garagentore hatten jedoch inzwischen das Interesse von organisierten, illegalen Altmetallsammlern gefunden und waren daher nicht mehr vorhanden. In den übriggebliebenen Betonboxen lagerte nur mehr wertloser Müll, etwa hoffnungslos abgefahrene Autoreifen und leere Motoröl-Dosen. Nur selten fand sich darin etwas für mich Brauchbares, wie etwa das große Schotter- beziehungsweise Sandsieb, aus dem ich mit einer in einem der Schuppen vorgefundenen Blechschere meinen behelfsmäßigen Grillrost geschnitten hatte. In manche der Garagen waren alte, billige Matratzen gelegt worden und in den Ecken sammelten sich gebrauchte Präservative. Die Protagonistinnen eines jämmerlichen Straßenstrichs verkehrten hier Nacht für Nacht mit knickrigen Freiern, die sich nicht einmal eine Kammer in einem Stundenhotel oder in einem Laufhaus leisten wollten.

Für manche war es das Kanzlerfest, für manche ein Ballsouper im Sacher, ein Brunch im Hotel Bristol oder wenigstens ein ausgedehntes Geschäftsessen im nächstgelegenen Haubenlokal. Für mich war es das, mein ganz persönlicher Flow. Aus meinem Wohnbüro hatte ich noch eine Tube Estragonsenf geholt, ein Glas Essiggurkerl, Besteck, inklusive meiner bewährten Grillzange aus dem 10-Schilling-Shop, und zwei Plastikteller, die nach dem Mahl problemlos dem Hinterhofmüll hinzuzufügen waren. Eine Karaffe eines nicht zu dünnen, aber auch nicht zu komplexen Roten Veltliners, den ich zuvor in meiner Küche dekantiert hatte, rundete das meines Erachtens perfekte lukullische Setting ab. Manche spinnen sich in der Einsamkeit ihrer Genossenschaftswohnung Tag für Tag in feingliedrigen Cool Jazz oder ins Fernsehprogramm ein, andere brauchen einen Mulatschag im Bordell, wieder andere schlagen ihren Hund, terrorisieren ihre Familien oder rauchen sich einfach mit diversen Tütchen ein. Ich dagegen grillte im Hinterhof, da war ich ganz bei mir.

***

„Sind Sie Marek Miert, der Detektiv? Ich bin jetzt fast eine halbe Stunde vor Ihrem Büro gestanden, aber es hat mir niemand aufgemacht."

Vor mir stand mit einem Mal eine relativ junge, kleingewachsene Frau in Jeans und roten Doc-Martens-Schuhen. Sie hatte ein waches, helles Gesicht unter einem brünetten Pagenkopf. Über einem violetten T-Shirt mit der Aufschrift „Trotzdem" trug sie eine Kette aus weißen Korallen. Ich schätzte sie auf Anfang dreißig. An einem späten Nachmittag wie diesem, dachte ich, verirrt sich normalerweise höchstens ein Sandler auf der Suche nach einem Nachtquartier in meinen Hinterhof, der nicht nur vom Hintereingang meiner Mietskaserne, sondern auch durch eine durchbruchartige Toröffnung, die ich von meinen Grillplatz aus nicht einsehen konnte, von der Straße aus zu betreten war.

„Was würde mich erwarten, wenn ich es wäre?", antwortete ich und blieb in meinem weißen Plastiksessel sitzen. „Ein Treffer bei den Euromillionen, wo ich aber nie mitspiele? Oder der vierte Preis bei einem Marek-Miert-Lookalike-Wettbewerb, für den Sie mich anwerben wollen? Oder verkaufen Sie Rheuma-Kissen? Oder Handyverträge? Mit Zeitschriftenabos werden Sie bei mir auch kein Glück haben, ich lese praktisch nur mehr Speisekarten. Außerdem habe ich jetzt Dienstschluss."

„Dass das hier privat ist, sehe ich auch", antwortete die junge Frau mit einem leicht ironischen Unterton.

Das wäre ein schönes Schlusswort, dachte ich.

Ich wäre jetzt eindeutig lieber allein gewesen, um weiter über den Fall Isidor Novy nachzudenken. Vielleicht auch über Manuela und Manuel Higatzberger, die vor nicht mehr als einer Stunde zum zweiten Mal aus meinem Leben gegangen waren, vom Rathausplatz in die Franziskanergasse, und die ich verdammter Vollidiot nicht zurückgehalten hatte.

„Sie sind mir zugewiesen worden“, behauptete die junge Dame ernsthaft, „von meinem Dozenten.“

„Dozenten? Ich wusste nicht, dass Harland neuerdings zur Universitätsstadt aufgestiegen ist“, meinte ich.

„Institut für Strafrecht und Kriminologie der Universität Wien. Ich habe mich zu spät für ein Seminar angemeldet, das auch ziemlich überbelegt war. Daher ist mir keine Wiener Detektei zugewiesen worden“, sagte die junge Frau noch immer sehr ernsthaft.

Sondern ein obskurer Hinterhofdetektiv in der Provinz, dachte ich, schwieg aber.

„Teilnehmende Beobachtung. Haben Sie *Das Rohe und das Gekochte* gelesen?“, fragte mich die Studentin seltsamerweise.

„Ich lese keine Kochbücher. Wenn ich koche, koche ich aus dem Bauch heraus. Ich brauche keine Rezepte.“

„Nein, Claude Lévi-Strauss meine ich.“

„Hat sich bei mir noch nicht vorgestellt“, flachste ich.

„Ich studiere Kriminalsoziologie und werde eine strukturalistische Seminararbeit über Sie und ihre aktuelle Tätigkeit schreiben. Teilnehmende Beobachtung eben.“

„Na ja“, meinte ich. „Ich werde es mir überlegen. Kommen Sie morgen oder in vierzehn Tagen wieder.“ Dann, und das war mein Fehler, fragte ich allerdings: „Wie heißen Sie denn eigentlich?“

„Entschuldigen Sie, dass ich mich nicht vorgestellt habe. Ich heiße Salma“, antwortete die junge Frau, „Salma Hayek.“

„Nein!“, wunderte ich mich. „Wie die Schauspielerin? Die aus *Lonely Hearts Killers*?“

„Nein, wie mein Vater, Samson Hayek!“, gab die junge Frau ein wenig echauffiert zurück.

Salma Hayek – mit dem Namen hatte sie mich gewonnen. Ich war schon immer alles andere als ein logischer Mensch.

„Es liegt noch eine Scheibe Leberkäse auf dem Rost. Auch eine Semmel ist noch da und ein Schluck Roter Veltliner“, sagte ich. „Sie müssen allerdings mit den Fingern essen und aus der Flasche trinken. Ich werde Ihnen auch keinen Stuhl anbieten. Es gibt nur einen, und ich habe schon zwei Bandscheibenvorfälle hinter mir.“

„Kein Problem“, meinte Salma nur.

„Erzählen Sie mir mehr über das Seminar“, forderte ich die junge Frau auf, „das interessiert mich.“

***

„Wir beide haben allerdings ein Problem: Ich habe im Moment keinen Fall“, sagte ich Salma, die Leberkäse und Semmel bereits verzehrt und sich auch beim Wein nicht zurückgehalten hatte.

„Kein Problem.“

„Kein Problem?“, fragte ich verwundert. „Sie haben mich vielleicht nicht richtig verstanden: Ich bin derzeit arbeitslos. Ich bin hackenstad, um es auf gut Deutsch zu sagen. Kein Fall, auch keiner in Sicht, also auch keine teilnehmende Beobachtung. Sie können mich höchstens in der Freizeit beobachten, beim Grillen beispielsweise, was aber sicherlich nicht Sinn der Sache ist.“

„Kein Problem“, antwortete die junge Frau, „während ich vor Ihrem Büro auf Sie gewartet habe, ist ein

Baumeister aufgetaucht. Er wollte auch zu Ihnen. Einer seiner Arbeiter, ein Baggerfahrer, ist bereits knapp zwei Monate im Krankenstand. Der Baumeister wollte Sie mit der Überwachung des Mitarbeiters beauftragen. Es könnte ja sein, dass der nur simuliert oder im Krankenstand pfuscht, als Fliesenleger oder so. Beides wäre ein Entlassungsgrund, der auch vor dem Arbeitsgericht durchgeht."

„So ein Pech aber auch", meinte ich, war im Grunde aber froh, dass mich der potentielle Auftraggeber nicht angetroffen hatte. So tief, dass ich mich vor das Arbeits- und Sozialgericht stellte und gegen irgendwelche Hackler aussagte, die schwarz bei Häuslbauern Parkettböden verlegten oder Badezimmer ausfliesten, so tief war ich noch nicht gesunken. Selbst wenn ich in einem vermüllten Hinterhof billigen Leberkäse grillte, anstatt gepflegt im „Medici" zu tafeln und Mirandas vinologische Mundschenkdienste zu genießen.

„Ganz im Gegenteil, ich habe den Auftrag für Sie angenommen", überraschte mich Salma Hayek.

„Was haben Sie?", fuhr ich die junge Frau an.

„Ich habe den Fall für Sie angenommen. Der erkrankte Arbeiter heißt Anton Lechner und wohnt in der Lindenstraße 37. Dort müsste er sich auch aufhalten, Arzt- und Krankenhausbesuche sowie Einkaufszeiten ausgenommen, wenn er wirklich krank ist."

„*Sie* sind krank, mir so etwas anzutun, und mir ist jetzt schon leid um den Leberkäse, den ich Ihnen spendiert habe, ganz abgesehen vom Rebensaft, auch wenn es nur Tafelwein war", schimpfte ich. „Solche Fälle übernehme ich nicht. Prinzipiell nicht! Ich verpfeife keine Hackler vor dem Arbeits- und Sozialgericht! Das geht so nicht, jedenfalls nicht mit mir!

„Das wird gehen müssen, ich habe nämlich 650 Euro Vorschuss angenommen. Der Baumeister wird Sie verklagen, wenn wir beide nicht morgen Früh in der Lindenstraße die Beobachtung aufnehmen. Wir sollen Beweisfotos machen, die den Mitarbeiter bei etwaigen illegalen Tätigkeiten zeigen", meinte Salma Hayek ruhig und ernsthaft, wie es ihre Art war.

Heiliges Kanonenrohr, dachte ich, das Leben kann manchmal eine ganze schöne Zumutung sein.

„Sie haben keine Kamera?", las sie nicht eigentlich meine Gedanken, sondern nur meinen Gesichtsausdruck.

„Mein Fotoapparat ist in Reparatur", log ich. In Wirklichkeit hatte ich ihn schon vor Monaten in der hiesigen Filiale des Dorotheums versteigern lassen. In Wirklichkeit dachte ich auch schon seit geraumer Zeit über einen Berufswechsel nach. Mit eher mäßigem Erfolg. Denn es gab letztlich wohl keinen anderen Tätigkeitsbereich, für den ich mich geeignet fühlte, jedenfalls nicht wirklich. Ich war wohl höchstens dazu qualifiziert, mich von dubiosen Typen wie diesem Ing. Scheibelreiter nach Strich und Faden belügen und mich von ekelhaften Gestalten wie diesem Harry Schleicher und seinem Adlatus verprügeln zu lassen. Zur Polizei konnte ich auch nicht mehr zurück. Mein ganzes Netzwerk, das ich einst in dieser Organisation hatte, war inzwischen selbst aus dem Dienst ausgeschieden, pensioniert, meschugge geworden oder hatte mich längst restlos vergessen – aus den Augen, aus dem Sinn. Und auf Oberst Schabasser, der schon ein Vierteljahrhundert in Pension war, würde wohl auch keiner mehr hören, wenn er mich empfahl. Sofern sich das vor seinem Ableben überhaupt noch ausginge. Ich hatte nur mehr Beziehungen zu einer Bankkassiererin, der ich als Kunde sauer aufstieß.

„Geben Sie mir das Geld und seien Sie morgen früh um neun mit ihren privaten Fotoapparat wieder hier“, kapitulierte ich vor der jungen Frau, vor dem Baumeister, vor dem Leben und seinen Zumutungen. Eigentlich, dachte ich, war ich nicht besser als alle anderen. Für ein paar hundert Euro konnte man mich und meine Prinzipien kaufen. Traurig, aber wahr. Andererseits, tröstete ich mich, was sollte die ganze Prinzipienreiterei, wenn man dafür ein Büro in einer Bruchbude hatte und dort auch wohnen beziehungsweise hausen musste und seine Freizeit nolens volens in einem verlassenen, vermüllten Hinterhof verbrachte. Vom Ökonomischen her war meine Ein-Mann-Detektei ungefähr so sinnvoll und lukrativ wie ein Raubüberfall auf einen Sandler.

***

Während der Nacht rumorten weit mehr Huren und Freier als sonst im Stiegenhaus und im Hinterhof. Ich hatte diffuse Kopfschmerzen und konnte nicht richtig schlafen. Gegen zwei Uhr früh wuchtete ich mich aus dem Bett, machte Licht und ging in die Küche, um mir mit kalter Milch einen Instant-Kakao anzurühren. Ich hatte seltsam geträumt: Ein Mann mit dunklen Brillen und ebensolchem Anzug fuhr in einem Kaufhaus vor einer Frau auf einer Rolltreppe. Plötzlich drehte er sich um, nahm sie in Augenschein und sagte: „Wenn ich Sie so ansehe, fallen mir üble Dinge ein!“ Als ihn die Rolltreppe nach oben befördert hatte, wandte er sich nach rechts und ging in die Abteilung mit den Küchenmessern, Fleischwölfen und Grillspießen. Die Frau verließ stante pede das Kaufhaus.

Solche Träume waren ein schlechtes Omen. Oder sogar ein Alarmsignal. Oder sie bedeuteten gar nichts, *niente*. Man konnte es nicht wissen.

Ich trank den Kakao langsam, auf meiner gebraucht gekauften Möbelix-Eckbank sitzend. Vor mir standen auf dem wackeligen Küchentisch der Zuckerstreuer und eine blauweiße Packung Haltbarmilch. Ich dachte an die Seelenmesse für einen stadtbekannten Harlander Zuhälter, der ich vor ein paar Jahren zu Ermittlungszwecken beigewohnt hatte. Die ganze Kirche war voller Menschen gewesen, und dann nur zwei, drei Leute bei der Kommunion. Bei einigen von denen hätte es gezischt, wenn sie in den Weihwasserkessel gegriffen hätten. Mit diesem Gedanken legte ich mich vorsichtig auf die Küchenbank und schlief im Licht der Milchglaslampe ein.

***

Der sechzehntausendfünfhundertfünfundzwanzigste Morgen in meinen Leben war auch nicht gerade das pure Vergnügen. Ich erwachte mit heftigen Kreuzschmerzen in der Lendenwirbelsäule und mit einem unangenehmen Ziehen vor allem in der Muskulatur des Oberkörpers, das ich auf meine unfreiwillige Bekanntschaft mit dem Taser gestern zurückführte. Irgendwann in dieser Nacht musste ich, ohne mich daran erinnern zu können, von der Küchenbank aufgestanden sein und mich ins Schlafzimmer begeben haben. Am liebsten wäre ich jetzt im Bett geblieben, um ausdauernd den Plafond oder meine Zehen zu betrachten. Es gab an diesem Tag nichts, worauf ich mich wirklich gefreut hätte. Weder auf den prähistorischen Durchlauferhitzer in meinem winzigen Badezimmer, der das Duschwasser nur mehr auf norwegisches Temperaturniveau heizen konnte, noch auf das alte Toastbrot und die bereits leicht ranzige Butter in meiner Küche, weder auf die seltsame Studentin noch auf die Bespitzelung eines Baggerfahrers. Das einzig Erfreuliche an diesem Morgen war der Kaffee. Vielleicht lebte ich sowieso nur mehr, um mir Unmengen von Kaffee zu brauen und diesen dann in kleinen, gierigen Schlucken zu trinken. Wie gesagt: Vielleicht das letzte wirkliche Vergnügen, das ich im Leben noch hatte!

Diesen Jänner war ein Rumäne spät am Abend mit seinem Auto auf den Parkplatz des großen Viehofener Sees gefahren, hatte am westlichen Seeufer seine gesamte Kleidung bis auf die Unterhose ausgezogen und sich dann in das eiskalte Wasser gestürzt, um sich zu ertränken. Er war so lange in der Seemitte herumgeschwommen, bis ihm die Kälte sämtliche Kräfte entzogen hatte. Obwohl der Mann offenbar fest entschlossen war, sich das Leben zu nehmen, hatte ihn kurz vor Schluss noch das Grauen gepackt. Ein Spaziergänger, der mit seinem Hund zu später Stunde am Seeufer unterwegs war, hatte mehrere laute Schreie, wirkliche Todesschreie gehört. Die Polizei, hatte ich der Lokalzeitung entnommen, fand nur mehr den versperrten Wagen und die penibelst zusammengelegte Kleidung mitsamt den Schuhen vor. Den Autoschlüssel hatte der Rumäne wohl mit in den See genommen, er wurde nie gefunden. Die Leiche des Mannes dagegen schon, wenn auch erst zwei, drei Tage später und in einem nicht so schönen Zustand.

Den Wahnsinn kann man nicht kritisieren, dachte ich, aber so weit bin ich noch nicht. Auch das war wahrscheinlich dem Kaffee zu verdanken. Im Übrigen hätte ich im Fall des unglücklichen Rumänen gerne nach einem Mörder gesucht. Bei Agatha Christie gab es immer einen Mörder. In Wirklichkeit war es in den meisten Fällen das Leben selbst, das uns unter das eisige Wasser drückte, bis uns der Atem für immer wegblieb.

Ich stand vom Küchentisch auf, schlurfte ins Badezimmer, stellte mich dort vor den Spiegel und versuchte, wie ein frischlackiertes Riesenhutschpferd zu grinsen. Aus therapeutischen Gründen.

Der Versuch, fand ich, gelang mir überraschenderweise nicht einmal schlecht.

***

Als ich einige Minuten nach neun aus dem Haus ging, lehnte die späte Studentin bereits an der Kühlerhaube des Ford Granada, den ich vor der Eingangstür geparkt hatte. Eine von zig Dellen und Depschern verunzierte Karosse des Baujahres 1984 konnte man selbst in diesem Grätzel über Nacht auf der Straße stehen lassen. Salma Hayeks Adjustierung glich der gestrigen aufs Haar, bis auf den großen, altmodischen Fotoapparat mit Teleobjektiv, der vor ihrem Bauch baumelte. Ich grüßte sie – gut gelaunt wie Hans Moser, wenn er gerade mal wieder Geld ausgeben musste –, sperrte den Wagen auf und wuchtete mich hinter das Lenkrad. Die Hayek nahm am Beifahrersitz Platz.

„Manchmal hat er mit sich selbst geredet“, begann sie unvermutet zu erzählen, während ich den Wagen startete und auch losfuhr. „Ich auch. Beispielsweise habe ich damals im Büro meinen PC beschimpft. Da die Schuld an diversen Fehlfunktionen aber so gut wie immer beim User liegt, war das natürlich eine Art von

Selbstgespräch. Manchmal hat er also mit sich selbst geredet. Sehr verhalten, leise, mit fast ganz geschlossenem Mund, beinahe wie ein Bauchredner. Dem Mann eines kleinwüchsigen Pensionistenehepaares, der ihn vor dem Rathaus angestarrt hat wie einen Außerirdischen vom Planet der Affen, hat er zugeraunt: ‚Waunst mi weida so deppat anschaust, bist ogstochen a glei.' Allerdings so leise, dass ich mir bis heute nicht sicher bin, ob er das wirklich gesagt hat, ob er überhaupt etwas gesagt hat. Vielleicht war es auch ich, die das ausgesprochen hat."

Ich unterbrach sie nicht, konzentrierte mich aufs Fahren, fragte nicht nach, auch wenn die vielen Worte für mich keinerlei Sinn ergaben. Aber was ergab schon Sinn in meinem Leben?

„Nach der Matura habe ich bei einer Versicherung im ersten Bezirk angefangen und insgesamt neun Jahre lang dort gearbeitet. Er dagegen ist meistens auf einer Steinbank am Rathausbrunnen gesessen. Links neben sich hat er immer fein säuberlich drei Fläschchen Jägermeister und eine rote Packung Zigaretten aufgereiht. Der Abstand zwischen diesen vier kleinen Gegenständen war exakt gleich groß, sie schienen auf der Bank auch mittig ausgerichtet zu sein. Wenn er mehr Besitz als die drei Fläschchen und die Packung Tschick gehabt hätte, wäre er wohl ein Pedant gewesen. Es war mein neunter Sommer bei der Versicherung, und er saß dort, als würde er nie wieder aufstehen. Trotzdem ist er immer wieder im Rathauspark oder vor der Universität unterwegs gewesen, um ein paar Münzen für all den Likör und das Rauchwerk zu schnorren. Ein oder zweimal habe auch ich ihm einen Euro zugesteckt. Er hat mich erstaunt angeschaut und sich nicht bedankt. Er war kein demütiger Bettler, wie ihn die Gesetze verlangten. Ein großer, stattlicher Mann mittleren Alters mit vollem, grauweißen Haar und einem dichten, dunklen Vollbart. Er hat nie etwas anderes als eine alte, dunkelgrüne Jacke mit Kapuze und verwaschene, schwarze Jeans getragen. Die Jacke war fast immer bis zum Kinn zugeknöpft, auch im Juli oder August. Weil er sich meinen Beobachtungen nach praktisch nur im Freien aufgehalten hat, waren sein Gesicht und seine Hände braungebrannt, fast schwarz, also jedenfalls braunschwarz. Manchmal ist er auch in der Alserstraße auf den Eingangsstufen eines aufgegebenen Geschäftslokals gesessen, in dem einige Monate erfolglos versucht worden war, skandinavische Holzhäuser an die Wiener zu bringen. Ich hätte mehr geben können, aber die Genossenschaftswohnung, in der ich mich Abend für Abend und am Wochenende in Schubert und in meine Einsamkeit verkrochen habe, der Golf TDI und der Sommerurlaub in dem türkischen Ressort, in dem ich mich Jahr für Jahr zwei Wochen lang gepflegt gelangweilt habe, sind ins Geld gegangen."

Salma Hayek machte eine Pause. Sie schien aufgekratzt und müde zugleich zu sein. Die Zahl der Verrückten, dachte ich, die mir in Laufe meines Lebens irgendwelche verrückten Geschichten erzählt haben, ist Legion. Ich zog die Meschuggenen direkt an. Wahrscheinlich hielten mich die meisten von ihnen für einen der ihren oder zumindest für so etwas wie eine Art Berg, der eine perfekte Kulisse für ihre Monologe abgab.

„In diesem Sommer habe ich ihn gesehen, wenn ich morgens ins Büro gekommen bin. Ich habe ihn gesehen, wenn ich die Extrawurstsemmel und den Coffee to go für das Gabelfrühstück besorgt habe. Ich habe ihn gesehen, wenn ich in die Mittagspause gegangen bin. Ich habe ihn gesehen, wenn ich von der Pizzeria wieder ins Büro gehastet bin. Ich habe ihn gesehen, wenn ich in meine Bankfiliale oder in die Apotheke gehuscht bin, und auch nach Dienstschluss auf dem Weg in die Tiefgarage. Ich habe ihn Tag für Tag gesehen, Arbeitstag für Arbeitstag. Ehrlich gesagt habe ich ihn in diesem Sommer öfter als meine Eltern gesehen, öfter als meine Oma und meinen Büroleiter, meinen Chef, der die paar Jährchen bis zur Pension hauptsächlich golfend heruntergedreht, aber trotzdem einen Großteil der Provisionen seiner Untergebenen kassiert hat, von den Boni ganz zu schweigen, viel öfter als meinen Hausarzt, meinen Ex, meinen Friseur und meinen Zahnarzt. Dabei habe ich nicht einmal gewusst, wie er heißt, und schon gar nicht, wer er eigentlich war oder woher er kam. In Gedanken habe ich begonnen, ihn Kevin zu nennen. Ich habe nicht gewusst, warum. Ich habe auch nicht gewusst, wo er geschlafen hat und wie er über den Winter kommen wollte. Irgendwann habe ich mich dabei ertappt, mir über Letzteres Sorgen zu machen."

Ich schwieg, weil man zu einer solchen Geschichte nur schweigen konnte. Außer man war Politiker oder Papst, die wussten auf alles etwas.

„Manchmal hat er irgendwie in sich hineingelächelt, nein, aus sich herausgelächelt, und zwar öfters", setzte Salma Hayek ihre unvermutete Erzählung fort. „Er ist auf der Steinbank beim Rathausbrunnen gesessen und hat gelächelt. Ich habe nicht gewusst, wieso. Während ich Tag für Tag die Daten all der Polizzen in den Computer geklopft habe, hat er gelächelt. Ich konnte mich nicht erinnern, wann ich in der Arbeit zum letzten Mal gelächelt hatte. Manchmal habe ich ihn beneidet. Obwohl ich Nichtraucherin war und mir Jägermeister, ich habe damals eher der Prosecco-Fraktion angehört, nicht geschmeckt hat."

Ein guter, ein wirklich guter Bordeaux, dachte ich, hätte vielleicht einiges gelöst. Oder auch nicht.

„Ich habe nicht gewusst, wie lange wir beide unser jeweiliges Leben noch durchhalten werden. Da habe ich dann beschlossen, Kriminalsoziologie zu studieren", schloss Salma Hayek und fügte nach einer kleinen Pause hinzu: „Verstehen Sie das?"

„Ja", log ich.

Nach einer kurzen Pause fragte ich: „Haben Sie diesen Kevin je wiedergesehen?"

„Nein. Er wird wohl im Winter darauf an einer Lebererkrankung gestorben sein. Oder er ist einfach erfroren", meinte Salma Hayek trocken, „kein Problem."

Manche Frauen, dachte ich, sind mir irgendwie unheimlich. Aber es war noch nicht so schlimm, dass ich deswegen einen Psychotherapeuten hätte aufsuchen müssen.

„Als junger Polizist bin ich einmal gemeinsam mit meinem Dienstführenden in eine Einfamilienhaussiedlung am Stadtrand gerufen worden", begann nun ich zu erzählen. „Die Zaunpfeiler vor dem Eingang des Hauses einer Bezirksrätin waren dick mit Kuh- oder Pferdemist beschmiert worden. Zusätzlich waren mehrere Säcke mit Müll, vor allem Alu- und Plastikdosen, verfaultes Obst, gebrauchte Damenbinden und jede Menge benütztes Klopapier, vor dem Haustor ausgeleert worden. Eine Nachbarin meinte, um Mitternacht Rumoren gehört zu haben. Mein Dienstführender, der die ganze Scheiße hochoffiziell untersuchen musste, hat dezidiert erklärt, nach dem Frischegrad zu schließen, müsse die Attacke auf das Haus um drei oder vier Uhr früh passiert sein. Der Mann der Bezirksrätin hat sich einen Tag freinehmen müssen, um alles wegzuputzen."

„Was wollen Sie mir damit sagen?“, fragte meine Beifahrerin. „Dass das Leben, selbst für Männer, oft Scheiße ist?“

„So in etwa“, log ich, „aber mein Therapeut, so ich einen hätte, würde das natürlich komplett anders sehen. Ich schlage also vor, dass wir beide wieder runterkommen.“

„Kein Problem“, meinte Salma Hayek nur.

***

Die Lindenstraße war eine kurze, in die Mariazeller Straße mündende Gasse in der südlichen Vorstadt mit lauter kleinen, langweiligen, relativ neuen Einfamilienhäuschen wie aus einem Fertigteilhaus-Katalog. Die Straße, in Wirklichkeit eine Sackgasse, lief in ein riesiges Maisfeld aus – von Linden keine Spur. Es gab hier propere Vorgärten mit relativ jungen, niedrigen Thujen- und Liguster-Hecken, Carports und Kinderschaukeln, und vor allem gab es jede Menge misstrauischer Hausfrauen-Augen hinter den Vorhängen der Küchenfenster. Unmöglich, dort am hellen Vormittag als Nicht-Anrainer länger als ein paar Minuten zu parken, ohne dass über kurz oder lang irgendwer die Nummer der Harlander Stadtpolizei wählte.

„Wir könnten ein Liebespaar spielen“, schlug Salma Hayek am Beifahrersitz allen Ernstes vor.

Ich hatte den Wagen direkt gegenüber der Liegenschaft Lindenstraße 37 abgestellt, auf der ein in einem satten Violett verputztes Häuschen, nicht viel größer als eine bessere Hundehütte, stand. An den beiden Fenstern zur Gasse hin waren die Jalousien geschlossen. Ansonsten war auf dem winzigen Grundstück nichts zu sehen, außer einem mit der Nagelschere penibelst gestutzten Rasen und einem Baumarkt-Grill aus Beton. Davor stand ein riesiger blaugelber Outdoor-Sitzsack. Der Baggerfahrer, dachte ich, leidet offenbar ebenso wie ich unter Rückenbeschwerden.

Typisch übereifrige Anfängerin, dachte ich außerdem und antwortete: „Nicht einmal daran denken. Stattdessen“, fuhr ich fort, „werde ich das Ganze jetzt einmal von hinten, von dem Würstelstand am Beginn der Gasse, sichern. Sie wechseln hinter den Volant und bleiben einfach noch ein paar Minuten stehen. Dann beenden Sie die Observation und holen mich mit dem Granada von der Würstelbude ab.“

Mit diesen Worten öffnete ich die Fahrertür und wuchtete mich aus dem Sitz. Den Autoschlüssel ließ ich stecken.

Ich hatte einfach keine Lust, die späte Studentin noch einmal zu Speis und Trank einzuladen. Im Übrigen war ich froh, dass die Observation gescheitert war. Dem Baumeister würde ich einen schönen Bericht schreiben, dass sich im Hause Lindenstraße 37 sowie davor und dahinter zwei Tage lang nichts, aber auch nicht das Geringste getan, gerührt und bewegt hatte. Da diese Aussage für ihn keineswegs nützlich war, würde er mich auch nicht als Zeugen vor das Arbeitsgericht zitieren lassen.

„Kein Problem“, dachte ich zufrieden.

***

Der Würstelstand, ein alter, grünweiß lackierter umfunktionierter Wohnwagen, stand in einer Gstätten am Beginn der Lindenstraße inmitten üppig wuchernder Sträucher und Stauden. An der Rückseite verfügte er über eine Art Anbau in Form eines kleinen, blauweiß karierten Zeltes. Vielleicht, dachte ich amüsiert, wird ja von „Harrys Haaße“ auch bald eines dieser zahlreichen falschen Münchner Oktoberfeste veranstaltet. Rechts neben dem Standplatz des Würstelstandes gab es zwei, drei geschotterte Parkplätze. Auf einem davon stand ein verdreckter schwarzer Volvo. Wegen der staubigen Scheiben konnte ich nicht in das Innere des Fahrzeuges sehen, wobei mich der Fond auch nicht besonders interessierte. Vor der straßenseitig aufgeklappten Budel des Wohnwagens gab es keinerlei Stehkundschaft. Ich bestellte eine Dose Bier und ein Paar Debreziner mit scharfem Senf und zwei Semmeln. Vom Standler, der sehr groß gewachsen sein musste, konnte ich eigentlich nur einen muskulösen Hals, ein weites, grünes T-Shirt mit dem Rapid-Logo und eine Gürtelschnalle mit einem silbernen Totenkopf erkennen, eine in der Harlander Vorstadt nicht einmal unübliche Adjustierung. Auf meine Bestellung hin warf eine kräftige Hand mit großporiger Haut und blondgrauer Behaarung die Würstel in einen Topf mit heißem Wasser. Dann verschwand der Standler durch eine kleine Tür im rückwärtigen Bereich des Wohnwagens. Wie ich annahm, um aus dem bayrischen Zeltanbau meine Bierdose zu holen. Der Kühlschrank im Wohnwagen war vielleicht leer, obwohl wie gesagt weit und breit keine Kundschaft zu entdecken war.

„Jetzt nur nicht bewegen, Miert, nur nicht“, sagte eine mir bekannt vorkommende Stimme rechts von mir, „sonst kracht es nämlich!“

Gleichzeitig spürte ich die Mündung eines großkalibrigen Revolvers oder einer Pistole in meiner rechten Seite. Vielleicht war es aber auch nur das Ende eines einfachen Stahlrohres. Man darf, dachte ich, die Hoffnung nie aufgeben. Langsam, sehr langsam drehte ich meinen Kopf in die Richtung, aus der die Stimme kam. Neben mir stand Harry Schleicher in all seiner Pracht und drückte die Mündung eines großen goldfarbenen Colts gegen meine Niere.

Typisch Zuhälter, dachte ich, eine dämlich-großkotzige Angeberwaffe, aber wenn er – selbst aus Versehen – abdrücken würde, wäre mein Unterleib nur mehr ein großer Kübel voller Schlatz und Schleim. Ich ging davon aus, dass Schleicher es ernst meinte, und rührte mich einstweilen nicht mehr. Die Zeiten der edlen Desperados, die mit ungeladener Waffe Schwerverbrechen begingen, waren seit Isidor Novy leider endgültig vorbei. Jetzt kam auch der Würstelstandler hinter dem Wohnwagen hervor. In ihm erkannte ich Schleichers hünenhaften Adlatus vom Probstwald. Der Bodybuilder steckte gerade sein Handy weg, mit dem er wohl vor nicht einmal einer Minute Schleicher im Volvo alarmiert hatte.

„Wo ist das Gold, Miert?", frage Schleicher mit kratziger Stimme und in aggressivem Ton.

Wo ist mein Wein, Schleicher, dachte ich.

„Welches Gold?"

***

Für einen Menschen mit meinen eher barocken Ausmaßen war selbst der Kofferraum eines großen Volvo alles andere als gemütlich. Die Aussicht auf ein Bier und ein paar Würstel – und schon war ich unaufmerksam geworden und hatte mich hochnehmen lassen wie ein blutiger Anfänger. Salma Hayek war offenbar nicht das einzige Greenhorn in diesem Fall, den ich leider von Anfang an sträflichst unterschätzt hatte. Einem üblen Typen wie Schleicher war alles, absolut alles zuzutrauen. Der Begriff Henkersmahlzeit kam mir in den Sinn. Wenn ich wenigstens noch das Bier und meine Debreziner hätte konsumieren können!

Der Bodybuilder hatte mich in den Kofferraum gehoben, als wäre ich ein Blatt Papier, und Schleicher hatte sofort den Deckel über mir zugeknallt. Unmittelbar darauf war der Volvo gestartet worden. Ich fühlte mich wie ein Idiot. Die Geräusche des starken Dieselmotors dröhnten mir in meiner mehr als unvorteilhaften Position laut in den Ohren. Von wegen gepflegt-skandinavische Motorenkultur. Wegen des Lärms konnte ich nicht hören, ob der alte Brutalinski und sein Adlatus sich im Wagen unterhielten. Auch die sonstige Außenwelt blieb meinen Sinnen weitgehend verschlossen. Nur einmal hörte ich die Sirene eines Rettungsautos oder eines Notarztwagens. Die Resteindrücke, die ich von der weiten Welt noch wahrnehmen konnte, waren außer den Motorengeräuschen nur die von meinen Gleichgewichtsorgan gefühlten Brems- und Beschleunigungsvorgänge des Wagens und dann und wann eine Bodenwelle oder ein Schlagloch, über die der Volvo fuhr. Ich begann, im Kopf zu zählen. Zwischen 1.100 und 1.200 hörte ich auf damit, weil ich mich bereits mehrmals verzählt hatte.

Nur jetzt keinen Krampf, dachte ich, etwa in einer Wade bekommen. Wer weiß, wann ich mich wieder strecken kann.

In meiner beruflichen Laufbahn hat es schon zigmal brenzlige und ziemlich brenzlige Situationen gegeben, in denen ich ehrlich gesagt durchaus mehr oder weniger große Angstgefühle verspürt hatte. Aber jetzt, musste ich mir eingestehen, hatte ich richtig Angst. Eine Heidenangst.

***

An der Rückseite meines Körpers spürte ich so etwas wie eine feuchte Wand aus unverputzten Ziegeln. Quer über meine Brust war eine schwere, rostige Eisenkette straff gespannt, eine zweite über meinen Hals, so dass ich kaum atmen konnte. Die Enden der beiden Ketten waren in grobe Eisenhaken in der Mauer hinter mir eingehängt. Meine Fuß- und Handgelenke steckten in geradezu mittelalterlichen Fesseln, in Eisenringen, die mit angeschweißten, dicken Eisenstangen ebenfalls in der Ziegelwand hinter mir befestigt waren. Die Ringe hätten sich wohl nach vorne auseinanderdrücken beziehungsweise auseinanderziehen lassen, waren aber jetzt mit großen silberfarbenen Vorhängeschlössern, wahrscheinlich aus einem Baumarkt, an vorgebohrten Löchern gesichert.

Ich muss aussehen, dachte ich, wie ein gekreuzigter, übergewichtiger Menschenfrosch.

Es roch nicht nur muffig, sondern unsagbar schlecht, wie im Darm eines Morbus-Crohn-Patienten. Ich hatte keine Ahnung, woher der ganze Gestank kam. Der fast leere Raum, in den ich letztendlich verschleppt worden war, war nicht größer als ein kleinbürgerliches Wohnzimmer. Ein altes Ziegelgewölbe mit einem gestampften Lehmboden, das von einer einzigen nackten Glühbirne notdürftig erhellt wurde. Links von mir gab es eine dunkle Holztür, die einen Spalt offen stand. Von der niedrigen Decke hingen Fäden weißlichen Schimmels – jede Menge davon. Ich tippte auf einen aufgegebenen Weinkeller irgendwo am nordöstlichen Stadtrand gegen den Dunkelsteiner Wald. Vom Zielort hatte ich nämlich nicht gerade viel mitbekommen. Kaum war der Kofferraumdeckel des Volvo geöffnet worden, kam auch schon der Taser zum Einsatz. Schleicher hielt voll drauf auf meinen Luxuskörper. Ich erlitt so etwas wie einen epileptischen Anfall und mir wurde furchtbar schlecht. Das war das Letzte, an das ich mich erinnern konnte. Nun klebte ich wie ein gekreuzigter Riesenfrosch an einer feuchten Kellerwand. Keinen Meter vor mir entfernt stand halblinks ein halb verfaulter, hoher Holzstuhl, auf dessen Sitzfläche einige beunruhigende Dinge deponiert waren: eine Lötlampe und eine Schachtel Zündhölzer, ein großer und ein kleiner Schraubenzieher, ein Kombizange und eine Gartenschere, ein Korkenzieher und zwei Taschenmesser sowie ein sogenannter Fuchsschwanz und ein Handbohrer, wie ihn unsere Großväter beim Heimwerken verwendet hatten. Niemals hatte ich in meinem Leben auch nur die geringste Lust verspürt, als Darsteller in einem schlechten Horrorfilm zu agieren – und das hier war die Wirklichkeit.

Schleicher stand halb rechts auf Höhe des Horror-Sessels. Selbst auf diese Entfernung konnte ich wieder das Abszess in seiner Mundhöhle riechen. Seinen goldenen Colt hatte er vermutlich hinten in den Hosenbund gesteckt, ich konnte die Waffe weder an ihm noch sonst wo im Raum entdecken.

„Wo ist das Gold?", fauchte er mich an.

Ich schloss daraus, dass bisher weder er noch ein anderer Isidor Novys Gold gefunden hatte, aber jetzt, wo mein Leben bald zu Ende gehen konnte, war es eigentlich ziemlich überflüssig, noch groß Informationen zu erschließen.

„Sie reiten sich da in eine schlimme Sache hinein", meinte ich schwach. „Wir können über alles reden, Schleicher!"

„Das werden wir auch“, antwortete Schleicher und lachte – sein Gesicht war unbarmherzig wie eine Lawine, die direkt vom Alpenhauptkamm herunter auf mich zuraste.

Mein ganzer Körper, jede einzelne Faser schmerzte von den höllischen Stromschlägen des Tasers. Ich wusste, dass das aber erst der Anfang war.

Und ich begann zu schreien.

***

Es war wie in einer Kompilation gleich mehrerer schlechter Hollywood-Filme auf einmal: Zuerst knarrte die alte Holztür à la Schloss Canterville, dann wurde sie abrupt aufgestoßen und Salma Hayek stand plötzlich wie Django mit meiner abgesägten Schrotflinte im Anschlag mitten im Folterkeller. Ihr Gesicht war blutleer-weiß und sehr entschlossen. Sie feuerte sofort auf Schleicher, der sich zu ihr umgedreht hatte und eben nach einem der Utensilien auf dem Stuhl greifen wollte, die sich nicht nur als Folterinstrumente, sondern zur Not auch als Verteidigungswaffen gebrauchen ließen. Die Schrotladung traf ihn in den rechten Unterschenkel, worauf er gut einen Meter zurückgeschleudert wurde und deutlich weniger akrobatisch als Jacky Chan zu Boden stürzte. In der gleichen Sekunde zog die Hayek überflüssigerweise auch noch den anderen Abzug und verfeuerte ihre zweite und letzte Schrotpatrone. Da der Rückstoß des ersten Schusses die Waffe stark nach oben gerissen hatte, ging die Ladung diesmal irgendwo in die Schimmeldecke.

Schleicher wand sich am Rücken liegend auf dem Lehmboden und schrie vor Schmerzen. Sein rechter Vorderfuß war bis hinauf zum Unterschenkel nur mehr blutiger Matsch aus Fleisch, Haut, Schuhleder und den Stofffetzen eines Sockens und eines Hosenbeines. Er brüllte wie ein wildes Tier.

Salma Hayek senkte die Waffe, drehte sich in meine Richtung und machte einen Schritt auf mich zu. Noch immer war sie kalkweiß im Gesicht und sah – kein Wunder – ziemlich verstört aus.

„Wir treffen uns um 18 Uhr im Café Grill im Innenhof. Capito?", sprach ich sie an. Es ging jetzt nicht darum, meiner Retterin überschwänglich zu danken – dafür war später noch genügend Zeit –, sondern sie aus der ganzen Sache herauszuhalten und mich aus diesem vermaledeiten Kellerverlies zu bringen.

Die Hayek sah wirklich mitgenommen aus und ich konnte mir wohl momentan keine Antwort auf meine Frage erwarten. Hoffentlich hatte sie die Nachricht trotz ihres begreiflichen Erregungszustandes verstanden.

Schleicher blutete ein, zwei Quadratmeter Lehmboden voll und schrie weiterhin wie am Spieß.

„Wenn ich heute nicht dort sein sollte, dann morgen um 18 Uhr am selben Ort. Und so weiter ad infinitum. Capito?", fuhr ich fort.

Schleicher schrie. Die Hayek stand noch immer irgendwie neben sich. Und ich in Ketten wie irgendein Sträfling auf der Teufelsinsel.

„Bei meinem Pech hat wahrscheinlich der Komplize dieser flennenden Arschgeige die Schlüssel mit den Vorhängeschlössern mitgenommen. Offenbar hatten die beiden nicht vor, mich jemals von all den Ketten loszumachen. Jedenfalls nicht zu meinen Lebzeiten. Wahrscheinlich hätte mein Skelett noch hier herumgehangen ..."

Ich versuchte, möglichst ruhig und eindringlich zu der Hayek zu sprechen, aber Schleichers permanentes Schreien irritierte mich ein wenig.

„Sie gehen jetzt raus und rufen mit Ihrem Handy die Rettung und die Polizei. Die Nummern sind 144 und 133. Außerdem die Feuerwehr, damit die mich mit dem Bolzenschneider von diesen dämlichen Ketten befreien können. Die Nummer ist 122. Danach setzen Sie sich ins Auto und sind eine Wolke. Halten Sie sich raus! Capito?“

Die Hayek schien sich ein wenig erholt zu haben.

„Ich möchte Ihr berühmtes ‚Kein Problem‘ hören, Salma“, forderte ich sie auf, „na los, machen Sie schon!“

„Kein Problem“, hauchte sie. Dann verließ sie mit winzigen, wackeligen Schritten den Folterkeller. Meine Schrotflinte nahm sie mit.

Hut ab, dachte ich, eine starke Frau, jedenfalls stärker als die meisten Männer, die ich kenne.

Bis schließlich als erste ein Notarzt und ein Rettungssanitäter des Roten Kreuzes im Folterkeller auftauchten, schrie Harry Schleicher noch ungefähr eine Viertelstunde lang vor Schmerzen. Es war ehrlich gesagt Musik in meinen Ohren. Fast wie Mozart. Die Lautstärke war zwar deutlich höher als bei der Arie der Königin der Nacht im Großen Salzburger Festspielhaus, aber aus meiner sehr persönlichen Sicht war der Genuss derselbe.

***

Ich wurde noch im Keller von zwei Rotkreuz-Zivildienern auf eine fahrbare Rettungstrage mit kleinen Hartgummirädern gehoben. Mein Gehirn fühlte sich an wie eine Molluske, die von nichts wusste als dem Gezeitenhub des Meeres, auf und ab, auf und ab bis in alle Ewigkeit. Eine Notärztin hängte mich an eine kleine Infusionsflasche an, die ein dritter Sanitäter neben mir hertrug. Zuvor hatte ein weiteres Rotkreuz-Team Schleicher notdürftig vorsorgt und rasch abtransportiert. Die hektisch arbeitenden Team-Mitglieder hatten sich untereinander leise über verschiedene Amputationsmöglichkeiten unterhalten, woran ich meine stille Freude hatte. Der Kellerraum war bald voller Uniformierter gewesen, Polizisten, Sanitäter und Feuerwehrleute. Letztere hatten schließlich auch die Vorhängeschlösser aufgebrochen und die Ketten mit einem Bolzenschneider durchtrennt. Sogar ein Tatortfotograf hatte im Kellerraum mit seiner Arbeit begonnen. Wahrscheinlich hatte er aber alles in allem nur jede Menge Uniformierter aufgenommen, die sich in dem kleinen Raum gegenseitig auf die Füße traten. Ich war zu kaputt, um so etwas wie einen Einsatzleiter auszumachen und mich an ihn zu wenden, vielleicht gab es in dieser frühen Phase auch noch gar keinen. Meinen nicht nur durch die Taser-Schocks malträtierten Nerven war das alles zu viel, viel zu viel. Meine ganze Kraft, die gerade noch ausgereicht hatte, um Salma Hayek klare und eindringliche Instruktionen zu geben, war mit einem Mal dahin.

Der goldene Colt, vor dem ich die ersten Sanitäter gewarnt hatte, wurde bei Schleicher nicht gefunden. Er hatte ihn wohl im Volvo gelassen, mit dem sein hünenhafter Komplize höchstwahrscheinlich zum Würstelstand, seiner Existenzgrundlage, zurückgekehrt war. Vielleicht, weil der Bodybuilder, überlegte ich, eine empfindsame Seele war, die meine Folterung nicht mitansehen wollte. Diese alberne Theorie verwarf ich allerdings sofort wieder. Und ich entschied, den Hünen nicht Oberleutnant Gabloner zum Fraß vorzuwerfen, sondern ihn eigenhändig zu bestrafen. Schließlich will man, dachte ich, in meinem Beruf dann und wann auch ein bisschen Spaß haben. Mit diesen herzerwärmenden Zukunftsplänen schlief ich noch im Folterkeller auf der Bahre ein und erwachte erst wieder in der Unfallabteilung des Landeskrankenhauses Harland.

***

Eine jüngere Ärztin mit grünen Augen war freundlich zu mir. Ich versuchte wahrzunehmen, ob ihre Arbeitskleidung hellblau oder hellgrün war, schaffte es aber nicht ganz. Ich erzählte ihr vom Taser und meiner Bewusstlosigkeit. Sie nahm mir, so schien es mir jedenfalls, eine Menge Blut ab. Hinter einem weißen Plastikvorhang wurde ich zudem einem EKG unterzogen. Die Werte riefen ein leichtes Stirnrunzeln bei der Ärztin mit den grünen Augen hervor. Mit dem anschließenden EEG lief es dem Anschein beziehungsweise ihrem Gesichtsausdruck nach etwas besser. Meine Sozialversicherungsnummer hatte ich komplett vergessen, aber immerhin fiel mir meine Wohnadresse noch ein. Die durchlittenen Kinderkrankheiten waren die üblichen und ich hatte keine Allergie, außer gegen Harry Schleicher. Meine bisherigen Krankenhausaufenthalte waren berufsbedingt eher brachialer Natur gewesen. Zwei Nasenbeinbrüche, eine Schulterluxation und ein Schlüsselbeinbruch. Von diversen Lippenprellungen und Rissquetschwunden einmal abgesehen, die ich mit allerlei Mittelchen aus der Apotheke meistens selbst kuriert hatte. Ich erhielt ein aufmunterndes Lächeln von meiner Ärztin, ein Identifikationsband mit meinem Namen und zig Nummern um mein rechtes Handgelenk und eine Mappe mit den bisher erhobenen Befunden und allerhand sonstigen Papierln. Ich wurde in einen Rollstuhl gesetzt und von einer Krankenschwester in den Wartebereich der Unfallambulanz geschoben, um dort auf einen mir zugewiesenen Wagerlschieber zu warten. Der, ein vierschrötiger Ägypter oder sonstiger Orientale, erschien nach nicht einmal fünf Minuten und brachte mich zum Röntgen. Ich war relativ ruhig, weil ich mich, was für eine leichte Übung, doch deutlich besser als in Schleichers Folterkeller fühlte. Etwas beunruhigend waren nur die beiden uniformierten Polizisten, die mein Rollstuhl im Schlepptau hatte. Sie sprachen kein Wort mit mir und auch ich war nicht gerade in einer besonders redseligen Stimmung. Ganz im Gegenteil.

Trotzdem habe ich selten etwas so genossen wie die Fahrt im Rollstuhl und das Warten vor dem Röntgenraum. Bis ich an meine längst verstorbene und halb vergessene Großtante Olga dachte, die ein Leben lang auf ihren Verlobten, der seit dem letzten Krieg vermisst wurde, gewartet und jeden Tag in der kleinen, neugotischen Pfarrkirche von St. Achatz für seine glückliche Rückkehr gebetet hatte. Vor dem Kriegerdenkmal am Dorfanger von St. Achatz, auf dem seit 1954 der Name ihres in diesem Jahr für tot erklärten Verlobten in goldenen Lettern eingraviert war, hatte sie im Frühling, im Sommer und im Herbst jeden Sonntag einen Strauß selbstgezogener Blumen niedergelegt. Als sie auf diese unendlich einsame Art und Weise 85 oder 86 Jahre alt geworden war, ließ sie sich von einem Bekannten nach Gmünd, ihren Geburtsort, chauffieren, brach nach einem anscheinend verträglich, ja geradezu glücklich verlaufenen Einkaufsnachmittag einen Streit vom Zaun und erklärte ihrem Chauffeur, auf seine Dienste gut und gerne verzichten zu können und mit den Zug nach St. Achatz heimkehren zu wollen. Der verärgerte Bekannte brachte sie noch zum Gmünder

Bahnhof und ließ sie dort vor dem Haupteingang beziehungsweise der Schalterhalle aussteigen. Nicht einmal eine halbe Stunde später warf sich Tante Olga am Bahnhofsgelände vor eine Verschublokomotive. Es konnte aber auch ein simpler Unfall gewesen sein – bei einer Greisin wie ihr, noch dazu einer ortsfremden Person, wurde das nicht so hypergenau untersucht.

Schließlich wurde ich aufgerufen und von einer Röntgenassistentin, die mir auch die Mappe mit den diversen Papierln von den Knien nahm, in den Röntgenraum geführt, während die beiden Polizisten im Warteraum sitzen blieben. Mein Kopf und mein Brustkorb wurden von allen möglichen Seiten durchleuchtet. Nach der Untersuchung, der ägyptische Wagerlschieber hatte inzwischen wieder die Kontrolle über meinen Rollstuhl übernommen, bat ich darum, ein WC aufsuchen zu dürfen. Der Orientale schob mich vor ein solches und wartete gemeinsam mit den beiden Polizisten vor der olivgrünen Plastiktür. Im Folterkeller war mir leider Gottes etwas passiert, was gemeinhin mit extremen Angstzuständen verbunden sein kann. Ich schloss mich in eine Sitzzelle ein und reinigte mich und meine Unterhose, so gut es ging.

Vom Röntgen ging es weiter zum Ultraschall, bei dem wieder das Herz untersucht wurde, danach zum MRT, das ich wegen Klaustrophobie verweigerte, und schließlich zurück in die Unfall-Erstversorgung zur Ärztin mit den grünen Augen, welche die erhobenen Befunde gemeinsam mit einem Oberarzt analysierte und bewertete. Derweil saß ich in meinem Rollstuhl vor den Behandlungsräumen und wartete wieder. Die Kieberer hatten noch immer kein einziges Wort gesprochen. Nur einmal hatte einer von ihnen für beide Automatenkaffee geholt. Während sie das heiße Gschlader vorsichtig aus den Plastikbechern schlürften, hatte der Kaffeeholer plötzlich und unvermutet zu seinem Kollegen gesagt: „Wohin gemma nachher? Lokal?"

Eine Antwort blieb aus, danach schwiegen die beiden wieder anhaltend.

„Wow", dachte ich, „war das jetzt ein Zitat? Oder sind das Fernsehhumoristen von ‚Versteckte Kamera'?"

Nach vier Stunden im Landeskrankenhaus Harland war meine grünäugige Ärztin überzeugt, dass mir im Großen und Ganzen nichts fehlte. Außer vielleicht ein Hauptgewinn im Lotto. Und hoher Blutdruck, meinte sie abschließend, gehöre in den extramuralen Bereich. Bitte suchen Sie einen entsprechenden Facharzt auf. Vielleicht könnte auch eine Änderung Ihres gegenwärtigen Lebensstiles Abhilfe schaffen.

Ich stellte meine Ohren auf Durchzug.

***

„Mitkommen", sagte der ältere der beiden uniformierten Polizisten im Wartebereich vor der Umfallambulanz. Er hatte leicht abstehende Ohren, grauweiße Haarbüschel in den Nasenlöchern und eine gut trainierte Terrier-Figur. Die Physis des jüngeren, extrem schweigsamen Beamten hatte ich schon beim ersten Anblick derselben vergessen.

„Bin ich leicht verhaftet?", fragte ich.

Natürlich war ich mir völlig im Klaren darüber, dass ich nach den Ereignissen in Schleichers Folterkeller um eine Befragung durch die Polizei nicht herumkommen würde. Schließlich war ich nicht nur Opfer, sondern auch der wichtigste, weil mutmaßlich einzige Zeuge eines Kapitalverbrechens. Aber es wäre doch gelacht, dachte ich, wenn ich die beiden überaus schweigsamen

Kieberer nicht zum Reden bringen könnte – ein bisschen mehr Service würde man sich wohl noch wünschen dürfen.

„Mitkommen“, insistierte der ältere Beamte, ohne mich einer Antwort zu würdigen.

„Wohin soll ich mitkommen?“ Die Frage war so alt wie die Polizei selbst.

„Bundespolizeidirektion.“

Was bringt man, dachte ich, am besten zu einem Verhör bei Kriminaldirektor Egon Gabloner mit? Na ja, vielleicht ein paar Aspirin und ein Speibsackerl. Das war sozusagen die Basis-Ausrüstung.

„Ich möchte mir in der Anstaltsapotheke noch eine kleine Schachtel Aspirin kaufen“, verlangte ich.

„Nix da“, sagte der ältere der beiden Beamten, „Sie sind pumperlgesund.“

„Woher wollen Sie das wissen? Sind Sie mein Arzt?“, protestierte ich.

„Mitkommen“, insistierte der Beamte.

„Und wenn ich mich weigere?“, fragte ich.

„Machen Sie keine Umstände!“ Auch diese Antwort war so alt wie die Polizei selbst.

„Kann Ihr Kollege auch einmal etwas sagen?“

„Der lebt nicht mehr. Der hat sich längst zu Tode fadisiert, weil er mit Ihnen fast viereinhalb Stunden in diesem Krankenhaus herumhängen musste.“

„Wenigstens Sie reden mit mir“, stellte ich fest.

„Ich rede nicht mit Ihnen, ich fordere Sie auf mitzukommen. Das ist etwas anderes“, antwortete der ältere Beamte.

„Das verstehe ich nicht.“

„Kommen Sie jetzt freiwillig mit oder sollen wir Ihnen Handschellen anlegen? Hier vor allen Leuten?“, fragte der Beamte enerviert.

Mein Ruf hier in Harland, dachte ich, ist sowieso schon ruiniert.

„Ich bin ein Zeuge“, sagte ich, „ein wichtiger Zeuge bei einem Kapitalverbrechen. Mir brauchen Sie keine Handschellen anzulegen.“

„Dann wäre das ja geklärt und Sie kommen jetzt freiwillig mit. Als Zeuge.“

„Danke für das Gespräch“, sagte ich.

***

Meine erste Leiche sah ich mit fünfzehn. Ein zwergenhaft kleiner, molliger Greis, der in einem hellblauen, dünnen Anstaltspyjama gestorben war. Am meisten schockierte mich damals das sonneneidotterkanarigelbe Gesicht und die ebenso gelben Hände und Füße des Gelbsuchtpatienten, der tot und stocksteif in einem Rollstuhl im Keller der alten Pathologie des Harlander Krankenhauses saß, ja saß. Die Totenstarre war voll ausgeprägt, deshalb hatte er wohl noch nicht seziert werden können. Weil ihn nämlich keiner aus dem Stuhl bekommen hätte, ohne ihm wider alle Pietät sämtliche Gliedmaßen zu brechen oder diese gleich zippezappe abschneiden zu müssen. Die damalige Sekretärin des Pathologie-Primars war eine Karenzvertretung gewesen und hatte mir, einem Ferialpraktikanten, der Medizin studieren wollte und in der HNO-Abteilung nichts anderes zu tun gehabt hatte, als Tag für Tag eine Unzahl von alten Krankengeschichten abzulegen, knapp vor Dienstschluss den Schlüssel des Sezierkellers für eine Viertelstunde überlassen. Ich muss damals sehr überzeugend gewesen sein, dachte ich, heute könnte ich wohl niemandem mehr dazu bewegen, meinetwegen eine solch grobe Pflichtverletzung zu begehen. Vielleicht war es auch nur die Erotik eines Fünfzehnjährigen gewesen, die sie dazu bewogen hatte. Die damalige Pathologie war in einer winzigen Gründerzeitvilla gleich beim Haupteingang des Krankenhauses untergebracht gewesen. Im ersten Stock waren das Labor und die Mikroskope, im Erdgeschoß wurde administriert und im Keller, der weder über eine ordentliche Belüftung noch etwa über eine Klimaanlage verfügte, wurde seziert. An den sicherlich überwältigenden Gestank konnte ich mich inzwischen nicht mehr erinnern, aber daran, dass ich auf einem Nirosta-Seziertisch noch eine zweite Leiche vorfand: Einen circa 25- bis 30-jährigen Mann, erschreckend nackt, dessen Körper nicht die geringste Verletzung aufwies, nicht einmal einen blauen Fleck oder auch nur den winzigsten Kratzer. Bloß von seinem Kopf war nur mehr der Unterkiefer vorhanden. Ein Motorradfahrer, erklärte mir die Sekretärin später, dem es den Helm mitsamt dem Kopf abgerissen hatte. „Morbus Kawasaki“, hatte sie gesagt und hellauf gelacht. Von diesen beiden Leichen träumte ich später noch jahrelang, besonders wenn ich abends schwer gegessen hatte. Deshalb wanderten meine Gedanken nun skandalös unkontrollierbar weiter zu hauchdünn aufgeschnittenem kaltem Schweinsbraten mit Pfefferoni, Senf und einer dicken Schnitte Vorschussbrot. So und so verging mir die Fahrt im polizeiweißen Opel Astra rasch. Beim Linzertor hatten die beiden Kieberer begonnen, sich über Bayern München und den FC Barcelona zu unterhalten. Offenbar war der eine ein Fan der Bayern, der andere ein Anhänger der Katalanen, was mich aber langweilte. Für Leute, die mit ein bisschen Balltreten am Wochenende Millionen verdienten, interessierte ich mich nicht. Die interessierten sich ja auch nicht für mich.

Übrigens, in der Harlander HNO suchen sie wohl heute noch die von mir falsch gereihten Krankengeschichten.

***

Ich saß im mir wohlbekannten Büro von Oberleutnant Egon Gabloner im zweiten Stock der Bundespolizeidirektion Harland. An der einfallslosen ärarischen Ausstattung hatte sich nicht viel, eigentlich gar nichts geändert, nur das offizielle Bildnis des Innenministers, das an einer Wand in einem schmalen schwarzen Rahmen hing, war nach der letzten Nationalratswahl ein anderes (der alte Innenminister war verhaftet und vor Gericht gestellt worden und saß jetzt eine mehrjährige Haftstrafe ab – übrigens in einem Gefängnis, das er einst selbst eröffnet hatte). Neu war auch ein aufgeklappter Laptop auf dem Schreibtisch des Harlander Kriminaldirektors. Das Verhältnis zwischen Gabloner und mir konnte man vielleicht mit dem zwischen Luzifer und dem Erzengel Michael vergleichen, wobei ich kein Engel bin, aber Gabloner ganz sicher eine eher diabolische Persönlichkeit ist. Ich hatte in seinem Büro wiederholt deutlich mehr Blut als Wasser geschwitzt, aber im Vergleich mit Schleichers Folterkeller kam es mir jetzt geradezu wie eine Wellnessoase vor.

Natürlich ließ mich Gabloner, verbissen in seinen Computer stierend, zunächst einmal zwei, drei Minuten blöd vor seinem Schreibtisch herumstehen, bevor er mich offiziell zur Kenntnis nahm, und bot mir auch danach keine Sitzgelegenheit an, aber immerhin hatte er mich nicht in Handschellen vorführen lassen. Trotzdem, das wusste ich, kam es jetzt einzig und allein darauf an, konsequent drauflos zu lügen. Die Wahrheit, selbst das kleinste Fuzelchen davon, hätte den Untergang für mich bedeuten können.

„Das ist ja ein schöner Pallawatsch, in den Sie sich da hineingeritten haben, Miert", meinte Oberleutnant Egon Gabloner böse lächelnd. „Aus dem Stegreif fallen mir zig Paragraphen aus dem Strafrecht ein, die ich Ihnen anhängen könnte."

„Ich bin das Opfer. Schon vergessen?", hielt ich dagegen.

„Erzählen Sie mir keinen solchen Scheiß, sonst vergesse ich mich!", schrie Gabloner mich an. Ohne jede Vorwarnung mit voller Lautstärke loszubrüllen, das war eine seiner Stärken in Verhören. Er spielte keineswegs den bösen Bullen – er war ein böser Bulle. Ich wusste, dass seine Drohungen unbedingt ernstzunehmen waren und hielt einstweilen lieber den Mund.

„Vor allem würde mich brennend interessieren, wer dem armen Schleicher den Knöchel und den halben Unterschenkel zerschossen hat!"

Der arme Schleicher, dachte ich, dass ich nicht lache!

„Mich auch", antwortete ich.

„Sie verscheißern mich am laufenden Band", fauchte Gabloner gereizt.

„Das würde ich mir nie erlauben, Herr Kriminaldirektor", antwortete ich und erzählte Gabloner dann die mehr als unwahrscheinliche Geschichte von einem mir natürlich völlig unbekannten, schwarzgekleideten Maskenmann, vermummt von der Zehen- bis zur Nasenspitze, ausgerüstet mit einer riesigen Schrotflinte, der plötzlich und unvermutet im Folterkeller aufgetaucht war und wild um sich zu schießen begonnen hatte. Dass der Kriminaldirektor daraufhin nicht konterte, bestärkte mich in der Ansicht, dass Schleicher kein Wort über Salma Hayek verloren hatte. Wahrscheinlich hielt der erfahrene Kriminelle ganz und gar die Goschen, um sich nicht noch mehr hineinzureiten. *Sagst du ja, bleibst du da, sagst du nein, gehst du heim.* Oder, was eigentlich eher noch wahrscheinlicher war, Schleicher war auf der Intensivstation des Harlander Krankenhauses in einen künstlichen Tiefschlaf versetzt worden, was jedes Verhör mit ihm obsolet machte. Auf jeden Fall wusste Gabloner offenbar nicht das Geringste. Ein glücklicher Umstand, dachte ich erleichtert, ein mehr als glücklicher Umstand.

„Ich bin ja ehrlich gesagt nicht einmal unfroh darüber, wenn einer wie dieser Schleicher blutet", dachte der Oberleutnant laut nach, „aber ich kann es nun mal nicht vertragen, wenn in meinem Bezirk herumgeballert wird wie im Wilden Westen."

„Ich finde das auch schrecklich", pflichtete ich ihm bei.

„Ich werde das Gefühl nicht los, dass Sie mich hemmungslos belügen."

Darauf erwiderte ich nichts, um den Gabloner nicht noch mehr zu reizen. Er war ohnehin schon sehr schlechter Laune.

„Sie haben gegenüber den ersten Einsatzkräften von einem – ich zitiere – goldenen Colt gesprochen", meinte Gabloner lauernd.

„James Bond", antwortete ich, „der Mann mit dem goldenen Colt."

„Ha?"

„Durch diesen Taser sind schon eine Menge Leute gestorben. Auch wenn ich nicht dabei draufgegangen bin, hat mir das Ding ganz schön das Hirn vernebelt. Mein EEG gerade im Krankenhaus hat wie eine Zeichnung von Picasso ausgesehen. Schließlich habe ich ja so etwas wie einen epileptischen Anfall gehabt, dabei habe ich wohl von Goldfinger oder einem Mann mit einem goldenen Colt phantasiert. Ich war nicht mehr zurechnungsfähig, einfach nicht mehr zurechnungsfähig", fabulierte ich. „Das wird Ihnen übrigens auch die behandelnde Ärztin vom LKH Harland bestätigen können", setzte ich noch einen drauf.

„Aha, so wollen Sie das also drehen", überlegte Gabloner laut.

„Also, im Ernst, Herr Kriminaldirektor", sagte ich, „haben Sie schon einmal einen Kriminellen mit einem goldenen Colt erlebt? Hier in Harland? Ernsthaft?"

„Mhm", brummte Gabloner.

Ich wunderte mich, dass er nicht schon längst eine Flasche aus seinem Schreibtisch geholt und sich einen genehmigt hatte. Hoffentlich war der Mann nicht auf Entzug – dann war ich verloren, so übel gelaunt, wie ich ihn nüchtern schon erlebt hatte.

„Wie sind Sie überhaupt mit diesem Schleicher aneinandergeraten?"

Das Verhör, dachte ich, ist längst noch nicht zu Ende.

„Keine Ahnung", antwortete ich ruhig, „Die Auswirkungen des Tasers, Sie wissen schon. Ich leide unter Erinnerungslücken."

„Leiden ist gut", fauchte Gabloner, „Sie machen sich dieses angebliche Leiden zunutze!"

„Leiden ist nie gut", konterte ich. „Seit dem Folterkeller weiß ich das besser denn je."

„Werden Sie Anzeige gegen diesen Schleicher erstatten?", fragte Gabloner.

„Nein", entgegnete ich. „Ich denke nicht daran."

Meine Lebenszeit, fand ich, war zu kurz, um sie vor Gericht zu verschwenden. Außerdem hatte ich keinerlei Ambition, die ganzen Vorgänge um den Fall Isidor Novy in einem Gerichtsverfahren aufrollen zu lassen. Dass Schleicher höchstwahrscheinlich der rechte Vorderfuß, wenn nicht sogar der Unterschenkel bis zum Knie amputiert werden musste, war meines Erachtens Strafe genug, auch wenn ich ihm insgeheim vielleicht sogar den Tod wünschte. Außerdem musste ich unbedingt Salma Hayek schützen. Staatsanwälte fragten viel zu viel. Vor Gericht war alles höchst ungewiss, man war in Gottes Hand. Auch mein derzeitiger Opferstatus würde vor einem Richter nicht unbedingt ewig halten. Ein paar Paragraphen – und schon war das Schwarze weiß und das Weiße schwarz.

„Das brauchen Sie auch nicht. Wenn jemandem der halbe Unterschenkel weggeschossen wird, ist das ein Offizialdelikt, das die Staatsanwaltschaft von Amtswegen zu verfolgen hat", sagte Gabloner mit der ganzen unsauberen Logik seines alkoholkranken Gehirns, das jetzt allerdings, wie ich befürchtete, gefährlich nüchtern war. „Ihre ganze Geschichte, Miert, ist meines Erachtens irgendwie nicht echt. Wie eine Kopie von einer Raubkopie", fügte er gereizt hinzu.

„Auch ein hervorragender Kriminalist wie Sie", replizierte ich, „kann sich einmal irren."

„Da werde ich Sie wohl laufen lassen müssen, Miert", brummte Gabloner unwillig.

Ich wusste, dass er jetzt nur mehr daran dachte, wie er die ganze Chose am besten der Lokalpresse verkaufen konnte. Kriminaldirektor Egon Gabloner rettet einen stadtbekannten Privatdetektiv aus dem Folterkeller. Weitere Enthüllungen nach abgeschlossenen Untersuchungen des Horrorverlieses höchst wahrscheinlich.

„Dafür haben Sie Schleicher und den Folterkeller“, sagte ich.

„Okay, also warten Sie gefälligst draußen, bis ich diesen ganzen Schwachsinn, den Sie da von sich gegeben haben, in ein Protokoll geschrieben habe, das Sie mir dann stante pede unterzeichnen werden.“

„Kein Problem“, zitierte ich die Hayek.

Ungefähr in dieser Minute verstarb im Harlander Krankenhaus Harry Schleicher. Fettembolie nach seiner Unterschenkelamputation. Er wird wohl, denke ich, heute den Aufguss in der Hölle machen, bis sich dort eine freie Planstelle als Folterer findet. Die müssen ihn nicht einmal anlernen.

***

Eher hätte ich einem Wiedergänger von Gaddafi vertraut als Oberleutnant Gabloner. Mit diesem versoffenen, alten und völlig unberechenbaren Kriminalisten hatte ich so meine Erfahrungen. Es war durchaus noch möglich, dass er sich die Sache mit dem Lügen-Protokoll überlegte und mich doch in den Zellentrakt sperren ließ. Oder er würde mich noch einmal zum Verhör in sein Büro holen, diesmal zu einem richtigen. Als künftiger Autor eines österreichischen Schimpfwörterlexikons hätte man enorm von ihm profitieren können, sein diesbezüglicher Fachwortschatz in all seinen Formen und Varianten war beinahe unerschöpflich. Als Vertreter der Staatsgewalt liebte er vor allem das Grundwort dieser Zusammensetzung, sprich: Gewalt. In seinem Büro konnte man sich schon mal ein paar ordentliche Watschen einfangen. Gute, alte Polizeitaktik eben. Oberst Schabasser, dachte ich, hat Gabloner glücklicherweise nicht über meinen Besuch bei ihm informiert. Vielleicht, weil der alte Fuchs mich mochte. Es konnte aber auch einfach daran liegen, dass der gewesene Kriminaldirektor inzwischen im Koma lag oder schon tot war. Schließlich hatte ich in Schleichers Folterkeller ja keine Lokalzeitung mit den aktuellen Todesanzeigen lesen können.

Während ich wartete, versuchte ich, in Gedanken auf alle niederösterreichischen Zubringerflüsse der Donau zu kommen; zuerst auf die südlichen von Westen nach Osten, dann auf die nördlichen ebenfalls von Westen nach Osten. Dann rezitierte ich im Kopf die ersten fünf, sechs Hexameter des *Goldenen Zeitalters*, des *Aurea Aetas* aus den *Metamorphosen* von Ovid: „*Aurea prima sata est aetas, quae vindice nullo* ...“ Zuletzt bemühte ich mich, dass mir möglichst alle europäischen Hauptstädte von Lissabon bis Moskau, von La Valetta bis Oslo einfielen. Zufrieden konstatierte ich, dass mein Gehirn alles in allem noch funktionierte, na ja, wenigstens halbwegs, so lala. Als ich gerade über den Namen der weißrussischen Hauptstadt rätselte, erschien eine Sekretärin, eine ältere Frau in einem abgetragenen grauen Kostüm, mit zwei Blättern Papier, die sie mir wortlos reichte: Gabloners geschwindes Protokoll. Meine lügnerischen Aussagen waren darin korrekt in indirekter Rede wiedergegeben. Erleichtert ließ ich mir einen Kugelschreiber geben und unterfertigte das Elaborat. Wieder einmal davongekommen, dachte ich, allerdings mit mehr Glück als Verstand.

***

Es war einfach ein sauberes, ja penibel gepflegtes, bequemes, großes Taxi, in dessen Fond ich Platz nahm. Es roch nach neuem Leder, nach einem milden, aromatischen Pflegemittel und wohl auch nach verschiedenen Duftwässern der letzten Fahrgäste. Der kleingewachsene Fahrer trug einen dunklen Anzug und einen dezente Krawatte. Seine tonsurartige Glatze glänzte wie eine neue Billardkugel, vielleicht hatte er auch die geschmirgelt.

So ein gut riechendes, gepflegtes, wohlanständiges Leben wie dieses Taxi, dachte ich, hätte ich gerne. Genauso gut hätte ich mir einen Ferrari Berlinetta wünschen können.

„Ihr Wagen ist wohl neu?“, fragte ich, nachdem ich die Eybnerstraße als Fahrziel genannt hatte. Der Taxifahrer zuckte mit keiner Wimper obwohl das alles andere als eine gute Adresse war.

„Oder waren Sie und Ihr Wagen kürzlich für eine Hochzeit im Einsatz? Weil hier drinnen alles so gut riecht“, fügte ich hinzu.

„Neuwagenspray“, antwortete der Fahrer. „Gibt’s in jedem Baumarkt. Die Dose für 7,90. Ich versprühe jede Woche mindestens eine davon.“

Das ist die Welt, in der wir leben, dachte ich, Nichts ist so, wie es scheint (oder riecht), überall wird nachgeholfen, um einen ein X für ein U vorzumachen, um einen anzuschmieren.

Seltsamerweise hatten mir Schleicher und sein hünenhafter Komplize meine Brieftasche mitsamt Inhalt gelassen. Vielleicht waren sie auch nicht dazu gekommen, mich komplett durchzusackeln. Auch das Handy hatte ich noch in meiner Hosentasche. Allerdings war der Akku sowas von leer Selbst wenn es mir irgendwie gelungen wäre, die Ketten in Schleichers Folterkeller abzustreifen, hätte ich die Kavallerie nicht alarmieren können. Ich hatte die Torwache der Bundespolizeidirektion darum ersuchen müssen, für mich ein Taxi zu rufen, auf das ich dann geduldig vor dem Amtsgebäude gewartet hatte.

„Haben Sie versucht, bei denen da Ihren Führerschein wiederzubekommen?“, fragte der Taxifahrer. Erst jetzt bemerkte ich den leichten, undefinierbaren Akzent. Ich tippte auf Lettland oder Litauen, war mir aber nicht sicher.

„Sehe ich so aus?“, wunderte ich mich.

„Sie können es ruhig zugeben. Ist ja keine Schande. Sie sind nicht allein. Mit diesem Problem, meine ich.“

„Wenn Sie das sagen ...“, antwortete ich ausweichend.

„Die Lösung ist einfach, bestechend einfach: ein Führerschein aus Albanien“, sagte der Fahrer. „Aber keine Angst: Kein Prüfungsstress, keine Prüfung. Auch kein Psychotest. Wir sind ja schließlich alle erwachsen“, fügte er noch hinzu.

„Ein albanischer Führerschein? Wird der bei uns überhaupt anerkannt?“, fragte ich gelangweilt.

„Bleibt denen gar nichts anderes übrig. Albanien hat ein Abkommen mit der EU.“

Armes Europa, dachte ich und gab ein unbestimmtes Grunzen von mir.

„Nur 700 Euro und Sie brauchen kein Taxi mehr!“

„Reden Sie da nicht gegen Ihr eigentliches Geschäft?“

„Ich könnte Ihnen so einen Führerschein vermitteln“, bot der Fahrer an.

„Kein Interesse. Ich fahre lieber mit Ihrem Taxi. Das ist viel sauberer und schöner, als es mein eigenes Auto je sein wird. Selbst wenn ich 150 Jahre alt werde.“

Der Fahrer blickte mich im Rückspiegel an, als sei ich eben verrückt geworden.

***

Niemand lauerte mir im Hausflur meiner Mietskaserne auf. Kein mörderischer Attentäter. Kein dubioser Klient. Keine verzweifelte Frau mit Baby. Vor dem Haus patrouillierten auch keinerlei Uniformträger. Nicht einmal ein versprengter Pressefotograf ließ sich blicken. Eigentlich überhaupt niemand, nur ein unbeaufsichtigter, vielleicht sechs oder sieben Jahre alter Bub, der auf dem Gehsteig kauerte und in sich versunken mit einer Glock spielte. Hoffentlich nur eine Softgun, hatte ich gedacht, aber in meiner Gegend konnte man sich da keineswegs sicher sein.

Es ist zu schnell gegangen, grübelte ich vor meiner Wohnungstür, der ganze Fall, alles in den letzten drei, vier Tagen. Vielleicht war ich deshalb so böse auf die Schnauze gefallen. Ich muss, dachte ich, Geschwindigkeit herausnehmen. Und wieder nachdenken, bevor ich mich auf etwas potentiell Hochriskantes einlasse. Mach nie die Tür auf, wenn du nicht sicher weißt, wer dahintersteht. Die wohl beste Möglichkeit, Geschwindigkeit herauszunehmen, war, Wein zu trinken. Wein half beim Nachdenken. Allerdings nicht theoretischen Physikern und Mathematikern. Wein ist im Grunde, dachte ich, eher musisch orientiert. Auch mein Beruf, so wie ich ihn sah, war eine Kunst, die ich aber ehrlich gesagt selbst nicht immer voll und ganz verstand. Gut, andererseits: Wer hatte noch nie Verständnisprobleme gehabt, beispielsweise bei Joseph Beuys und Kasimir Malewitsch? Mit dem Verbrechen verhielt es sich vielleicht ähnlich. Ab einem gewissen Schweregrad, ab einer gewissen Härte war es praktisch unverständlich. Man konnte nur die Folgen konstatieren, die Trümmer auflesen, die Schuldigen suchen, aber das Eigentliche, der kriminelle Furor, blieb weitgehend unverständlich. Jedenfalls einem wie mir. Daran hatte sich in all den Jahren nichts geändert.

Auch in meinem Wohnbüro lauerte mir niemand auf. Nicht einmal ein dubioser Klient, der mich hinters Licht führen wollte. Ich duschte ausgiebig und lange und zog mir einen alten, hellblauen Trainingsanzug an, in dem ich wie ein DDR-Schwergewichtsringer bei irgendeiner Olympiade aussah. Danach vergaß ich wie schon so oft, mein Handy ans Ladegerät zu hängen. Als ich mir die Armbanduhr anlegte, war es Viertel sechs. Zeit für ein Rendezvous mit meiner Lebensretterin also. Das heißt, wenn sie nicht die Nerven weggschmissen hatte oder inzwischen von Oberleutnant Gabloner verhaftet worden war. Oder gar Schlimmeres – Schleichers Adlatus, der grimmige Bodybuilder, war auch noch irgendwo da draußen.

***

In meinem Hinterhof gab es noch ein wenig weiches, mildes Sonnenlicht. Dazu war es windstill wie in einer Bienenwabe. Doch nicht nur wegen des herumliegenden Mülls war die Idylle alles andere als perfekt. Wie immer in Harland roch es ein bisschen nach alten Zwiebelschalen und ein bisschen nach Teufel. Diese Geruchsnoten waren der uralten Kunstseidefabrik am Nordrand der Stadt geschuldet, die seit fast einem Jahrhundert – ausgenommen ein paar Bombennächte im Zweiten Weltkrieg – Tag und Nacht produzierte. Seit jeher wurde gemunkelt, dass durch den jahrzehntelangen Niederschlag von größeren oder kleineren Mengen an Schwefelkohlenstoff und Schwefelwasserstoff die Kinder hier kleiner, die Lungen asthmatischer und die Gehirne vernebelter waren als anderswo. Aber niemand konnte etwas beweisen, niemand wollte etwas beweisen, nicht einmal die Hausärzte, die zwar einerseits die Daten hatten, aber andererseits keine Lust, in Grund und Boden geklagt zu werden. Ab einem Streitwert von einer Million Euro hörte sich jegliche Philanthropie auf.

Ich hatte eine Flasche Cantenac Brown aus meinem Versteck für die teureren Weine im Putzschacht unter der Badewanne genommen und in der Küche dekantiert. Nun trug ich eine Karaffe voll Glück und zwei hundsgewöhnliche, aber saubere Rotweingläser in den Hinterhof. Ein großer, ein wirklich großer Wein aus dem Medoc, dachte ich, schmeckt auch aus einem Zahnputzglas gut. Diese mundgeblasenen, hypermodischen Megakelche waren meiner Ansicht nach nur Schnickschnack für Wohlhabende und für mich nicht zu gebrauchen. Ich schleppte meinen weißen Plastiksessel und drei, vier alte Getränkekisten aus Plastik in eine der leerstehenden Garagen und machte es mir ungemütlich. Durch das fehlende Garagentor hatte ich, ohne selbst gleich gesehen zu werden, einen guten Blick auf fast den gesamten Hof. Für alle Fälle hatte ich mein größtes Küchenmesser in die Hosentasche gesteckt. Damit hätte ich selbst gegen den hünenhaften Bodybuilder eine realistische Chance gehabt, denn der Taser war von einem der Sanitäter bei Schleicher gefunden und sichergestellt worden. Allerdings hätte ich mir noch über den goldenen Colt Sorgen machen müssen, aber *glücklich ist, wer vergisst*.

Der erste Schluck des Cantenac Brown löste eine kleine Explosion an meinem Gaumen und gleich darauf in meinem Gehirn aus, der zweite Schluck war wie eine Zeitmaschine. Wein ist Erinnerung, dachte ich, auch mit dem Risiko, darin zu versinken und nie wieder aufzutauchen.

***

Ich konnte mir nur die zweite Reihe leisten, die billigste Reihe, Genickstarre vorprogrammiert. Die Leinwand im Pittner-Kino, das den diskreten, leicht heruntergekommenen Kino-Charme der späten Fünfzigerjahre versprühte, erschien mir riesig. Und als der Haijäger Quint mit den Füßen voran langsam, aber sicher in das Maul, in die Jaws des Weißen Hais hineinrutschte, hatte der etwa gleichaltrige Bub am Sitz vor mir, in der ersten, genau so billigen Reihe, die mitgebrachte Wodkaflasche bereits zu etwa drei Vierteln geleert. Als schließlich Roy Scheider die Druckluftflasche im Maul der Bestie mit einem gezielten Gewehrschuss doch noch zur Explosion bringen konnte, war die Flasche fast leer gewesen. Mitten im Abspann gingen die gnadenlos hellen Deckenlichter an, der brechend volle Kinosaal erhob sich diszipliniert, fast wie ein einziger Mann. Auch der Bursche vor mir stand wie ein Zinnsoldat auf, fiel dann allerdings wie ein Stein um, nach vorne, auf die Leinwand zu. Das Eintreffen von zwei Rettungssanitätern samt Bahre beim Ohnmächtigen ein paar Minuten später war für mich damals ein fast ebenso denkwürdiges Spektakel wie Der Weiße Hai *selbst.*

Irgendwie, so jedenfalls mein Eindruck nach all den Jahren, war das die Kultur, in der ich in Harland aufgewachsen war, jedenfalls pars pro toto. Sonst hatte es nicht viel gegeben. Außer die routiniert und wie am Fließband abgespulten, goldenen und silbernen Operetten im Stadttheater und die Softpornos und Spaghetti-Western in einem weiteren Kino in der südlichen Vorstadt. Zum geistig-kulturellen Klima jener Jahre hatte auch gepasst, dass mein – ansonsten vorzüglicher – Geschichtsunterricht am Harlander

Gymnasium in der Josefstraße exakt im Jahr 1922, beim Vertrag von Rapallo geendet hatte. Dagegen war dem Vernehmen nach in einer Parallelklasse die „deutsche Physik" der späten dreißiger und frühen Vierzigerjahre im Unterricht einer anderen Lehrkraft in den höchsten Tönen gelobt worden. Und ein Biologieprofessor hatte uns Unterstuflern im letzten Jahr vor seiner Pensionierung nichts mehr über die Anatomie des Maiglöckchens und das Verhalten des Luchses und der Wildkatze gelehrt, sondern nur mehr seine persönlichen Erlebnisse während der Schlacht von Narvik, die ihn offenbar auch Jahrzehnte danach nicht losgelassen hatten, Stunde um Stunde rekapituliert.

Die Kontrapunkte waren spärlich gewesen. Mein verehrter Religionsprofessor, ein ehemaliger Wehrmachtskaplan, hatte uns im Unterricht eines Tages unter bitteren Tränen erzählt, wie er gezwungen gewesen war, einen angreifenden sowjetischen Soldaten im Nahkampf zu erschießen. Von Weinkrämpfen geschüttelt hatte er unendlich mühselig den eigenen Schützengraben, die Angriffslinie der sowjetischen Infanteristen und den Schusskanal seiner Waffe mit Kreide an die Schultafel gezeichnet. Nie zuvor und nie mehr danach ist mir das fünfte Gebot – *Du sollst nicht töten* – so eindringlich nahegebracht worden.

Es scheint vor allem eine Zeit böser alter Männer gewesen zu sein. In meiner durch den Bordeaux belebten Erinnerung tauchten sie jedenfalls auf.

Ein rüstiger Greis mit Habichtsnase und dicken Krankenkassenbrillen versuchte, mir und weiteren Impfwilligen in einer Warteschlange am Gesundheitsamt in einem verwickelten genealogischen Monolog seine angebliche Verwandtschaft über vierzehn

Waldviertler Ecken und Enden mit Adolf Hitler zu belegen. Seine blauroten Lippen glänzten vor Stolz.

Am Hauptbahnhof spuckte ein uralter, gelbgesichtiger Mann im grünen Lodenmantel und mit grauem Filzhut quasi rituell auf eine Marmortafel mit den Namen von in der NS-Zeit hingerichteten Harlander Eisenbahnern, nicht ohne sich zuvor sorgfältig vergewissert zu haben, dass eh genug Reisende, also Zuschauer, darunter auch ich, in der Nähe des unscheinbaren Mahnmals waren.

In der Küche der Großmutter eines Schulfreundes erzählte mir deren Nachbar, ein vierschrötiger, übergewichtig-hypertonischer Pensionist mit stolzgeschwellter Brust und breitem Grinsen, wie er im April 1945 in der Traisenau am Flussufer gegenüber von Stattersdorf Flussufer einen Russen, wahrscheinlich einen entflohenen, verängstigten Zwangsarbeiter, erschlagen und an Ort und Stelle vergraben hatte.

Das, was vor 1945 geschehen war, kam im öffentlichen Diskurs nicht vor, die Wörter Gedenk- oder Erinnerungskultur waren hier in der Provinz gänzlich unbekannt. Nur ein paar Veteranen plauderten gelegentlich heldisch über Stalingrad und im Suff auch schon mal über die polnischen, weißrussischen, ukrainischen und russischen Dörfer, die sie heimgesucht und mitsamt ihren Bewohnern abgefackelt und eingeebnet hatten.

Those were the days. Der Cantenac Brown tröstete mich spät, aber doch ein wenig darüber hinweg.

***

Salma Hayek, meine studentische Dea ex machina aus dem Folterkeller, erschien mit einer Viertelstunde Verspätung im Hinterhof. Sie sah, kein Wunder, irgendwie gealtert aus, obwohl man das von einer Frau eigentlich nie sagen oder schreiben, wenn schon höchstens denken darf. Eigentlich nicht einmal das. Sie trug ein gelbes Billa-Einkaufssackerl, bewegte sich vorsichtig und ließ ihren Blick wie in einem schlechten Agenten-Film in jeden Winkel des Innenhofs schweifen. Ich winkte sie in die Garage, während mich eine Woge der Sympathie, ja der Rührung übermannte. Rasch wischte ich mit der Hand mein rechtes Auge aus.

„Alles in Ordnung? Kein Problem?", begrüßte mich die Hayek ernst und überreichte mir das Plastiksackerl. Es hatte ein erhebliches Gewicht.

„Oh, Sie haben ein wenig Grillgut mitgebracht?", freute ich mich. „Darf ich schnell mal raten? T-Bone-Steak? Kabeljau-Filet? Und ein paar Kartofferl?"

Die Hayek druckste ein wenig herum, bevor sie schließlich antwortete: „Sorry, aber das ist Ihre abgesägte Schrotflinte. Ich habe sie nur ordentlich in Packpapier gewickelt, deswegen sieht es vielleicht nach einem Einkauf aus."

„Tja", sagte ich, „kein Problem."

Die Hayek starrte auf die Weinflasche. Peinlicherweise hatte ich den Bordeaux bereits ausgetrunken. Etwas Glück hatte ich bitter nötig gehabt.

„Sie haben mir das Leben gerettet", sagte ich, „Sie haben was gut bei mir."

„Sie könnten mir einen ordentlichen Schluck von Ihrem Wein einschenken."

„Tut mir jetzt wirklich sehr leid, aber der ist schon aus", entschuldigte ich mich.

„Oh, ich dachte ... das zweite Glas"

„Es ist mir wirklich peinlich, aber ..."

„Na ja, Schwamm drüber, bei einem alten Cantenac Brown hätte ich mich vielleicht auch nicht zurückhalten können", meinte Salma Hayek.

„Sie kennen sich da aus?", fragte ich verwundert.

„Als angehende Kriminalsoziologin bin ich das schwarze Schaf einer Winzerfamilie."

„Ich hätte gedacht, dass Ihre immens hohen Sympathiewerte bei mir nicht mehr steigerungsfähig sind, aber ich habe mich geirrt, gründlich geirrt", sagte ich. „Allerdings haben wir mit Ihrer Seminararbeit ein massives Problem", fuhr ich fort, nachdem ich der Hayek einen Platz auf zwei übereinandergestapelten Bierkisten angeboten hatte. „Wenn Sie tatsächlich schreiben, was passiert ist, inklusive der Schießerei in Schleichers Horrorkeller, bringen Sie uns beide vor den Richtertisch. Und wie so ein Gerichtsverfahren ausgeht, ist meiner Erfahrung nach mehr als ungewiss – das Ergebnis einer Lottoziehung richtig vorherzusagen, wäre da schon erheblich leichter."

„Es war nicht leicht, auf einen Menschen zu schießen ...", meinte die Hayek leise.

Bei Gott nicht, dachte ich. Im Übrigen war es höchst zweifelhaft, ob Schleicher überhaupt so etwas wie ein Mensch war. Ungerührt führte ich daher meine Suada fort: „Deshalb werden wir unsere Zusammenarbeit ganz einfach fortsetzen, bis Sie genügend Material für die beste kriminalsoziologische Seminararbeit aller Zeiten zusammen haben! Das verspreche ich Ihnen!"

„Aber Sie haben doch schon wieder keinen Fall? Oder hat sich da inzwischen etwas ergeben?", wandte die Hayek richtigerweise ein.

„Na ja, es wird schon werden", antwortete ich matt.

Die Hayek sah mich schweigend an, wobei man ihr Schweigen durchaus als Zweifel deuten konnte.

„Wo ist übrigens der Granada?", fragte ich, vor allem um dem leidigen Thema meiner Beschäftigungslosigkeit auszuweichen. „Mein Wagen? Haben Sie ihn auf der Gasse vor dem Haus abgestellt?"

„Oh, der … Also, den Schlüssel habe ich noch", antwortete die Hayek und reichte mir mit großer Gebärde den Zündschlüssel mit dem schweren, glänzend polierten Ford-Schlüsselanhänger, die Ausführung für fette, richtig fette Limousinen. Leichthin fügte sie hinzu: „Aber das Auto selbst habe ich angezündet."

„Herrgott! Was haben Sie?", fragte ich entsetzt. Ich konnte es nicht fassen.

„Ich habe den Ford Granada in Brand gesteckt", erklärte die Hayek noch einmal, diesmal schon etwas weniger selbstbewusst. „In Brand stecken müssen."

„Warum um Himmels willen haben Sie meinen Wagen abfackeln müssen?"

„Um die … die Spuren … zu verwischen", antwortete die Hayek nun eingeschüchtert.

„Sancta simplicitas, welche Spuren bloß?", fuhr ich sie an.

„Na ja, die Spuren halt. Schließlich bin ich ja in dem Wagen gesessen. Und gefahren habe ich ihn auch."

„Es hätte vollkommen gereicht, die Armaturen abzuwischen und die Fußabstreifer in einer Mülltonne zu entsorgen. Wir sind hier nicht beim CSI Miami, sondern in einer ostösterreichischen Bezirksstadt", erklärte ich resigniert.

„Na ja, das war halt so eine Idee von mir. Vielleicht war ich auch etwas in Panik nach der Schießerei im Keller."

„Okay, okay – Sie hatten was gut bei mir. Wie sich nun herausstellt, war das mein Wagen. Wir sind also quitt."

„Ein uralter Schrotthaufen gegen ein Leben?", fragte meine Retterin leise und traf mich mit dieser simplen Frage tief, irgendwie tief in meine Seele, wenn es so etwas überhaupt gab. Gegen meinen Willen musste ich mir eingestehen, dass Salma Hayek absolut recht hatte. Was war eine ausgebrannte alte Rostschüssel schon gegen die glorreiche Befreiung aus Schleichers Folterkeller?

„In meinem ganzen Leben habe ich mir bisher nur eine einzige Flasche Mouton Rothschild leisten können – die könnte ich Ihnen jetzt anbieten. Quid pro quo", sagte ich daher.

„Eine gemeinsame Verkostung?"

„Sie haben die ganze Flasche bei mir gut", antwortete ich, „aber es wäre mir eine Ehre, ein wirkliche Ehre, wenn ich mit Ihnen, meiner Lebensretterin, mittrinken dürfte."

Wo die Hayek den Ford Granada abgefackelt hatte, wollte ich am besten gar nicht wissen. Vor manchen Informationen musste man sich geradezu schützen. Ich hatte schließlich keine Ahnung, wann Oberleutnant Gabloner wieder Zeit für ein kleines Verhörspielchen hatte. Harland war auf jeden Fall zu klein, um ihm auf Dauer ausweichen zu können. Hoffentlich hatte niemand die Hayek beim Zündeln gesehen. Sonst würden wir beide ganz schön in die Bredouille geraten.

***

Auf dem gläsernen Couchtisch waren fein säuberlich die Überbleibsel meiner Weinsammlung aufgereiht; fünf leere Flaschen standen sozusagen in Reih und Glied.

Ein Mouton Rothschild, ein Château Calon-Ségur, ein Malbec Reserva, ein Château Palmer und ein Château Cheval Blanc, jeweils die dreizehnt- oder vierzehntbesten Jahrgänge, die man für Geld kaufen konnte. Mit den geleerten Flaschen waren auch praktisch meine gesamten Rücklagen perdu, gleichsam die Ersparnisse eines ganzen Lebens. Ich besaß nichts mehr, nur meine blanke Haut, ein paar Klamotten und den untermittelprächtigen Hausrat eines Singles in mittleren Jahren. Und meinen Eigensinn natürlich, der mich stets zuverlässigst in die größten Schlamassel brachte.

Ich war auf der Couchbank in meinem Wohnbüro aufgewacht, noch immer in meinem albernen DDR-Olympioniken-Trainingsanzug. Es war 11 Uhr, wie die billige Citizen mit dem schwarzen Gummiarmband an meinem Handgelenk anzeigte. Mein Rücken war völlig verspannt, ich hatte offenbar die halbe Nacht auf dem Billa-Plastiksackerl mit der Schrotflinte geschlafen. Mein Kopf fühlte sich an, als ob er in mehrere Kubikmeter Watte verpackt worden wäre. Ich konnte kaum etwas hören, eigentlich so gut wie nichts. Am Couchtisch erkannte ich auch zwei benützte Weingläser und einen schwarzen Socken von mir. Ansonsten wusste ich nur noch, dass ich mit Salma Hayek heftig getrunken hatte. Woran erinnerte ich mich genau? Ich war mit meiner Lebensretterin seit dieser Nacht per du. Aber leider nicht nur das. Am Höhepunkt unseres Gelages hatte sie mir auf der Couchbank ihr nacktes, fülliges Hinterteil angeboten, aber ich war viel zu illuminiert gewesen, um sie zu penetrieren. Enttäuscht und wütend rieb sie ihr tropfendes Geschlecht an einer Armlehne der Couchbank, heftig und immer heftiger, während ich ihrer erstaunlichen Akrobatik zusah und dabei meinen zitternden Penis zum Erguss zupfte.

Sonst wusste ich nichts mehr. Von wegen Wein, ist Erinnerung.

Ah ja, auf dem gläsernen Couchtischchen lag auch noch ein winziger Zettel mit einer Handynummer.

***

Angewidert stopfte ich den Trainingsanzug in die Waschmaschine. Mein Gehör hatte sich offenbar gebessert, was ich aber erst bemerkte, als ich Waschpulver und Weichspüler nachgefüllt und das Gerät eingeschaltet hatte. Also doch kein Hörsturz, Gott sei Dank, das hätte mir gerade noch gefehlt.

Danach möge mir die PT Leserschaft fünf ungestörte, höchst private Minuten an einem mehr oder weniger stillen Örtchen schenken. Der bürgerliche Roman, und der Krimi ist ja nur eine meist eher konservativere Variante davon, dachte ich, kennt morgendliche Szenen en masse. Allerdings beschränkt man sich gewöhnlich auf die Schilderung des Frühstückstisches und bestenfalls des Zähneputzens. Kein einziger berühmter Detektiv oder Kriminalist der Literaturgeschichte, weder Pater Brown, Allan Pinkerton noch Hercule Poirot, Kommissar Maigret oder Mike Hammer, hat jemals – detailliert oder nicht – über seinen morgendlichen Stuhlgang berichtet. Obwohl ich keineswegs berühmt, sondern viel eher berüchtigt bin, möchte ich da keine Ausnahme machen.

Während die schon seit Monaten nicht entkalkte Kaffeemaschine dahinröchelte und noch immer nicht mehr als zwei, drei Fingerhüte voll Kaffee in die Kanne getröpfelt waren, nahm ich die beiden leeren Patronenhülsen aus der abgesägten Schrotflinte und spülte sie im Klo hinunter. Dann lud ich die Waffe mit zwei neuen Patronen aus meinem Schreibtisch. Es war ein besonders grober Schrot, der Löcher so groß wie eine Babyfaust reißen konnte. Egal ob in eine Leinwand, ein dickes Holzbrett oder in einen organischen, lebenden Körper. Ich packte die abgesägte Flinte in meine relativ große schwarze Aktentasche, die noch aus meiner Zeit beim Wiener Sicherheitsbüro stammte, und steckte eine Selbstbinder-Krawatte, ein Stanley-Messer, eine Packung Zündhölzer und ein paar Papiertaschentücher dazu. Außerdem legte ich ein Stubai-Stemmeisen in die Tasche, das mir beim Aufbrechen von nicht allzu gut gesicherten Türen schon des Öfteren gute Dienste geleistet hatte. *Mein ist die Rache*, dachte ich, obwohl mir der Spruch reichlich pathetisch vorkam. Aber so war die Bibel nun mal, jedenfalls über weite Strecken. Einfach goschert halt, um es volkstümlich auszudrücken.

Vielleicht hätte ich ja einen Plan B machen sollen, aber ehrlich gesagt verschwendete ich keinen einzigen Gedanken an eine Rückversicherung, welcher Art auch immer.

***

Ein paar Blocks mit heruntergekommnen Mietskasernen aus der Gründerzeit. Davor haarsträubende Schlagloch-Parcours, die von der hiesigen Stadtverwaltung tatsächlich als Straßen bezeichnet wurden. Leerstehende Geschäfte mit eingeschlagenen Auslagenscheiben, die gelegentlich als öffentliche Toiletten benützt wurden. Kleine, verwahrloste Lagerhallen mit Wellblechdächern, die weiß Gott wem gehörten und in denen frisch aus Osteuropa und Asien hereingekommene Waren aller Art, vor allem Tonnen von Billigsttextilien, allerlei Plastikkram und gelegentlich auch synthetische Glückspulver sowie Frauen und Mädchen, sortiert und für den Endverbrauchermarkt fertig gemacht wurden. Selbst in meinem Grätzel, das sich längst aufgegeben hatte, konnte man noch Geschäfte, konnte man noch schöne Profite machen. Allerdings nur mit ukrainischem Diskont-Wodka, Mietmöbeln, Waschsalons, Amphetaminen, Delogierungen, Imbissbuden, Third- oder Fourth-Hand-Shops, Peep-Shows, Schmuggel-Tschick, Wettcafés und Huren. Hier wurde nichts besser, nie und nimmer. Die Mieten wurden, sofern überhaupt, vom Sozialamt bezahlt, genau wie die Einkäufe im Sozialmarkt. Dicke Stangen Leber- und Extrawurst. Billiges, das Gedärm stopfendes Toastbrot. Großpackungen Käsekrainer. Kübel voller Ketchup. Pappige, stark überwürzte Fertiggerichte aus der Dose oder aus dem Kühlregal. Heutzutage, dachte ich, essen sich die Armen zu Tode. Armut hat nichts mehr mit Hungern zu tun, sondern mit Überfütterung, mit Junkfood. Was es im Sozialmarkt allerdings nicht gab, waren Zigaretten, Dosenbier, Jägermeister, Kiffe und Crystal Meth. Dafür lohnte es sich schon, war jedenfalls das Gros der Grätzelbewohner überzeugt, jemanden wegen seiner Brieftasche niederzuhauen oder ihm die Nase abzuschneiden oder die eigene, am besten minderjährige Tochter viertelstundenweise zu vermieten. Die ganze Gegend hier, dachte ich, war wie ein großes, zorniges Gedicht, zornig auf die Welt, zornig auf sich selbst. Die Psychose wohnte hier, aber auch der gewöhnliche Jammer, der Wahn, das Delirium, die ganz dürren und die ganz dicken unförmigen Körper, das Pech und die Depression. Selbst wer hier jung war, war nicht wirklich jung. Ein Sozialarbeiter-Paradies, ein schier unerschöpfliches Kundenreservoir für Krankenkassen-Therapeuten aller Art, ein reiches Arbeitsfeld für Telefon-Seelsorger. Der kleine Spaziergang von meiner Mietskaserne Richtung Süden, Richtung Hauptbahnhof zeigte mir wieder einmal, wo und damit auch in gewisser Weise wer ich war.

Ich sehnte mich nach einem Auto. Wenn man mit fünfzig, sechzig Sachen durch das Grätzel brauste, musste man nicht so genau hinsehen.

***

In der Schalterhalle des Harlander Hauptbahnhofes deponierte ich meine Aktentasche in einem Schließfach. Schließlich war nicht einmal ich so verrückt, mit einer geladenen, noch dazu illegalen Schusswaffe zur Polizei zu gehen. Dann frühstückte ich in einer Anker-Filiale, die in der Halle untergebracht war, eine Leberkäsesemmel und einen Zwetschkendatschi. Von der kleinen Sitzecke der Bäckerei aus konnte ich den Eingang zur Polizeiinspektion sehen – eine übergroße, alugerahmte Glastür in Form eines Einwegspiegels. Niemand sollte vorab wissen, was ihn dahinter erwartete. Dafür konnte der jeweilige Empfangsbeamte von seinem Schreibtisch im Front-Office aus einen nicht einmal so kleinen Teil der Bahnhofshalle überblicken.

In den letzten Monaten hatte ich immer wieder diesen Albtraum gehabt: Während ich in meinem Schlafzimmer heftig nach Luft ringend schon halb im Koma lag, nur mehr meine Nasenflügel blähen und den Mund aufmachen konnte, ohne auch nur einen Laut herauszubringen, drängte eine halbe Kohorte kleiner, gnomähnlicher Männchen in den Raum, in dem ich – das wusste ich im Traum – auch aufgebahrt werden würde.

Die ungebetenen Besucher begannen alles, was mir gehörte, aus dem Zimmer zu tragen. Sie nahmen meine Armbanduhr vom Nachtkästchen, mein Schnabelhäferl aus Plastik mit Fencheltee, ja selbst die Zeitung von gestern und den Kukident-Becher mit meinen dritten Zähnen. Schließlich trugen sie sogar das kleine Beistellmöbel selbst hinaus. Dann zogen sie die Tuchent ab und nahmen mir meine Socken und den Lampenschirm über mir, so dass nur noch eine nackte, grelle Glühbirne übrigblieb. Andere Gnome, die irgendwie wie magere, federlose Vögel aussahen, räumten meinen Kleiderschrank aus und begannen dann, ihn mit kleinen Schraubenziehern mit knallgelben Plastikgriffen zu zerlegen. Ich konnte mich nicht bewegen, ich konnte nicht schreien. Das einzige, was ich in Panik von mir gab, war eine beachtenswerte Flatulenz. Aber auch davon ließen sich die gierigen kleinen Wesen nicht stören. An diesem Punkt meines Albtraumes wachte ich für gewöhnlich auf.

Ich konnte nur hoffen, dass dieser Albtraum, der mich in den letzten Wochen immer häufiger gequält hatte, keine Vorahnung war. Gesetzt den Fall, dass mein Plan A schief, richtig schief ging ...

Ich bestellte noch einen Cappuccino, um mich zu beruhigen, obwohl man sich mit Kaffee nicht beruhigen kann. Ganz im Gegenteil.

***

„Sie wissen also nicht, wo Sie Ihren Wagen zuletzt abgestellt haben?“, fragte mich der uniformierte Beamte enerviert, obwohl man in der Polizeiinspektion am Harlander Hauptbahnhof schwierige Kundschaft sicherlich gewöhnt war.

„Nein, leider nicht. Ich bin kürzlich Opfer eines Gewaltverbrechens geworden und leide unter massiven Erinnerungslücken", antwortete ich ruhig.

„Ah, ja?", antwortete der Revierinspektor mittleren Alters, dessen Uniform ungebügelt aussah. Unter einem schmutzig-blonden Haarschopf trug er eine Krankenkassenbrille in einem hochroten Gesicht. Irgendwie sah er aufgedreht und erschöpft zugleich aus.

Hinter der Rückwand des Frontoffice befand sich wohl eine Ausnüchterungszelle, denn es roch penetrant nach so etwas wie saurem Mageninhalt und nach tausend verbotenen Stoffen, die in Mägen hinein und durch Erbrechen aus diesen auch wieder heraus gelangen konnten. Der Dienst auf einem Bahnhofsposten war sicherlich alles andere als ein Honigschlecken.

„Das ist amtsbekannt, es gibt ein offizielles Polizeiprotokoll darüber, das sich inzwischen vermutlich auch in den Tiefen Ihres Computers findet. Sie werden ja hoffentlich mit der Bundespolizeidirektion Harland, Ihrer vorgesetzten Dienststelle, einigermaßen vernetzt sein, oder?"

Der Beamte brummte missmutig und vertiefte sich in seinen Bildschirm. An der Wand hinter ihm hing das Bild des aktuellen Bundespräsidenten. Ein Mann, der schon mit knapp über dreißig Jahren Berufspolitiker gewesen war, ein Eisenhintern, von dem es hieß, dass er sich bei jedem Anschein einer auch noch so harmlosen Kontroverse in einer der zigtausenden Sitzungen, die er abgesessen hatte, aufs Klo verzogen hatte und so Zeit seines langen politischen Lebens nie Stellung beziehen musste, weder für die eine Seite noch für die andere. Auf diese Weise hatte der stromlinienförmige Karrierist über Jahre und Jahrzehnte hinweg jeden Kurswechsel seiner Partei überlebt. Eigentlich hatte er alles und jeden überlebt, und schließlich war er ins höchste Amt des Staates gewählt worden. Solche Leute, dachte ich, würden keine Woche im Frontoffice einer Bahnhofsinspektion durchstehen, nicht einmal einen Tag, ja nicht einmal einen überdurchschnittlich ruhigen Vormittag.

Vermutlich hatte der Beamte nichts am Server gefunden, denn er schaute plötzlich vom Bildschirm auf und fragte gereizt: „Was wollen Sie eigentlich von mir?"

„Ich möchte nur meinen Wagen als gestohlen melden und Ihnen zu diesem Behufe die Fahrzeugdaten, insbesondere das Kennzeichen, bekanntgeben."

„Geben Sie mir lieber den Zulassungsschein", verlangte der Revierinspektor.

„Tut mir leid, der liegt im Wagen."

Es war lange her, dass ich in einem Wachzimmer, und zwar im Süden Harlands, genauer gesagt im Arbeiterdorf Spratzern, meine Berufskarriere begonnen hatte. Die viele Schreibarbeit, damals noch mit elektrischen Schreibmaschinen und auf Durchschlagpapier, ging mir gelegentlich auf den Geist, aber ich glaube heute, dass ich unter anderen Umständen doch im Dienst geblieben wäre. Ich war nicht unzufrieden mit diesem Leben gewesen, auch wenn ich an den Wochenenden für die Fernmatura gestrebert hatte. Selbst bei nur durchschnittlicher Diensterbringung wäre ich relativ rasch vom Aspiranten zum Inspektor aufgestiegen und in sechs Jahren wäre ich Revierinspektor gewesen. Und nach der B-Matura wäre mir sogar die Offizierslaufbahn offengestanden. Aber dann rekommandierte mich der dienstführende Gruppeninspektor beim vorgesetzten Kommando für den kriminaldienstlichen Lehrgang. Ohne mich groß zu fragen setzte er meinen Namen einfach auf die Vorschlagsliste. Nicht weil er mich für diesen Fachkurs als besonders geeignet eingeschätzt hätte, sondern einfach deswegen, weil er meinen Dienstposten in der Inspektion für einen entfernten Verwandten, der gerade die Grundausbildung absolvierte, freimachen wollte. Keine Frage, dass der Gruppeninspektor auch in der richtigen Partei, und zwar in der lokalen Gewerkschaftsfraktion eben dieser, hoch aktiv war. Sein Plan ging jedenfalls kurz nach meiner schlussendlichen Versetzung zum Wiener Sicherheitsbüro auf. Dort hat mich einige Jahre später mein damaliger Vorgesetzter, Oberleutnant Egon Gabloner, in einer mehr als unerquicklichen Angelegenheit zu Fall gebracht und aus dem Dienst gedrängt, ja geradezu abgeschossen, jedenfalls im übertragenen Sinn. Seitdem konnte ich von einer Fixanstellung mit Sozialversicherung und berechenbarer Pension nur noch träumen. Aber auch Gabloner hatte das Hackl, das er mir mit Wucht ins Kreuz geschlagen hatte, nicht viel gebracht. Er war im Zuge der Affäre nach Harland, aus der Sicht der hohen Wiener Polizeibürokratie wohl so etwas wie Nowosibirsk an der Traisen, strafversetzt und von sämtlichen Karrieremöglichkeiten abgeschnitten worden. Mittlerweile war er der dienstälteste Polizeioberleutnant der Republik.

„Geben Sie mir die Daten des Wagens, also vor allem das Kennzeichen, und einen anderen Personalausweis, mit dem ich Ihre Identität feststellen kann“, verlangte der Beamte.

„Ford Granada mit dem amtlichen Kennzeichen H-1037C und dem Baujahr 1984“, antwortete ich und kramte in der Hosentasche nach meinem Führerschein.

„Rabimmel Rabammel Rabumm“, antwortete der Beamte leise, fast wie zu sich selbst. Er war, dachte ich, eindeutig überlastet. „Kaum zu glauben, dass so eine alte Tschesn überhaupt noch zum Verkehr zugelassen ist, aber der Computer lügt wohl nicht“, fügte der Revierinspektor noch hinzu.

„Ist halt ein Klassiker, mein Granada“, antwortete ich und versuchte, keinerlei Wehmut durchklingen zu lassen.

***

Vor dem geöffneten Schließfach, aus dem ich meine Aktentasche wieder entnommen hatte, legte ich die Selbstbinder-Krawatte um. Als angehender Krimineller sollte man immer möglichst proper aussehen. Das erhöht die Chancen, am Tatort nicht wahrgenommen und von eventuellen Zeugen einfach übersehen zu werden. Die Leute haben nun einmal das Vorurteil, dass ein Täter immer wie der Räuber Hotzenplotz ausschaut. Der Fahrer des Taxis, in das ich vor dem Haupteingang des Bahnhofes stieg, war schweigsam und schläfrig. Offensichtlich interessierte er sich nicht für seine Fahrgäste, was ich gut fand. Auf dem Parkplatz der bellaflora-Filiale in der Mariazeller Straße ließ ich mich absetzen. Die rund zweihundert Meter zur Lindenstraße ging ich zu Fuß.

Der breite, straßenseitige Laden des Würstelstandes an der Ecke Mariazeller Straße/Lindenstraße war niedergeklappt und mit drei großen, neuen Vorhängeschlössern aus glänzendem Metall gesichert. Alles verriegelt und verrammelt. Nichts deutete darauf hin, dass sich in dem umfunktionierten Wohnwagen jemand befand. Ich griff mit der linken Hand in meine Aktentasche, umfasste den Kolben der Schrotflinte und probierte mit der rechten Hand zuerst die Fahrertür und danach die Beifahrertür. Beide waren versperrt. Die seitlichen Fenster und die Windschutzscheibe waren schlierig-schmutzig, noch dazu gab es im Inneren der Fahrerkabine selbstgemachte Vorhänge, die zugezogen waren. Die Windschutzscheibe war von innen mit grünem Isolierband vollständig verklebt worden. Wahrscheinlich war das Gefährt schon seit Monaten oder auch Jahren nicht mehr bewegt worden.

Ich umrundete den Wohnwagen und schlug mich dahinter in die Büsche. Von der vielbefahrenen Mariazeller Straße aus konnte ich so nicht mehr gesehen werden, von der Lindenstraße sowieso nicht. Mein Ziel war der zeltähnliche Anbau an der Rückseite des seltsamen Würstelstandes.

Mein Stanley-Messer schnitt durch die blauweiße Zeltplane wie durch Butter. Im Inneren gab es, wie ich vermutet hatte, zwar ein paar Heurigenbänke, aber ein gutes Drittel der Fläche war bis oben zum Zeltdach hin vollgeräumt mit Pappkartons, Schachteln, Kisten und vollen und leeren Flaschen. Wohl eine Mischung aus Vorrats- und Beutelager des Bodybuilders und seines Patrons. Ich packte ein paar Papiertaschentücher in eine der Schachteln und holte die Zündhölzer aus der Aktentasche.

Brandstiftung, dachte ich, ist zwar ein schweres Verbrechen, aber es macht halt Spaß, so viel Spaß; besonders, wenn die Lebens- und Geschäftsgrundlage von Schleichers Bodybuilder ein – wie es so schön hieß – Raub der Flammen werden würde, abbrennen wie ein vergessenes Würstel auf einem überhitzten Grill. Dann machte ich, dass ich da raus und weg kam.

Am Rande der Mariazeller Straße marschierte ich ruhig und gemächlich Richtung Stadt. Als ich auf Höhe der ehemaligen Coca-Cola-Fabrik war, rasten bereits zwei Feuerwehrfahrzeuge in die Gegenrichtung.

***

Die orangefarbene Stahltür an der Rückseite eines an die ehemalige Coca-Cola-Fabrik angebauten, relativ kleinen, schon seit Jahren leerstehenden Lagergebäudes hatte ich vor einigen Monaten während der Suche nach einem durch die Liebe verharlanderten Salzburger entdeckt, der einer Leasingbank, meiner Auftraggeberin, praktisch alle Raten für einen Audi TT RS Coupé schuldig geblieben war. Die Tür war zwar versperrt, aber wenn man ihr etwa zwanzig, dreißig Zentimeter direkt unter der Türschnalle einen harschen Tritt versetzte, sprang das Schloss auf – und zwar praktisch von selbst. Den Salzburger habe ich übrigens nie und nirgends ausfindig machen können, aber dafür rund ein Fünftel des Autos. Der Mann hatte den Audi nämlich komplett zerlegt und einen Großteil des Fahrzeugs in Form von preisgünstigen Original-Ersatzteilen nach und nach über das Internet verkauft. In dem leerstehenden Gebäude mit der orangefarbenen Tür hatte er sein Lager. Die Bank ließ zwar die übriggebliebenen Autoteile abholen, für die Reparatur einer Eingangstür zu einer Lagerhalle, die ihr nicht gehörte, fühlte sie sich aber keineswegs zuständig. Wahrscheinlich ebenso wenig wie der Besitzer des ganzen Areals inklusive Coca-Cola-Ruine, eine australische Immobilien-Entwicklungs- und Investmentgesellschaft, die in Österreich praktisch nur durch einen Wiener Wirtschaftsanwalt vertreten war.

An diese Tür erinnerte ich mich wieder, als ich auf dem Gehsteig der Mariazeller Straße mit der Schrotflinte in der Tasche Richtung Stadt marschierte. Eine meiner Anwandlungen. Man könnte es auch Instinkt nennen. Hundertmal hat mich dieser Instinkt, dachte ich, schon in die Irre geführt und in die Bredouille gebracht, aber tausendmal hat er mich gerettet. Ich bog von der Mariazeller Straße – ungeachtet ihres ländlich-idyllischen Namens eine vierspurige Hochleistungsstraße, die am meisten befahrene Nord-Süd-Verbindung durch Harland – ab und lenkte meine Schritte in Richtung der ehemaligen Coca-Cola-Abfüllanlage.

Jetzt kam es nur mehr darauf an, dass nicht schon ein paar Sandler den Trick mit der Tür entdeckt hatten. In einem Massenquartier von Obdachlosen wollte ich meine Aktentasche mit der Waffe nicht gerade lagern. Es gab leider mehr als genug Menschen in Harland, die auf der Suche nach einer kostenlosen Bleibe waren, besonders jetzt, zu Beginn der kalten Jahreszeit. Oh, dieser Harlander September, in dem sich ein verwirrter Aidskranker in einer der Bahnhofstoiletten mit einem Stanley-Messer den Penis abgeschnitten hatte und dann mit seinem besten Stück als blutiger Trophäe in der Bahnhofsrestauration ein paar Würstel und ein Bier bezahlen wollte, bevor er schließlich durch den Blutverlust vom Sessel kippte und die Rettung gerufen wurde. Eindeutig der falsche Ort, dachte ich, bei eBay hätte er wahrscheinlich ein paar Euro dafür gekriegt. Oh, dieser September, in dem die Harlander wieder einmal einen rumänischen Roma-Trupp, der vor allem aus Alten, Frauen und Kindern bestand, erfolgreich vertrieben hatten, indem man ihre erbärmliche Unterkunft, ein paar leerstehende, devastierte Holzbaracken der ehemaligen Post- und Telegraphenverwaltung in der Praterstraße, schnell und gründlich bis auf die Betonfundamente abgerissen hatte. Im September, dachte ich, ist die ganze Stadt manchmal von einem Film bedeckt, wie von einer unsichtbaren, hauchdünnen Schicht aus kaltem, leicht ranzigem Sonnenöl – aber in den Kellern, in den Schächten, in den alten Kanälen und im Hass erwachte schon die Kälte. Die Sonnenstudios öffneten wieder, die Hautärzte schnitten die ersten Melanome aus. Die gelben Blätter an den Alleebäumen wirkten wie Plastik. Am Ende des Monats begannen selbst die Liebespaare zu frösteln, auch wenn sie die Missionarsstellung bevorzugten.

Der Trick mit der Tür funktionierte noch immer. Das kleine Lagergebäude dahinter erwies sich als ebenso leer wie eine Nachtbar am Montagmorgen. Na ja, bis auf ein paar Accessoires, einige verrostete Haken und Ketten an den Wänden, die ein halb privater, halb kommerzieller SM-Swinger-Club, der vor Jahren wegen nicht bezahlter Steuerschulden vom Finanzamt geschlossen worden war, dort hinterlassen hatte. Der von mir gesuchte Salzburger war ein mutmaßliches Mitglied dieses vorstädtischen House of Torture gewesen, deswegen hatte er auch den Trick mit der Tür gekannt. Kein Wunder, dachte ich, dass seine Ehe gescheitert war. Oder war seine Gattin, wegen der er in Harland hängengeblieben war, auch Mitglied gewesen? Vielleicht auch nur sie und er lediglich ihr Prellbock, im wahrsten Sinne des Wortes? Na ja, so genau konnte ich mich an den Fall, der mir zwar ein Honorar mittlerer Höhe, aber keine Lorbeeren und Folgeaufträge von der Bank eingetragen hatte, nicht mehr erinnern.

Ich schloss die Tür hinter mir, stellte die Aktentasche in eine Ecke und setzte mich darauf. Eine kleine Pause konnte nicht schaden. Mein rechtes Knie, das während meiner Zeit als aktiver Vereinskicker ein paar schlimme Tritte abbekommen hatte, schmerzte. Außerdem war es vielleicht ganz gut, weg von der Straße zu sein, eine wenn auch noch so kurze Zeit von der Bildfläche zu verschwinden. Der Bodybuilder war noch immer da draußen, von Gabloner ganz zu schweigen. Unter diesem Aspekt betrachtet, dachte ich, wäre es vielleicht noch besser, gleich ein paar Jahre in diesem Lagerraum zu verbringen. Ich beschloss jedenfalls, mich einfach zu entspannen und einmal an nichts, an gar nichts zu denken. Natürlich gelang mir das nicht.

***

Das Gesicht gegen die rechte vordere Seitenscheibe des polizeiweißen BMW gepresst, die Hände am Autodach beziehungsweise am Skiträger, die Beine auf dem Asphalt der ganz rechten, stadteinwärts führenden Fahrspur der Mariazeller Straße weit gespreizt, so musste ich mich von Oberleutnant Gabloner perlustrieren lassen.

„Scheibenkleister“, murmelte ich halblaut.

„Was haben Sie gesagt, Miert?“, fragte der Harlander Kriminaldirektor fröhlich, während er in meiner rechten Hosentasche nach meiner Brieftasche fingerte. Er roch nach Alkohol und Schweiß und nach einer kräftigen Prise Sadismus. Mindestens ein Promille, schätzte ich. In diesem Zustand, das wusste ich nur zu gut, war der alte Gabloner zu allem fähig.

„Nichts“, antwortete ich, „Sie werden nichts finden, habe ich gesagt.“

„Das überlassen Sie gefälligst mir!“, blaffte der Oberleutnant.

In meiner gegenwärtigen Situation, dachte ich, muss ich ihm leider alles überlassen, alles und jedes, selbst meine Brieftasche.

Kaum hatte ich das ehemalige SM-Quartier verlassen, um wieder den Gehsteig der Mariazeller Straße unter meine maroden Füße zu nehmen und weiter Richtung Stadtmitte zu hatschen, hatte ein weißer Wagen, den ich aus dem linken Augenwinkel gerade noch wahrgenommen hatte, scharf neben mir gebremst. Wie ein gereizter, übergewichtiger Kaliban war Gabloner aus dem Fahrzeug gesprungen, während sich hinter ihm schon eine Kolonne aus hupenden Karossen gebildet hatte – und schon klebte ich mit gespreizten Beinen auf der Karosserie seines Dienstwagens, hinter mir der Gehsteig und ein unberechenbarer Polizeioffizier, der mich brutal zu durchsuchen begann, während pro Minute schätzungsweise 100 bis 150 vorbeifahrende Fahrzeuglenker dabei zusahen.

„Viel Geld im Beutel, Miert, verdammt viel Geld für einen elenden Penner wie Sie", brummte Gabloner. „1.100 Euro, ohne jetzt hypergenau zu zählen."

„Ist das etwa illegal?", sprach ich gegen das dreckige Glas der Beifahrerscheibe.

„Warum fahren Sie da nicht wie ein kleiner Krösus mit dem Taxi herum, sondern hatschen stattdessen mit Ihren komischen Fußballer-O-Beinen neben unserer kommoden Stadtautobahn?", versuchte Gabloner, mich zu provozieren.

„Der Akku von meinem Handy ist leer. Selbst wenn ich zehnmal mehr Geld im Börsel hätte, könnte ich mir kein Taxi rufen", antwortete ich ruhig.

Es war auch höchst unwahrscheinlich, dass Gabloner mir eines rufen würde.

„Wo haben Sie denn Ihren Wagen gelassen, alter Schwede?", fragte der weiter. „Ihre wunderbare, klassische Limousine?"

Achtung Fangfrage, dachte ich.

„Gestohlen. Als ob Sie das nicht wüssten", antwortete ich genervt.

„Haben Sie keine Angst, wenn Sie in Ihrer Lage so rotzfrech mit mir reden?“, blaffte Gabloner und nahm sich die Taschen meines Sakkos vor.

„Ich habe mehr als genug Angst“, antwortete ich, „Angst davor, dass ich meine Miete, den Strom, das Gas und die Zahnarztrechnungen nicht mehr bezahlen kann. Angst davor, dass mir bei irgendwelchen Ermittlungen irgendein zugedröhnter Junkie ein Frühstücksmesser ins Auge rammt. Angst davor, wegen irgendeinem Krebs auf einem Operationstisch zerschnitten zu werden. Angst davor, dass man mich überhaupt nicht mehr mit Ermittlungen beauftragt.“ Und fügte hinzu: „Ehrlich gesagt habe ich natürlich auch Angst vor Ihnen. Aber im Grunde genommen habe ich nicht mehr viel, eigentlich nichts mehr zu verlieren. Dafür haben Sie und das, was man gemeinhin das Leben nennt, in den letzten Jahren schon gesorgt.“

„Schön“, meinte Oberleutnant Gabloner befriedigt und steckte die Brieftasche in meine rechte Hosentasche zurück. Ich hatte keine Ahnung, ob er mein Bargeld beschlagnahmt hatte oder nicht.

***

„Gleich nach der Abzweigung ins Pielachtal, auf Höhe des Autohauses Zankl. Sie kennen die Stelle sicher. Die Kollegen nutzen sie gerne für Verkehrskontrollen, weil auf der Mariazeller Straße sowieso viel zu schnell gefahren wird, vor allem aber weil es dort eine lange, kaum benützte und bequem breite Parkbucht gibt, in die man ein verdächtiges Fahrzeug gut herauswinken kann, ohne gleich vom nachkommenden Verkehr überrollt zu werden. Dort fahren wir jetzt hin“, plauderte Oberleutnant Gabloner munter drauflos.

Wird das jetzt eine Rätselralley, dachte ich, oder was.

Nach der Perlustrierung hatte mir der alte Kriminaldirektor befohlen, in seinen Wagen zu steigen. Ich hatte auf dem Beifahrersitz Platz nehmen müssen.

„Bemühen Sie sich nicht mit dem Gurt, Miert. Die Gurtrolle ist kaputt. Der lässt sich nicht mehr ausziehen. Sie werden diese kleine Reise mit mir wohl ungesichert unternehmen müssen“, hatte Gabloner gemeint und einen Kavaliersstart hingelegt. Ich hasste ihn schweigend und intensiv. Im Wagen roch es stark nach Alkohol. Möglicherweise, dachte ich, werde ich mich dereinst in Charons Kahn wohler fühlen. Vielleicht war Gabloners BMW aber auch eine moderne Version von Charons Gefährt.

„Ich erzähle Ihnen jetzt eine Geschichte, und wenn Sie mir irgendwelche Fisimatenten machen, schieße ich Ihnen mit meiner Glock ins Knie“, sagte Oberleutnant Gabloner.

„Ich bin ganz Ohr“, antwortete ich. „Ich liebe Geschichten.“ Hoffentlich geht die Geschichte hier, dachte ich, gut aus.

„Also, die Kollegen winken heute Vormittag vor der besagten Parkbucht so einen Typen heraus, in einem uralten Ami-Schlitten, so einer Angeber-Karosse, die aber nur mehr von Rost und Farbe zusammengehalten wird. Ein Chevrolet Camaro“, erzählte Gabloner, während er in der hereinbrechenden Dunkelheit durch den Harlander Südbezirk raste, „ja, ein uralter Chevy. Der Fahrer hat sich zwar wie gesagt herauswinken lassen, dann aber in der Parkbucht plötzlich und unvermutet Gas gegeben und ist wieder auf die Mariazeller Straße hinaus. Richtung Süden. Der Bursche hat ordentlich Stoff gegeben. Einer der Kollegen hatte eine Radarpistole dabei: 134 Sachen auf Höhe des ARBÖ-Stützpunktes. Die dortige Ampel hat er natürlich bei Rot genommen. Bei dem Tempo kann man sich mit Kleinigkeiten wie Ampeln nicht mehr aufhalten."

Auf Höhe des Heizkraftwerkes Süd fuhr Gabloner wieder auf die Mariazeller Straße auf. Ebenso wie der Chevy-Fahrer waren wir Richtung Süden unterwegs, zum Glück aber erheblich langsamer, weil Gabloner die Geschwindigkeitsbeschränkung von 70 km/h auf dieser Hochleistungsstraße seltsamerweise ungefähr einhielt. Dafür war er im Siedlungsgebiet rund um die Jonas-Schule mit 80 oder 90 Sachen unterwegs gewesen. Wieder mal einer, dachte ich, der seinen Führerschein offenbar in der Baumschule gemacht hat.

„Die erste Straßensperre haben wir am Ortsende von Wilhelmsburg zusammengebracht, die zweite bei Traisen, vor der Abzweigung in das Gölsental. Die erste Sperre hat er umfahren, ziemlich halsbrecherisch, über einen Acker neben der Bundesstraße. Bei der zweiten Sperre hat der Camaro mit hohem Tempo einen zum Glück unbesetzten Dienstwagen gerammt und ist danach mehr oder weniger sofort in Flammen aufgegangen. Revierinspektor Schönkybl hat noch versucht, den Fahrer herauszuziehen. Der hat zum Dank dafür eine Handfeuerwaffe gezogen und auf den Kollegen geschossen. Das Ergebnis: Ein Ellbogendurchschuss. Plus ein Steckschuss oberhalb einer Niere."

„Das tut mir leid, Gabloner", sagte ich, „das tut mir echt leid."

„Das sollte es Ihnen auch, denn die Schüsse auf den Revierinspektor wurden aus einem goldenen Colt abgegeben!", brauste der alte Kriminaldirektor auf.

Ich holte tief Luft.

„Sagt jedenfalls der Schönkybl, denn nicht nur das Auto und der Schütze sind verbrannt, sondern auch die Waffe, jedenfalls deren Oberfläche. Auf der dürfte allerdings kein Gold gewesen sein, sondern höchsten so etwas wie Eloxal.“

„Ich freue mich, dass der Kollege überlebt hat“, sagte ich ehrlichen Herzens, „und ich freue mich, dass der Fahrer verbrannt ist.“ Bei lebendigem Leibe, dachte ich, wie es sich für einen Hilfsteufel gehört.

„Hermann Ofner. Knapp über fünfzig. Amtsbekannt. Ein Häfenbruder. Zuletzt Würstelstandler, der sich einmal pro Woche auf der Inspektion Spratzern zu melden hatte, zwecks Einhaltung der Bewährungsauflagen. Außerdem zweimal Vize-Staatsmeister in irgendeiner abstrusen Senioren-Bodybuilding-Disziplin. Wahrscheinlich im Weitkacken mit Anabolika-Arschbacken.“

Ich hörte weiter höchst aufmerksam zu. Von Gabloner konnte man immer noch etwas lernen, zum Beispiel heute über die vertrackte Poesie des Skatologischen. Sein Sager reimte sich sogar.

„Das ist der Nachteil der ganzen Kraftkammern, ja Fitnessstudios in unseren Gefängnissen. Die Burschen glauben, sie können alles niederreißen, wenn sie wieder draußen sind.“

Körperkultur, dachte ich, sich mit allerhand Pulverln und Hantelstemmen aufblasen – die alten Griechen mit ihrem Ebenmaß würden schön schauen.

„Und nach der Geschichte mit dem goldenen Colt passieren weiter lauter komische Sachen. Ofners Würstelstand an der Mariazeller Straße geht in Flammen auf, nachdem zuvor Ihr Wagen abgefackelt worden ist, und keine zwei Stunden später marschieren Sie in der Gegenrichtung auf eben dieser Mariazeller Straße, wo sich praktisch alles abgespielt hat. Geht Ihnen da kein Licht auf, Miert?“

Am liebsten hätte ich einfach den Mund gehalten, aber das ging längst nicht mehr.

„Was sagen Sie da? Mein Wagen soll abgefackelt worden sein? Wann? Wo?“, spielte ich den Überraschten.

„Fragen Sie doch die Auskunft“, versetzte Gabloner, „oder meinetwegen das Salzamt.“

„Ich habe mit all dem nichts zu tun, Gabloner. Weder mit dem Camaro noch mit dem Bodybuilder noch mit dem goldenen Colt. Ich habe damit nichts zu tun!“, sagte ich leise. „Und wenn Sie sich auf den Kopf stellen.“

Dieser Ofner, überlegte ich, hatte Panik bekommen, weil Schleicher verhaftet worden war, und wollte sich absetzen. Wenn er eine Nebenstraße oder einen Linienbus oder einfach die Bahn genommen hätte, wäre ihm das auch gelungen. Na ja, dachte ich, Anabolika fürs Hirn sind halt noch nicht erfunden worden.

Während Gabloner von der Mariazeller Straße abfuhr und es Richtung Völtendorf ging, schwiegen wir beide ausgiebig. Das war ungewöhnlich.

Ungewöhnlich war auch, dass der alte Kriminaldirektor vor Gattmannsdorf in ein Waldstück einbog. Die Federung des BMWs reagierte butterweich auf den schmalen, kaum geschotterten Feldweg, der immer tiefer in den Tann führte.

„Ich könnte Sie jetzt natürlich auf der Flucht anschießen oder sowas“, sagte Oberleutnant Gabloner mit einem Mal. Er sprach konzentriert und ruhig.

In meinen Hals bildete sich ein Knödel.

„Sie können mir glauben, in den fast vierzig Jahren bei der Truppe habe ich schon einige über den Jordan geschickt. Und in all diesen Fällen bin ich gedeckt worden, immer. Nicht eine, nicht eine einzige Notwehrüberschreitung haben mir all die Staatsanwälte anhängen können."

Ich fühlte ein Würgen in meinem Schlund.

„Andererseits ist mein Personalakt schon so verdächtig dick. Ich habe mir genug geleistet in meiner Laufbahn, das können Sie mir auch glauben, Miert. Es könnte sein, dass es diesmal nicht durchgeht. Die Möglichkeit besteht. Und ich muss schön langsam an meine Pension denken", sagte Gabloner.

Oh, Mann, dachte ich, was für ein Tag!

***

Auf immer schmaler werdenden Forstwegen waren wir circa eine Viertelstunde ins Gemüse gefahren. Währenddessen war die Sonne verschwunden und nur mehr der Wald war da, der den Tag und all das Licht verschluckt zu haben schien. Die einzige Lichtquelle waren nun die beiden Scheinwerfer des BMWs, und das Einzige, was sie beleuchteten, waren Baumstämme und Gebüsch, immer wieder nur Bäume und Büsche, Hügel und Kuppen mit Wald, Wald, Wald. Endlos. Der alte Kriminaldirektor schien sich seiner Sache sehr sicher. Ich dagegen war längst desorientiert, nicht nur was unsere geographische Position betraf.

Mit einem Mal hielt Gabloner den Wagen abrupt an. Fast wäre ich mit der Birne an die Windschutzscheibe geschlagen.

„Na los, raus mit Ihnen!", blaffte der alte Kriminaldirektor, um dann mit höhnischer Stimme hinzuzufügen: „Und viel Spaß beim Goldsuchen!"

Den Probstwald kannte ich eigentlich seit meiner Kindheit, aber nicht genau und vor allem nicht bei Nacht. Vorsichtig öffnete ich die Autotür und stieg aus. Gabloner ließ die Fensterscheibe auf der Beifahrerseite herunter – vielleicht um mir Gelegenheit für ein Schlusswort zu geben, bevor er mich durch das geöffnete Fenster erschoss.

„Sagen Sie mir etwas Schönes zum Abschied!“, meinte ich ohne große Ironie.

„Schleicher ist verreckt“, antwortete Gabloner, „im Spital verblutet wie ein Schwein.“

„Diese Nachricht wärmt mir das Herz“, meinte ich freimütig.

„Das dachte ich mir“, antwortete der alte Kriminaldirektor. „Und tschüss.“

Der BMW fuhr abrupt an. Vielleicht fünfzehn, zwanzig Sekunden konnte ich noch seine Scheinwerfer sehen, seine Rücklichter, dann sah ich nichts mehr, gar nichts mehr, nicht einmal meine Schuhspitzen oder meine Hände. Es war dunkel wie in Oberleutnant Gabloners schwarzer Seele. Stockdunkel.

***

Als Hiesiger wusste ich, dass die deutsche Wehrmacht im dichten Tann des Probstwaldes einst eines der größten Munitionslager der damaligen Ostmark angelegt beziehungsweise versteckt hatte, ein weitläufiges System aus Munitionslagerplätzen, Bunkern, Baracken und Sperranlagen. Mehr als einmal hatten die Alliierten vergeblich versucht, diese Anlagen mit Bombardements aus der Luft zu treffen. Viel mehr als ein paar Hektar Waldboden weitab der Munitionsbaracken mit 100-Kilo-Bomben aufzuwühlen und jede Menge Rehe zu erschrecken beziehungsweise zu töten vermochten die Luftangriffe jedoch nicht. Wenige Wochen vor dem Ende des Krieges wurden in Schauching zwei polnische Zwangsarbeiter von der Waffen-SS erschossen. Angeblich, weil sie versucht hatten, die genauen Koordinaten des Munitionslagers per Funk an die alliierten Luftstreitkräfte zu melden.

Als Vierzehnjähriger war ich mit meinem damaligen Freund Konrad, von dem ich all das erfahren hatte, einst mitten im Probstwald vor einem rotweißrot bemalten Metallschranken gestanden, der scheinbar nur einen Forstweg absperrte. Damit sollten wohl vor allem Schwammerlsucher davon abgehalten werden, mit ihren Autos weiter in den Wald zu fahren. Zugleich markierte dieser Schranken aber die – nur mehr imaginäre – Grenze des Sperrbezirkes, in dem sich einst die Anlagen der Wehrmachtsmunitionslager befunden hatten. Mit einem etwas mulmigen Gefühl, aber doch von Abenteuerlust enthusiasmiert, war ich an einem heißen Sommertag keuchend und schwitzend die Anhöhe zu dem winzigen Ort Schauching am Rande des Probstwaldes hochgeradelt, während der überaus sportliche Konrad auf seinem fast neuen Rennrad die Ortschaft bereits erreicht und einen alten, wohl etwas naiven Anwohner über die genaue Lage der Munitionslager ausgefragt hatte. Konrad und ich waren gleichaltrig. Er ging in eine Parallelklasse meiner Schule, der Unterstufe des Bundesgymnasiums Harland in der Josefstraße. Als Freund hatte er mich dadurch gewonnen, dass er mir auf dem Schulhof aus dem Stand einen Salto rückwärts vorgemacht hatte. Ich war gehörig beeindruckt. Vermutlich war ich damals wegen seines exzessiv ausgeübten, eher schrägen Hobbys sein einziger Freund. Konrad kannte die verfallene Bunkeranlage unter dem Kaiserwald, deren versteckter Eingang in einem scheinbar aufgegebenen Wein- oder Mostkeller unter der Stockinger Brücke zu finden war, er kannte die fast vom Wald verschluckten Schützenlöcher und -gräben von Wehrmacht und Waffen-SS in der Spratzerner Au und westlich der sogenannten Waldsiedlung und die Überreste des ehemaligen NS-Fliegerhorstes im nahen Markersdorf. Und ich war sein Adlatus, sein Dr. Watson für allerlei seltsame Expeditionen in die lokale Kriegsvergangenheit. Vor allem wohl auch deshalb, weil ich im Kleben von löchrig gewordenen Fahrradschläuchen sowie in der Reparatur von gerissenen Fahrrad-Kettengliedern eine gewisse Meisterschaft erreicht hatte und hierfür auch über gutes, auf dem Gepäckträger transportables Werkzeug verfügte.

***

Wie groß der Probstwald war, wusste ich damals nicht. Wenn man von Schauching in südlicher Richtung in ihn drang und schon eine ganze Weile geradelt war, kam er einem jedenfalls riesig, wenn nicht unendlich vor. Konrad und ich fuhren mit unseren Rädern auf breiten, behäbigen Forstwegen dahin. Manche von ihnen zeigten seltsamerweise Reste einer einstigen Pflasterung, wohl damit Wehrmachts-LKWs mit tonnenschwerer Munitionsladung nicht im Waldboden stecken blieben. Endlich stießen wir auf den eingestürzten Eingang eines Bunkers, in dem bis circa zwanzig Zentimeter unter dem Niveau des Waldbodens scheinbar tiefes, dunkelgrünes Grundwasser stand. Rund um die alte Betoneinfassung des Bunkereinganges waren vier rostige Eisenstangen in den Waldboden geschlagen, die mit rotweißroten Plastikbändern miteinander verbunden waren. Nicht weit davon entdeckten wir inmitten des wellig-natürlichen Weichbildes des Probstwaldes direkt an einem Forstweg eine penibel planierte, rechteckige Fläche von vielleicht 100 Quadratmetern Größe. Sie war locker mit nicht sehr hohen Nadelbäumen bewachsen und ihr Boden war knöchelhoch mit leeren Hülsen von Gewehrpatronen bedeckt.

Zuvor waren Konrad und ich auf ein an einen Baumstamm genageltes Schild mit folgendem Warnhinweis gestoßen:

Achtung
Das Betreten des Waldes
ist wegen herumliegender
Sprengkörper lebensgefährlich
und daher verboten
Forstverw. Harland

Wo die meiste Munition herumliegt, wachsen die größten Schwammerl, bemerkte mein Freund trocken. Seine Großmutter stammte aus einer winzigen, geradezu versteckt liegenden Ortschaft am östlichen Rand des Probstwaldes, die den schlichten Namen „Wald" trug. Während des zweiten Weltkrieges führte der lange, beschwerliche Weg zu ihrer Arbeitsstätte in der St.-Georgs-Spinnerei in Ochsenburg sie täglich an den Munitionsbunkern und deren Wachen vorbei.

Wegen der schieren Menge, tausenden und abertausenden Tonnen von Munition der verschiedensten Arten und Kaliber, und wegen des raschen Vorstoßes der sowjetischen Streitkräfte Richtung St. Pölten, erklärte mir Konrad, schaffte es die Wehrmacht einfach nicht mehr, das riesige Munitionslager im Probstwald nach Westen zu verlegen. Nur geringe Teilbestände dürften noch von den Deutschen gesprengt worden sein, der große Rest aber fiel den Russen in die Hände. Die konnten aber mit der Wehrmachtsmunition, die mit ihren Waffen weitgehend inkompatibel war, nichts anfangen und ließen sie einfach liegen. In der materiellen Not der unmittelbaren Nachkriegszeit, erzählte Konrad, schlug damit die Stunde der Buntmetallsammler. Mitten im Forst wurden von der lokalen, rund um den Probstwald ansässigen Bevölkerung viele Tonnen der deutschen Geschoße zerlegt. Die Anteile wertvoller Metalle wie Kupfer und Nickel, aber auch Stahl wurden an Altmetallhändler verkauft, die explosiven Teile vulgo das Schießpulver und die Zünder blieben liegen. Über zehn Menschen kostete diese höchst gefährliche Arbeit das Leben. Durch die herumliegenden Sprengmittel wurden immer wieder Jäger, Schwammerl- und Beerensucher, aber auch Forstarbeiter verletzt oder getötet. Es wurde auch erzählt, dass in so manchem Frühjahr der unmittelbaren Nachkriegsjahre der nasse, schwere Schnee, der von den Bäumen fiel, Explosionen von Schützenminen ausgelöst habe. In dieser Zeit, erzählte Konrad, hatten sich auch Holzfäller und Bauern gelegentlich die eine oder andere Panzerfaust aus den unbewachten, herrenlosen Beständen geholt, wenn es etwa galt, einen uralten Baumriesen mit besonders dickem Stammumfang zu Fall zu bringen. So ersparten sie sich die mühsame händische Sägearbeit, in dem sie den Baum einfach umschossen. Auch der eine oder anderer Fischer dürfte sich mit Handgranaten eingedeckt haben, um auf relativ bequeme Weise einen Teich auszufischen. Erst Ende der Vierzigerjahre begann die sowjetische Besatzungsmacht die Vernichtung der riesigen Munitionsbestände. Sie bediente sich dabei auch der österreichischen B-Gendarmerie. Die gewaltigen

Munitionsvorräte wurden zu einer tiefen Senke mitten im Probstwald westlich der Ortschaft Wald gekarrt und dort nach und nach gesprengt. Dabei kam es mitunter vor, dass Metall- und Geschoßteile bis nach Ochsenburg und in andere umliegende Ortschaften flogen. 1951, erzählte Konrad, waren bei einer dieser Großsprengungen tragischerweise acht Gendarmen und drei russische Soldaten ums Leben gekommen. In der Senke, in der diese Männer starben und in der Tonnen und Abertonnen Munition vernichtet wurden, entstand eine ganze Reihe von tiefen Explosionskratern, die sich später mit Wasser füllten und als Fischteiche Verwendung fanden. Auch diese Stelle erreichten Konrad und ich schließlich mit unseren Fahrrädern.

***

Fast schon ein Wunder, dachte ich, dass Isidor Novy nicht in die Luft geflogen ist, als er im Probstwald sein Gold verbuddelt hat. Ich stand noch immer auf dem Forstweg herum, auf dem mich Oberleutnant Gabloner aus dem Wagen geschmissen hatte. Es war so dunkel, dass ich weder einen Schritt vor noch einen zurück oder zur Seite wagen wollte. – aus Angst, über irgendeine Leiten, einen Abhang, in den Wald zu stürzen. Wenn ich mir hier mitten im Gemüse den Knöchel breche, dachte ich, findet mich so schnell niemand. Da könnte es sogar damit enden, dass ein Fuchs meine Waden anknabbert und ein paar Amseln meine Augen herauspicken. Am Tag, da war ich mir sicher, würde ich mehr oder weniger schnell aus dem Probstwald herausfinden. Ein Nachtmarsch war im schlimmsten Fall, im allerschlimmsten Fall Selbstmord. Nirgendwo ein Lichtschein von einem Haus, einem Auto oder gar einer Straßenlaterne. Auch der Mond war am nächtlichen Himmel nirgends zu entdecken. Ich bin schon ein ziemlicher Glückspilz, dachte ich im Stehen, bei Neumond von einem Verrückten in die tiefste Finsternis eines abgelegenen Waldes verschleppt zu werden, der zur Hälfte den Österreichischen Bundesforsten und zur anderen Hälfte der katholischen Kirche gehört. Die Verliese des Vatikans waren ein Dreck dagegen. Und in der Hölle brannten wenigstens ein paar Feuerkessel lichterloh. Erst einmal in meinem Leben hatte ich solch eine absolute Dunkelheit in freier Natur erlebt. Und das auch nur gezwungenermaßen. Mir reichte, was die Natur betraf, der Schnittlauch auf der Suppe vollkommen, das Leben der Jack-Wolfskin-Freaks, die nachts in einer Wand des Glockner-Massivs biwakierten, war nicht gerade meines. Ich hatte es gerne hell, warm und gemütlich. Im Grunde meines Herzens war ich eine Couch-Potato, die nur durch den Beruf gelegentlich zu Expeditionen in die sie umgebende Wirklichkeit gezwungen wurde. Die ungemütlichen Ecken dieses Planeten jedenfalls, und dazu gehörte zweifellos auch der Probstwald zu Neumond, interessierten mich nicht. Überhaupt nicht.

***

Gegen Mitternacht hatten wir endlich unseren Einsatzraum auf einer sanften, bewaldeten Anhöhe erreicht und erhielten Befehl, uns in sogenannte Zweimanndeckungen einzugraben. Ich kann mich heute nicht mehr an den Namen des vermaledeiten Waldes in der Nähe von Korneuburg erinnern, nur mehr an den zähen, lössähnlichen Lehmboden. Als besonderer Liebling des Zugskommandanten Leutnant Trummer erhielt ich keinen zweiten Mann zugeordnet, sondern musste die Zweimanndeckung alleine ausheben. Gegen zwei Uhr früh brach der Holzstiel meines Klappspatens. Ich grub mit dem Spatenblatt und den bloßen Händen weiter, während uns zwei Unteroffiziere, die mit leistungsstarken Taschenlampen, Thermoskannen voller Bohnenkaffee und Handfunkgeräten gemächlich von Kampfdeckung zu Kampfdeckung wanderten, ständig kontrollierten und zum Weitergraben antrieben. Um halb vier Uhr früh, die Kampfdeckung war erst hüfttief ausgegraben, war ich entschlossen zu desertieren. Um vier Uhr früh desertierte ich. Ich verließ meine Stellung und ging in völliger Dunkelheit die Anhöhe hinauf, um mir irgendwo ein trockenes Plätzchen zum Schlafen zu suchen. Ich dachte an ein Moosbett oder einen großen Farnbuschen. Ich kam allerdings nicht weit – wegen der völligen Dunkelheit in dem abgelegenen Waldstück rannte ich mit Kopf, Armen, Brust und Bauch gegen dünnere und dickere Äste, gegen Zweige, ja gegen ganze Baumstämme. Mit dem Lauf des Sturmgewehrs, das ich vor der Brust trug, blieb ich sowieso überall hängen. Nachdem ich auch noch zweimal in irgendwelche Gatschgruben gestürzt war, überlegte ich mir die Sache mit der Desertation, machte kehrt und versuchte, zu meiner Zwei-Mann-Kampfdeckung, einem wahren *work in progress*, zurückzugehen. Nach wenigen Schritten hatte ich allerdings die Richtung verloren. Erst die Taschenlampe eines kontrollierenden Unteroffiziers gab mir nach einigen Minuten wieder Orientierung. Es war Wachtmeister Plattner, der gerade im Gehen genüsslich eine Topfengolatsche verzehrte. Er leuchtete mir ins Gesicht; ich war so fertig, dass mir jede Bestrafung egal gewesen wäre. Ich vermute, das sah auch der Wachtmeister.

Deshalb ließ er es bei einem verbalen Rüffel bewenden und führte mich zurück zur Stellung – übrigens keine große Kunst, wenn man einen kleinen Scheinwerfer dabei hatte. Den Standort meiner Kampfdeckung hatte ich auf dem Rückweg um gute dreißig Meter verfehlt.

***

Aber was nützte mir diese Erinnerung jetzt? Minutenlang hatte meine Netzhaut verzweifelt akkommodiert und schließlich vermeint, ein paar hellere Schottersteine auf dem Forstweg erkennen zu können, beziehungsweise auf etwas, das ein Forstweg sein konnte. Auf jeden Fall strengten sich meine Augen ordentlich an. Ich beschloss, ihnen zu trauen, und begann, vorsichtig und langsam einen Fuß vor den anderen zu setzten. Es ging, ich ging, wenn auch nur behutsam wie ein hochschwangerer Storch mit einer moderaten Form von Angstneurose. Ich wusste zwar nicht, wohin ich ging, aber ich kam voran, langsam, aber doch, langsam, aber unsicher. Hin und wieder stolperte ich wie mein eigener Urgroßvater, fing mich aber jedes Mal wieder. Ich ging, eingehüllt in schwarzem Samt, in der absoluten Dunkelheit des Probstwaldes, zu der mir jeder Vergleich fehlte. Das war auf jeden Fall besser, als eine ganze Nacht lang auf einem halben Quadratmeter Forstweg von einem Fuß auf den anderen zu steigen. Immerhin, tröstete ich mich, würde kaum jemand etwas von diesem weiteren Tiefpunkt meiner Karriere mitbekommen, ausgenommen ein paar Rehe und Füchse und Eichhörnchen. Immerhin hatte mich Gabloner nicht erschossen. Immerhin war mir der Himmel nicht auf den Kopf gefallen. Immerhin regnete es nicht. Immerhin hatte mich das Schicksal davor bewahrt, Straßenkehrer oder Bauchchirurg zu werden. Immerhin hatte ich in vierzehn Jahren Polizeidienst niemanden umgebracht. Immerhin waren Schleicher und sein ekelhafter Adlatus tot. Immerhin.

Ich hasste Gabloner, weil er es schaffte, mich immer wieder in unmögliche, ja zutiefst lächerliche Situationen zu bringen, aber es war nichts gegen ihn auszurichten. In all den Jahren war nichts gegen ihn zu machen gewesen. Ich würde ihn auch weiter ertragen müssen, wie man halt eine Wespenplage oder eine Gehaltspfändung erträgt, von einer ewig quengelnden Ehefrau ganz zu schweigen. Oberleutnant Egon Gabloner war einfach das Kreuz, das ich zu tragen hatte, ein Geschwür an meinen Fuß, das sich nie schließen würde, ein inoperabler Herzfehler. Ich würde damit leben oder sterben müssen. Tertium non datur.

***

Gegen zwei Uhr in der Früh – die Leuchtziffern meiner Armbanduhr waren noch immer das einzige Licht, das ich zur Verfügung hatte, der Neumond und die Sterne verbargen sich weiter hinter schwarzen Wolken an einem schwarzen Himmel – wurde die Marschiererei doch etwas zäh. Meine Füße schmerzten inzwischen, als würden sie gerade wie Schnitzelfleisch von einem kräftigen Koch geklopft. Ich war hundemüde, hungrig und durstig sowieso. Fast noch schlimmer als die Lichtlosigkeit war die Stille. Der nächtliche Probstwald war unmenschlich still. So still, wie es in mir nie sein würde. So still, wie ein Mensch nie sein könnte, jedenfalls kein lebender. Einmal hörte ich ein paar Meter links von mir ein heftiges Schnüffeln, wie von einem sich auf Nahrungssuche befindlichen Igel. Oder war es ein Dachs? Oder ein Dementer, ein aus einem Altenheim entlaufener, im Wald verschmachtender Alzheimer-Patient, der gerade seine letzten Schnaufer machte? Ich hatte keine Möglichkeit, es herauszufinden. Abseits des Forstweges war kein Durchkommen, wahrscheinlich nicht einmal bei Tag, so verwachsen hatte ich den Probstwald in Erinnerung. Zumindest bekam ich kein Wolfsgeheul zu hören, diese Spezies hatten meine Vorfahren hier schon vor hundert oder mehr Jahren ausgerottet. Auch der letzte Braunbär war hierzulande schon zu Maria Theresias Zeiten von Hunden und Menschen zu Tode gehetzt worden. Allerdings, dachte ich, waren seit dem Fall des Eisernen Vorhanges immer wieder einzelgängerische Bären aus den Karpaten durch halb Niederösterreich gestreift. Vielleicht auch durch den Probstwald? Insgeheim begann ich, mir ein wenig Sorgen zu machen, im Stammhirn, obwohl mein Großhirn besserwisserisch beruhigte. Ein bisschen Dunkelheit, dachte ich, und schon malt sich mein Gehirn Bilder von Bestien aus. Als ob es in der Zivilisation, unter Menschen, nicht weit schlimmere Untiere gäbe.

Dabei war die Nacht früher mein Freund gewesen, damals jedenfalls, in der Dabschkaserne in Korneuburg. In der Nacht konnte man gelegentlich Dinge richtigstellen, die schief gelaufen, die Tag für Tag unerträglich schief gelaufen waren. Indem man zum Beispiel mit ein bisschen Werkzeug ausrückte, den Zaun der Kaserne überwand und dann zügig und konzentriert ans Werk ging. Es war schön, wenn man dabei zu mehreren war, am besten zu acht oder neunt, so dass acht hoben und hielten und einer schraubte. Man brauchte eigentlich nur einen Bolzenschneider, um den lästigen Stacheldraht zu überwinden, ein Radkreuz und eine inoffizielle Führungsfigur, also beispielsweise jemanden wie mich. Immerhin war das auch eine gewisse Abwechslung, denn die Öde des militärischen Lebens war kaum zu ertragen. Noch dazu lag die Kaserne – ein paar weißlichgraue, von Stacheldraht umzäunte Plattenbauteninseln, die in einem Meer von schwarzbraunen Äckern zu schwimmen schienen – damals weit außerhalb von Korneuburg. Es gab zwar eine Busstation davor, die aber meines Wissens kaum jemals ein Bus ansteuerte. Der Speisesaal für die Mannschaft, für die Präsenzdiener, hatte den Charme eines kommunistischen Versammlungsraumes in der weißrussischen Provinz. Die Resopal-Tische und Plastik-Sessel waren immer feucht – entweder von verschütteter Packerlsuppe oder von den Wischtüchern der Hilfsköche, welche die Putzfetzen nur in kaltes, griesiges Wasser tauchten. Um einen Schlag des fetten, zumeist lauwarmen oder brennheißen Essens zu erhalten, musste man sich lange anstellen. Die einzige Alternative war das Soldatenheim gleich daneben, in dem man einige Stunden am Tag Bier, Zigaretten, Wurstsemmeln und Manner Schnitten kaufen konnte und in dem permanent und mit maximaler Lautstärker ein Schwarzweiß-Fernseher lief. Wann auch immer ich das Soldatenheim betrat, wurde gerade ein Skirennen übertragen, das garantiert einer dieser blonden, westösterreichischen Skimillionäre gewann, oder eine Formel-I-Veranstaltung, bei der eine internationalere Millionärstruppe stundenlang hintereinander im Kreis fuhr.

Damals gab es in der Dabschkaserne den Oberstabswachtmeister R., einen ehemaligen Gebäudereiniger, einen von oben ernannten, einzig und allein von der Dienstvorschrift gehaltenen und legitimierten Vorgesetzten, der das Sagen hatte über den zweiten Zug der dritten Ausbildungskompanie. Außerdem gab es beim Barras – wie in jeder anderen Organisation auch – informelle Anführer, Leute wie mich beispielsweise, auch wenn ich nur Gefreiter, Gfreerda in unserer Sprache, war.

Nicht, dass wir Präsenzdiener damals besonders empfindlich gewesen wären, wir haben es schon ausgehalten, wenn die allmorgendliche Laufsportrunde rund um die Kaserne verdoppelt oder verdreifacht wurde, während Oberstabswachtmeister R., der das aus wie üblich völlig unerfindlichen Gründen wieder einmal angeordnet hatte, uns von seinem ‚Feldherrenhügel', einem ausgedienten Bierfass neben der Panzer-Garage, aus mit dem Feldstecher beobachtete. Es machte uns auch nichts aus, jedenfalls nicht wirklich, wenn er den einen oder anderen von uns auf dreißig oder vierzig Liegestütze ‚umfallen' ließ. Etwas missvergnügt, aber doch robbten wir durch Regenlacken, gatschige Stellen oder Brennnessel-Flecken im Wald des TÜPL in der Korneuburger Donauau. Es war nicht weiter schlimm, als eingeteilter Fahrer eines Pinzgauers mit Oberstabswachtmeister R. den halben Tag im Übungsgebiet unterwegs zu sein und ihn schließlich befehlsgemäß Punkt zwölf Uhr zu einem gepflegten Landgasthof in irgendeinem Kuhdorf zu bringen, um ihn dort abzusetzen. Als ich ebenfalls aussteigen wollte, um meinen Vorgesetzten zum Mittagmahl zu begleiten, das ich eh aus meiner eigenen Grundwehrdienertasche bezahlt hätte, schnarrte der: „Funkdienst, Gefreiter Miert, im Wagen!" Mein Blick muss wohl Bände gesprochen haben, denn der Oberstabswachtmeister fügte genussvoll hinzu: „Marschverpflegung, sprich Dosenfutter. Im Wagen!"

Auch das völlig willkürliche und überaus häufige Verhängen von Samson, wie es damals in unserer Sprache hieß, also von Samstag-Sonntag-Dienst, sprich Anwesenheit in der Kaserne das ganze Wochenende hindurch, nahmen wir gerade noch hin. Eigentlich hätten wir von Samstagmittag bis Sonntagmitternacht frei gehabt, uns also samstags in unsere klapprigen Dritt- oder-Viertbesitz-Toyotas werfen und nach Hause düsen können. Aber praktisch jedes Wochenende wurde über den größten Teil des zweiten Zuges Samson verhängt. Meistens wegen nichts und wieder nichts, obwohl wir natürlich keine Engel waren, sondern Soldaten, die zu Pionieren ausgebildet wurden. Aber dass Wehrmann Graf, der kleine Graf, am letzten November-Wochenende Dienst schieben musste, während seine Mutter im Krankenhaus von Mistelbach starb, das war uns dann doch zu viel, nicht mehr packbar, einfach nicht mehr packbar. Kalt lächelnd hatte Oberstabswachtmeister R. abgelehnt, als ich für Graf, der ein bisschen ein Muttersöhnchen und im Umgang mit Vorgesetzten geradezu krankhaft schüchtern und ängstlich war, um eine Dienstfreistellung für das bewusste Wochenende gebeten hatte. Grafs schwerstkranke Mutter war wenige Tage zuvor wegen Knochenkrebs eingeliefert worden und es sah nicht gut für sie aus. Innerlich vor Wut kochend ersuchte ich den Oberstabswachtmeister in schneidendem Hochdeutsch um eine Begründung für seine negative Entscheidung. Als Antwort erhielt auch ich wieder einmal Samson aufgebrummt. Dagegen musste etwas unternommen werden, und ich hatte wie gesagt die Idee dazu und auch die Führungsqualitäten, um sie umzusetzen. Nur eine günstige Gelegenheit musste abgewartet werden. Diese ergab sich auch in Bälde, als Oberstabswachtmeister R. nämlich eines schönen Dienstags nach Dienstschluss nicht in den eigenen, vor der Kaserne geparkten Wagen stieg, sondern von einer faltengesichtigen Blondine in einem Peugeot-Cabrio abgeholt wurde. Um drei Uhr in der Früh rückten wir dann mit dem längst vorbereiteten Bolzenschneider und dem Radkreuz zum knapp außerhalb der Kaserne liegenden, zum Glück unbeleuchteten Parkplatz für das Kaderpersonal aus. R.s VW Golf Rabbit war relativ schnell angehoben, ebenso flott waren die Räder abmontiert und der Wagen auf den Bremsbelägen am Asphalt abgesetzt. Alle vier Räder drapierten wir dann noch liebevoll am Autodach.

Am nächsten Tag, kurz vor dem Beginn der abendlichen Befehlsausgabe, als die Kompanie schon zum größten Teil im Hof aufgestellt war, ging ich in die Kanzlei, in der sich Oberstabswachtmeister R. eben fertig adjustieren wollte. Wie bei einem förmlichen Rapport salutierte ich nach allen Regeln der Kunst, schlug zackig die Hacken zusammen und gab dann im Ton einer offiziellen dienstlichen Meldung Folgendes von mir: „Herr Oberstabswachtmeister, es ist schrecklich, was mit Ihrem Wagen passiert ist, aber es gibt noch Schrecklicheres, echt wahr. Manche Leute zerkratzen Autos auch noch oder treten gar die Scheinwerfer und Rücklichter ein. Von der Möglichkeit des Abfackelns ganz zu schweigen."

An seinem völlig fassungslosen Blick erkannte ich: Oberstabswachtmeister R. hatte verstanden.

„Wir wünschen uns die letzten paar Monate einfach einen etwas ruhigeren Dienst. Mit mehr Freizeit am Wochenende", fügte ich zur Verdeutlichung noch hinzu. Dann salutierte ich ohne ein weiteres Wort ab, drehte auf dem Absatz um und schlenderte betont langsam zur Befehlsausgabe.

Oberstabswachtmeister R. hatte, wie sich danach zeigte, auch dies verstanden. Grafs Mutter machte das alles natürlich nicht wieder lebendig, aber es gab immerhin wieder so etwas wie unsere Ehre, die Ehre des zweiten Zuges der dritten Ausbildungskompanie. Pioniere – wie immer.

***

Vielleicht sollte ich ja, überlegte ich im Gehen, ein Buch über meine Nachtwanderung schreiben. Diese Forststraße, die höchstwahrscheinlich dem Bischof von Harland gehörte, könnte mein Jakobsweg sein. Außer meinem Namen auf Erlagscheine hatte ich zwar in den letzten Jahren nichts geschrieben, aber vielleicht konnte mir dieser St. Pöltner, dieser Weninger oder Wieninger, der einige meiner allgemein – vor allem aus den Lokalzeitungen – bekannten Fälle aufgezeichnet hatte, ein paar gute Tipps geben. Gratis natürlich, denn bezahlen könnte ich dafür nichts. Im Gegenzug für den Schreibunterricht würde ich ihm die Geschichte von Isidor Novy anbieten. Allerdings hatte diese True-Crime-Story noch keinen Schluss, wie ich leider nur zu gut wusste. Im Moment quälte sich die Moritat beziehungsweise deren Erzähler durch einen unbedeutenden Wald am Rande einer unbedeutenden Bezirksstadt im Osten Österreichs. Auch der Schatz war noch immer nicht aufgetaucht. Nicht gerade der Höhepunkt eines Buches, um das sich die Leute am Erscheinungstag in den Buchhandlungen prügeln würden. Wenn Harry Potter durch einen dunklen Tann wanderte, waren mindestens ein paar Dementoren, Riesenspinnen und Basilisken mit von der Partie. Ich dagegen konnte nur Lachhaftes wie einen keuchenden Igel anbieten. Wenn ich so weiter machte, würde es dieser Wieninger echt schwer haben, mit Mankell und Konsorten mitzuhalten. Nicht einmal einen schickverqueren Serienmörder gab es in der Geschichte, von nackten Frauenleichen ganz zu schweigen. In meinem eigenen Buch, dachte ich, über den Jakobsweg durch den Probstwald würde es dagegen von mystischen Rittern, die auf gespenstischen Rossen durch den nächtlichen Tann galoppierten, von heimtückisch-philosophischen Zwergen und geheimnisvollen Trollen, von untoten, aber sexy Prinzessinnen und feschen Vampiren nur so wimmeln. Auch ein paar Hobbits zum Drüberstreuen durften natürlich nicht fehlen. In meiner Erzählung würde ich so viel weiße Magie zusammenlügen, dass den PT Leserinnen und Lesern schwarz vor Augen werden würde. Eigentlich ist nichts leichter, dachte ich, als einen Bestseller zu produzieren. Einen Titel für mein Buch hatte ich auch schon im Kopf: *Mein Jakobsweg*. Das war zwar, wie ich zugeben musste, nicht wahnsinnig originell, aber man konnte praktisch jeden Titel durch eine Prise Sex aufpeppen. *Mein sexueller Jakobsweg* oder *Sex am Jakobsweg* zum Beispiel klangen da schon wesentlich zugkräftiger. Erotik war überhaupt das Um und Auf in der Literatur. Als Autor hatte ich daher unbedingt dafür Sorge zu tragen, dass die Prinzessinnen mit den Vampiren ... und die Hobbits mit den Zwergen ... oder mit irgendwelchen Ammen der Prinzessinnen ... oder doch besser mit den Pferden? Na ja, die Finessen der Figurenführung würde mir dieser Wieninger schon noch beibringen. Ein Bestseller in der Art, dachte ich, und schon kann ich meinen Beruf als erfolglosester Diskont-Detektiv der Republik getrost an den Nagel hängen. In einem kurzen Nachwort, dachte ich belustigt, könnte ich vielleicht auch Oberleutnant Gabloner danken, der mich in diesen Wald, auf meinen Jakobsweg verfrachtet hat. Natürlich nur in hochironischer Weise und ohne ihn direkt beim Namen zu nennen.

Um drei Uhr in der Früh, ich wanderte noch immer vorsichtig wie auf rohen Eiern auf dem kaum geschotterten Waldweg dahin, verwarf ich letzteren Gedanken allerdings wieder. Den alten, boshaften Kriminaldirektor literarisch zu verewigen, noch dazu in einem Bestseller, war vielleicht doch etwas zu viel des Guten. Na ja, aber vielleicht würde ich seine monströs-abartige Persönlichkeit in einen bösartigen Probstwald-Troll einfließen lassen, mal sehen. Figuren mit einem miesen Karma machten sich in Romanen immer gut.

Um vier Uhr hielt mich selbst die Vorfreude auf meinen künftigen Bestseller nicht mehr aufrecht. Ich fühlte mich wie ein Dreijähriger, der von seinem Heimwerkervater auf der Suche nach bestimmten Spezialdübeln bereits durch drei oder vier Baumärkte geschleppt worden war. Mit vorsichtigen Trippelschritten schlug ich mich nach rechts in die Büsche und konnte nur hoffen, in keinen Straßengraben oder Ähnliches zu stürzen. Als ich meiner Schätzung nach zwei, drei Meter abseits des Weges war, ließ ich mich vorsichtig auf meine vier Buchstaben nieder. Der Boden fühlte sich trocken an. Irgendwo weiter hinten im Wald schnüffelte wieder ein Igel. Oder ein Hobbit. Ich legte mich auf den Rücken. Zum Glück war mein Sakko aus einem etwas dickeren Stoff, ich zog es über meinen Bauch zurecht. Es war so dunkel, dass ich nicht einmal die Augen schließen musste, um sofort einzuschlafen.

***

Ich erwachte gegen neun Uhr früh in einer Ansammlung von jungen Farnen unter einem mächtigen Haselbusch. Die Sonne stand halbhoch am Himmel. Ein heller, relativ warmer Herbsttag. Trotz meiner nächtlichen Tour im Zauberwald der keuchenden Igel fühlte ich mich gar nicht so schlecht und rappelte mich aus dem Gemüse hoch. Meine Schuhe und meine Hose sahen aus, als hätte ich eine Woche ununterbrochen und im Akkord Torf gestochen. Auch mein Sakko war praktisch ruiniert, es war, als hinge mir ein schmutziger Kartoffelsack um Schultern und Hüften. Ich hatte keine zwei Meter neben einer Bushaltestelle genächtigt. Ein geradezu stylischer Kobel aus Glas und Aluminium mit einer Sitzbank aus Nirosta-Stahl. Als erstes kontrollierte ich meine Brieftasche; es fanden sich 1.135 Euro in Papiergeld und ein paar Münzen darin. Gabloner hatte mein Geld also nicht beschlagnahmt. Gott sei Lob und Dank.

Ein paar Meter nach der Haltestelle war der Probstwald zu Ende. Aus. Finito. Abgeerntete, kotbraune Äcker zogen sich bis zu einer kleinen Siedlung mit offenbar älteren Einfamilienhäusern aus den Sechziger- und Siebzigerjahren, verwittert aussehenden Bungalows mit Welleternit-Dächern und gemauerten Garagen mit riesigen Stahltoren. Erst jetzt bemerkte ich, dass auf der Sitzbank im Designer-Haltestellen-Kobel jemand saß. Von hinten durch die Glasscheiben gesehen war es eine sehr schmale Gestalt in einem schwarzem Rock und einer schwarzen Bluse und mit einem ebenfalls schwarzen Kopftuch. Neben der seltsamen Figur stand ein Weidenkorb mit – so schien es – allerlei Gartenwerkzeug.

Ich trat auf die Haltstelle zu, räusperte mich vernehmlich und grüßte sehr höflich. Eine Frau in den Siebzigern, erschreckend mager, mit großer Nase, auf der eine dickglasige Krankenkassenbrille saß. Hielt der

Probstwald, der Zauberwald meines künftigen Bestsellers, eine neue Figur für meinen Roman parat, die Hexe aus *Hänsel und Gretel*?

„Wer sind Sie denn?“, fragte die Alte übellaunig, „Rübezahl?“

„Nein“, antwortete ich wahrheitsgemäß, „ich glaube, ich bin Hänsel, aber wirklich sicher bin ich mir nicht. Vor allem, weil Sie kaum Ähnlichkeit mit Gretel haben.“

„Wollen Sie damit etwa andeuten, dass ich die böse Hexe bin?“

Die Alte hatte einen wachen Verstand.

„Entschuldigung, ich wollten Ihnen keinesfalls zu nahe treten“, sagte ich zu meiner künftigen Romanfigur.

„So können Sie jedenfalls nicht in den Bus!“, meinte die Alte missbilligend, nachdem sie meine ruinierten Klamotten eingehend gemustert hatte. „Außerdem stinken Sie wie ein Iltis.“

„Wann kommt der Bus?“, versuchte ich abzulenken, erhielt aber keine diesbezügliche Antwort.

„Mein Hansl ist am Klo umgefallen. Hinterwandinfarkt, aber eigentlich ist er ertrunken, mit dem Gesicht in der Klomuschel. Die war wohl ziemlich verstopft und er hat versucht, das mit Wasserdruck zu lösen. Dabei habe ich ihm hundertmal gesagt, er soll nicht immer so viel Klopapier benutzen.“

„Tja“, meinte ich zuerst und versicherte danach mein Beileid.

„Wegen seinem Grab kann mir niemand etwas nachsagen. Seit 14 Jahren fahre ich jeden Donnerstag auf den Friedhof. Er hat immer etwas Blühendes auf dem Grabhügel. Obwohl die Witwenpension nicht grade wahnsinnig hoch ist.“

„Das tut mir leid“, murmelte ich desinteressiert.

„Braucht es nicht. Ich vermiete ein Mansardenzimmer, dann geht es schon."

Ich sagte nichts mehr. Mit der flachen Hand versuchte ich, die ärgsten Dreckpatzen von meiner Hose und meinen Sakko zu klopfen. Die Alte sah mir geradezu belustigt dabei zu.

„Beim Kleiderbauer in der Kremser Gasse gibt es derzeit Umbau-Rabatt. 25 Prozent."

„Danke für den guten Rat", meinte ich etwas gequält.

„Sie sehen wie ein Junggeselle aus."

„Sieht man mir das an? Echt?", fragte ich verblüfft.

„Na, so wie Sie aussehen!"

Darauf wusste ich nun wirklich keine Antwort mehr.

Fünf Minuten später kam der Bus. Der Fahrer sah mich etwas zweifelnd an, verkaufte mir dann aber doch ein Ticket. Außer mir und der Alten waren nur eine Handvoll Halbwüchsiger im Bus, Mädchen und Burschen, die alle dreißig Sekunden ihr Handy checkten und mit flinken Fingern SMS schrieben. Mit diesen Jungen, dachte ich, bricht ein literarisches Zeitalter an, eine neue Hochblüte der alten Kulturtechniken des Lesens und Schreibens.

***

Während der Busfahrt quälte mich ein hartnäckiger Tagtraum: ein übergroßer Teller, auf dem zwei dicke, kross herausgebratene, fettriefende Scheiben Pferdeleberkäse lagen, daneben ein großzügiger Schlag Kümmelerdäpfel, ein langer, grüner, in Essig und Öl eingelegter Pfefferoni und eine ordentliche Portion feiner, scharfer Senf. In einer Glasschale daneben ein steirischer Käferbohnensalat mit Kernöl und Zwiebel, von dem frisch gezapften Krügerl Bockbier in bequemer Reichweite ganz zu schweigen. Ich konnte den Leberkäse, den Senf und die Zwiebelringe sogar riechen. Mannhaft versuchte ich, mich davon loszureißen, indem ich mich wieder auf den Fall Novy konzentrierte, den ganzen Pallawatsch noch einmal quasi frei schweifend durchdachte.

Als ich noch ein kleiner Bub war, habe ich einmal – an einem langweiligen Freitagnachmittag, das weiß ich noch – den Familienradio, einen ITT Schaub Lorenz, in den auch ein Kassettenrecorder integriert war, mit dem Schraubenzieherset meines Vaters auseinandergenommen, wirklich komplett auseinandergenommen, bis auf die letzte Schraube, bis auf den letzten Transistor. Das ging ruckzuck – und ein gottsfürchterliches Donnerwetter meiner Eltern war die Folge. Unter Androhung schlimmster Strafen wurde ich von ihnen dazu vergattert, den Radio samt Kassettenrecorder im Stubenarrest penibelst wieder zusammenzusetzen, wieder in den Status quo ante zu bringen. Ich brauchte fast das ganze Wochenende dafür. Der Radio gab fortan, wenn man ihn einschaltete, allerdings nur mehr ein monotones Pfeifgeräusch von sich. Jahrzehnte später sind einige, ja eigentlich viele meiner Fälle ähnlich verlaufen, nach diesem juvenilen Muster. Während der Busfahrt wünschte ich mir, dass die Polizei-Hundertschaft Oberleutnant Gabloners Isidor Novys Gold gleich zu Beginn ihrer aufwändigen Suche gefunden hätte. Zum Beispiel in einem Wäschekasten, eingenäht in die Polster und Tuchenten des alten Sonderlings. Oder in dem Brunnen hinter Novys Hütte. Dann wären mir Schleicher und sein Adlatus, aber auch Ing. Scheibelreiter und der nächtliche Probstwald erspart geblieben. Gott bewahre einen, dachte ich, vor einem aufregenden Leben. Solange Novys Gold allerdings nicht gefunden war, steckte ich in dem Fall fest, der mir inzwischen schon mehr als zuwider war. Irgendwo in Novys Anwesen oder auch in den Wäldern dahinter, überlegte ich, musste es doch einen Hinweis geben. Novy hatte ja damit rechnen müssen, dass er aus dem Krankenhaus nicht mehr lebend herauskommen würde. Er musste, davon war ich mittlerweile fest überzeugt, den einen oder anderen Hinweis hinterlassen haben. Er war keiner gewesen, der sein Gold am liebsten ins Grab mitgenommen hätte, kein gieriger Geizhals, der sein Leben lang unter Verstopfung gelitten hatte. So etwas wie ein Wohltäter war er gewesen, wenn auch ein verquerer. Er hätte nicht damit sterben können, dass sein Gold tausend Jahre im Probstwald vergraben liegen bleiben würde, tausend Jahre, ohne dass es irgendwem nützte, tausend Jahre, bis es irgendein dummer Gustav Gans zufällig fand. Aber vielleicht, überlegte ich, hatte er die Intelligenz seiner Erben, das Hirnschmalz der Nachgeborenen ganz einfach überschätzt. Vielleicht war sein Hinweis so dezent, im wahrsten Sinne des Wortes so nichtssagend, dass ihn bisher jeder – inklusive meiner Wenigkeit – übersehen hatte, ja übersehen musste, weil es eigentlich gar kein Hinweis war, sondern nur ein unlogisches, keinesfalls zwingendes Konstrukt, eine höchstpersönliche Einbildung, die der alte Hagestolz mit sich in die Grube genommen hatte. Trotzdem, irgendwo musste es doch ein paar lose Enden geben. Allerdings: Selbst wenn ich diese finden würde, war es noch immer höchst zweifelhaft, ob ich sie verknüpfen, ob ich sie richtig zusammenfügen konnte.

Wo würde ich selbst etwas verstecken, überlegte ich, wo hätte ich an Novys Stelle einen geraubten Goldschatz versteckt? Dabei musste ich allerdings konzedieren, dass ich in meinem ganzen bisherigen Leben kaum jemals etwas wirklich Wertvolles besessen hatte. Für trickreich und aufwändig angelegte Verstecke hatte ich daher nie großen Bedarf gehabt. Den einen oder anderen Zweitschlüssel und ein paar ererbte Silbermünzen hatte ich manchmal in einer Zuckerdose oder in einem Karton Waschpulver versteckt, meine Weinsammlung im Putzschacht unter der Badewanne – alles relativ simple Verstecke, die Gabloners Mannen ebenso wie Schleicher, Gott hab ihn unselig, wohl längst ausgeräumt hätten. Novys Versteck war sicher wesentlich überlegter und einfallsreicher. Leider musste ich mir eingestehen: Ich war nicht gut im Verstecken und ich war noch viel schlechter im Finden von Verstecken. Noch dazu, wo ich längst eine Brille nötig gehabt hätte, aber aus männlicher Eitelkeit schon seit Jahren darauf verzichtete. Die Chance, dass gerade ich auf Novys Gold stoßen würde, war praktisch gleich null.

Theoretisch wusste ich, dass es eine der besten, der allerbesten Versteckstrategien war, eine Sache praktisch direkt vor der Nase dessen zu verstecken, der danach suchte. In diesem Sinne glaubte ich, dass Novy gar keinen Bunker im Probstwald angelegt hatte, um darin sein Gold zu verbuddeln. Sein Gold, dachte ich, ist irgendwo in Hinterholz 1 zu finden. In seiner Hütte oder in seiner Werkstatt.

Hungrig wie ein Zoowolf, den ein sadistischer Tierpfleger zu einer Milch-Semmel-Kur nach F.X. Mayr gezwungen hatte, stieg ich am Frachtenbahnhof aus. Der imaginäre Duft von warmem Leberkäse quälte mich noch immer.

Gleich gegenüber der Bushaltestelle befand sich zwischen zwei verwahrlost aussehenden ÖBB-Werkstättengebäuden eine Baulücke, ein schmales Brachgrundstück, auf dem ein Händler 20, 25 gebrauchte Karossen feilbot. Dem Anschein nach keine Luxusmarken, sondern alte Opel, Chevrolets, Fiats und südkoreanische Kleinwagen, die auf grobem Ziegelsplitt unordentlich, scheinbar ohne System abgestellt waren. „Günthers gute Gebrauchte“ war auf einem mannshohen Schild am Gehsteig zu lesen. Darunter stand in großen, neonrosa Blockbuchstaben: „SALE!“. Im hinteren Teil des Areals war auch ein kleiner, beiger Wohnwagen aufgebockt abgestellt, von einem Zugfahrzeug keine Spur. Wahrscheinlich übernachtete der Händler darin, dachte ich, denn sonst wäre er in dieser Gegend selbst seine alten Dritt- oder Viertbesitz-Karren bald wieder los, und zwar ohne jede Bezahlung. Wahrscheinlich ein armer Hund, dachte ich, aber wenigstens mit so viel Kapital ausgestattet, dass er zwei Dutzend Rostlauben zusammenkaufen hatte können und nun versuchte, daraus seinen Lebensunterhalt zu ziehen.

Interessiert trat ich näher. Selbst in meinem derangierten, fast schon sandlerhaften Aufzug würde ich hier willkommen sein; einer mit Geld stinkt nicht.

***

„Ein Auto um neunhundert Euro? Meinen Sie das wirklich ernst? Ein Auto um neunhundert Euro? Bei mir?“, meinte der Händler, ein kleiner, rundlicher Mann unbestimmbaren Alters in einem flaschengrünen, heftig ungebügelten Anzug und mit einer hellen Wollmütze auf dem Kopf, skeptisch und machte ein gespielt-verzweifeltes Gesicht. In seiner Stimme vermeinte ich einen leichten Akzent zu hören und tippte auf Mazedonien.

„Na ja, Günther, ehrlich gesagt sehen die meisten Ihrer Boliden so aus, als wären sie mit neunhundert schon deutlich überteuert", konterte ich. „Außerdem werde ich Sie auf jeden Fall um einen Hunderter herunterhandeln. Wir reden also besser gleich von einem Auto um achthundert Euro."

„Sie wollen mich ruinieren!", rief Günther aus Skopje aus. Er klang wie ein deklamierender Provinzschauspieler, der weder wirklich gut Deutsch noch wirklich gut Mazedonisch konnte.

„Also, was können Sie mir anbieten, Günther?"

Der Händler beendete seine Gala-Vorstellung des wehklagenden Schwans und zeigte auf einen dunkelblauen Kleinwagen, der hinter ihm zwischen einem Chevrolet Spark und einem Opel Corsa stand. Schon aus der Entfernung konnte man jede Menge Rostflecken auf der Karosserie sehen.

„Das Donald-Duck-Auto?", bemerkte ich zweifelnd. „Glauben Sie, dass ich da überhaupt hineinpasse?"

„Ein Auto wie gemacht für Sie: Ein Ford Fiesta. Baujahr 1997. 1.750 Kubikzentimeter Hubraum. 1,8-Liter-Maschine. Diesel. Minimaler Verbrauch. Fünf Gänge. Fünf Sitze", meinte der Händler wie aus der Pistole geschossen. Offenbar verstand er sein Geschäft.

„Allerdings nur zwei Türen, wie ich sehe", bemerkte ich.

„Dafür ist das Pickerl noch vier Monate gültig!", entgegnete er rasch.

„Sagen Sie mir lieber, was die Karre alles nicht hat, außer einer rostfreien Karosserie."

„Na ja", druckste Günther herum.

„Stoppen Sie mich einfach, wenn ich mich wo irre: Kein Radio, kein CD-Player, kein ABS, keine elektrischen Fensterheber, keine Airbags, keine Winterreifen, kein Reserverad, keine Sitzheizung, keine Fußabstreifer.

„Fußabstreifer hat er schon, jedenfalls links vorne, für den Fahrer", meinte der Händler keineswegs kleinlaut.

„Kilometerstand?"

„Nur 143.000. In diesem Sinne: um nur neunhundert Euro ein absolutes Top-Angebot! Da heißt es rasch zugreifen, mein Bester!" Günther war geradezu euphorisch.

„Siebenhundertfünfzig, mein lieber Freund und Zwetschkenröster. Aber ich möchte eine Runde Probe fahren."

„Eh klar, ich montiere Ihnen schnell ein Wechselkennzeichen, dann kann's gleich losgehen."

„Woher kommen Sie eigentlich? Ich bin Sprachwissenschaftler, müssen Sie wissen, deshalb würde mich das interessieren", hörte ich mich plötzlich lügen. Manchmal hatte ich so sinnlos neugierige Anwandlungen, zweifellos eine Déformation professionnelle.

„Haben Sie etwas gegen Albaner?" Günther zupfte an seiner Wollhaube herum.

„Na ja ...", antwortete ich.

„Ich bin Grieche. Allerdings schon hier geboren."

„Entschuldigen Sie, dass ich gefragt habe."

„Ist schon gut, ich hole die Kennzeichen", meinte der Händler, drehte sich um und ging zu seinem Wohnwagen. Vor seinem Domizil hatte Günther, wie ich erst jetzt bemerkte, einen weißen Plastik-Campingsessel und einen schwarzen Kugelgrill aufgestellt. Es roch nach sanft glosender Holzkohle.

„Haben Sie vielleicht noch etwas Billigeres außer dem Fiesta auf Lager?", rief ich ihm nach. „Etwas Billigeres *und* Größeres?"

Günther konterte mit einer vielleicht vom Balkan, vielleicht aber auch von der Gegend um den Frachtenbahnhof inspirierten abweisenden Handbewegung, als hätte ich ihm ein unsittliches Angebot gemacht. Trotzdem war er mit den blauen Wechselkennzeichen rasch wieder da. Ebenso fix schraubte er sie vorne und hinten an den Fiesta und übergab mir mit großer, geradezu theatralischer Geste den Zündschlüssel.

„Neunhundert, und Sie machen das Geschäft Ihres Lebens, mein Bester!"

„Siebenhundertfünfzig, und *Sie* machen das Geschäft Ihres Lebens!"

Menschen meiner Größe und Statur waren eher für SUVs, Klein-Lastwagen und fette Pickups wie einen Nissan Navara prädestiniert. Aber so viel Geld hatte ich im Moment halt nicht, nicht einmal für einen Gebrauchten. In den Ford Fiesta einzusteigen kam für mich einer veritablen Turnübung gleich. Als ich mich endlich hinter das Lenkrad geklemmt hatte, hatte ich das Gefühl, auf dem Boden zu sitzen. Der Motor sprang zwar sofort an, keuchte im Leerlauf aber wie ein Asthmatiker. Na ja, dachte ich, praktisch alle meine bisherigen fahrbaren Untersätze haben nicht viel besser geklungen.

Günther aus Tirana oder Thessaloniki winkte mir zu, als ich sein Areal mit dem blauen Boliden verließ. Auf der Alten Reichsstraße probierte ich die ersten drei Gänge aus, auf der B1 Richtung Melk den vierten. Der letzte Gang schien beim Auskuppeln ein wenig zu spießen, aber wann, fragte ich mich, war ich in Harland schon damit unterwegs? Wegen des stetig steigenden Verkehrsaufkommens musste man auf den meisten Gemeindestraßen schon froh sein, wenigstens einen Fünfziger fahren zu können. In diesem Sinne waren die meisten innerstädtischen Radarboxen ein einziger Schildbürgerstreich.

Bei einem Kreisverkehr in Prinzersdorf kehrte ich um und fuhr wieder Richtung Harland zurück.

***

„Sie haben da gerade ein Paar Bratwürstel auf dem Grill und eine Semmel. Die kaufe ich mit. Und vielleicht noch etwas Senf, wenn Sie haben, und ein Bier. Sind wir uns einig?"

„Für neunhundert sind wir uns einig", antwortete Günther

„Für achthundert. Und die Kennzeichen besorgen Sie jetzt gleich, und zwar bei der Zulassungsstelle der Discordia-Versicherung in der Mariazeller Straße. In der Zeit esse ich Ihre Bratwurst, trinke Ihr Bier und hüte Ihre wertvollen Wagen, Ihre besonderen Boliden."

„Sie ruinieren mich!", jammerte Günther.

Das hatten wir schon, dachte ich.

„Geh bitte, Günther, wegen der paar Würstel! Jetzt stellen Sie sich nicht so an, alter Freund und Zwetschkenröster!"

„Sie ruinieren mich", wiederholte der Händler sein Mantra, „aber was soll ich machen, meinetwegen. Aber keine Gewährleistung! Sie kaufen wie besichtigt. Das heißt, ich will Sie hier nie wieder sehen, außer Sie haben vor, sich einen Zweitwagen zuzulegen."

„Gewährleistung habe ich für achthundert auch nicht erwartet", antwortete ich. Günther verschwand im Wohnwagen, um die Papiere des Fiesta herauszusuchen und mein im Vertrag inkludiertes Catering auf die Beine zu stellen.

Als er wieder auftauchte, hatte er nicht nur eine Dose Ottakringer-Bier und eine Senftube, sondern auch einen Teller und eine rotweißrot karierte Serviette mit dabei.

„Sechzehnerblech, wenn's beliebt. *Mei Bier is net deppert*", meinte er lächelnd.

„Sie sind wirklich hier geboren", entgegnete ich und zog meinen Führerschein aus einem Seitenfach meiner Geldbörse. Auch den hatte Gabloner seltsamerweise nicht beschlagnahmt.

***

Ich war zum Pinkeln hinter den Wohnwagen gegangen. Vielleicht hatte Günther ja ein Camping-Klosett in seinem Wohnbüro, aber der aufgebockte Dethleffs war natürlich zugesperrt. Als ich wieder zu Grill und Plastiksessel zurückgekehrt war, stand eine mollige, weißhaarige Frau in einer voluminösen, braunen Daunenjacke wie gemacht für Spitzbergen vor mir. Sie hatte purpurrote Backen, eine fast violette Nase und war vielleicht Anfang Siebzig. Die Würstel hatten himmlisch geschmeckt und das Bier hatte gezischt, als ich die Dose in drei, vier langen Schlucken geleerte hatte.

„Sie sollten im Dienst kein Bier trinken, überhaupt keinen Alkohol", bemerkte die alte Dame missbilligend, „außerdem sollten Sie mehr auf Ihre Garderobe achten, junger Mann. Ich habe selbst lange Jahre im Verkauf gearbeitet und war immer gut angezogen, vom Scheitel bis zu Sohle, ja."

„Mhm", machte ich, weil mir im Moment nichts Besseres einfiel. Erst jetzt bemerkte ich, dass die präsumtive Kundin seltsamerweise auch Moonboots trug.

Wirklich verblüfft wäre ich allerdings erst gewesen, wenn sie sich ein paar Tourenski auf den Rücken geschnallt hätte.

„Mein Leben lang habe ich keinen einzigen Schluck getrunken, trotzdem tue mir jeden Tag schwerer mit dem Gehen. Die Knie. Die Hüften."

„Und da wollen Sie sich jetzt ein Auto zulegen – das ist gescheit", meinte ich.

„Ich habe ein Auto."

„Aha."

So richtig versiert, dachte ich, bin ich im Führen von Kundengesprächen wohl noch nicht.

„Aber ich habe es meinem Neffen gegeben. Damit er mich ein bisserl herumführt. So sicher bin ich ja auch nicht mehr hinter dem Volant."

„Aha."

„Jetzt hat er aber einen Unfall mit Totalschaden gebaut und will einen neuen Wagen. Sonst, sagt er, kann er mich nicht mehr zum Einkaufen und zum Arzt bringen."

„Und da haben Sie natürlich sofort an ‚Günthers gute Gebrauchte' gedacht – kluge Wahl, kann ich nur sagen."

„Ich hatte überhaupt keine Wahl. Zu Fuß schaffe ich nicht mehr als sechzig, siebzig Meter. Ich wohne gleich da vorne."

„Trotzdem werden Sie Ihren Besuch bei uns nicht bereuen, gnädige Frau."

Das ist ein Leben, dachte ich, das mir Spaß machen könnte. Durchaus. Jedenfalls mehr Spaß, als von Berufs wegen andauernd in der Dreckwäsche anderer Leute zu wühlen und deren Zores zu den eigenen machen zu müssen. Allerdings, woher sollte ich das Startkapital von sagen wir mal 30.000, 35.000 Euro hernehmen?

„Welchen Wagen würden Sie mir anbieten für meinen Neffen?"

„Tja", war ich mit meinen Latein ziemlich am Ende.

„Na?"

„Ein Kollege von mir ist schon unterwegs. Hierher, meine ich. Vielleicht sollten wir auf ihn warten."

„Eigentlich habe ich ihn nie gemocht. Meinen Neffen, meine ich. Als ich meinen Ferdinand eingegraben habe, hat er beim Leichenschmaus Witze erzählt, obwohl mir wirklich nicht danach war, saublöde Witze. Seine ganze Witzesammlung hat er zum Begräbnis mitgenommen. Wenn er einen Raum verlässt, dreht er nie das Licht ab. Gearbeitet hat er auch nie was, jedenfalls nicht wirklich", erzählte die alte Dame.

„Das tut mir leid", antwortete ich nichtssagend, „darf ich Ihnen einen Stuhl anbieten?"

„Sie dürfen, junger Mann, Sie dürfen."

***

Günther war Geschäftsmann. Er konnte das Geschäft sozusagen riechen. Als er den blauen Fiesta mit dem neuen Kennzeichen H*HH007 vor seinem Areal geparkt hatte und ausgestiegen war, stürzte er sich sofort auf die präsumtive Kundin, die mir zuvor im weißen Plastiksessel sitzend weitere eher unheitere Anekdoten über ihren famosen Neffen erzählt hatte. Ebenso wie ich zuvor füllte sie den Campingsessel vollständig aus, so ziemlich jedenfalls.

In nicht einmal einer halben Stunde hatte der kleine Grieche ihr um 1.900 Euro einen Opel Corsa der vermutlich vorvorletzten Baureihe schmackhaft gemacht. Während die alte Dame (in Moonboots!) eine gemächliche Proberunde um den Block drehte, steckte ich ihm die 800 Euro zu und erhielt den Zündschlüssel, den Zulassungs- und den Typenschein des Ford Fiesta.

„Sie brauchen eh keine Angst zu haben, dass ich von Ihnen für den Corsa eine Provision verlange", bemerkte ich.

„Nur über meine Leiche", grinste Günther. „Mit dem Wägelchen mache ich einen Verlust. Was wollen Sie, bei dem Preis ..."

„Sie machen wahrscheinlich immer nur Verluste."

„Eh klar, aber trotzdem danke; Sie haben mich nicht einmal schlecht vertreten. Echt."

„Genau das wollte ich hören", antwortete ich, „für mein angeknackstes Selbstbewusstsein."

Auf ältere Damen, dachte ich, wirke ich immer vertrauenerweckend – außer sie sind psychotisch, aber das weiß man vorher nie.

„Ich habe in meinen Leben schon alles verkauft, wirklich alles. Autos gehen am leichtesten", sinnierte Günther.

„Wenn Sie mal einen Partner brauchen sollten ...", sagte ich leise, „mit viel Zeit, aber wenig Kapital ..."

„Wenn Sie versprechen, mich nie wieder Zwetschkenröster zu nennen, werde ich darüber nachdenken. Geben Sie mir Ihre Handynummer, auch wenn ich Sie vielleicht niemals anrufen werde. Denn ich glaube, das Geschäft hier, so wie es derzeit aussieht, trägt nur einen."

„Das dachte ich mir schon", antwortete ich. „Trotzdem. Ich stehe im Telefonbuch."

„Was sind Sie jetzt? Was machen Sie?", fragte Günther.

„Schwer zu sagen", antwortete ich, „vielleicht so eine Art Miet-Krieger für Arme. Ein Leih-Samurai ohne großartiges Schwert, aber mit einer Flinte und vielen Bedenken. Ich denke, das trifft es ganz gut. Oder auch nicht. Vielleicht bin ich ja ein zukünftiger Bestseller-Autor. Wer weiß? Derzeit bin ich jedenfalls auf der Suche nach einem legendären Goldschatz, den es vielleicht gar nicht mehr gibt. Oder auch gar nie gegeben hat. Was weiß ich ..."

„Goldschatz ist an sich immer gut", antwortete Günther.

„Wenn er aber nur eine Legende ist, eine gerne geglaubte Legende zwar, dann eben nicht mehr ..."

„Wenn die Leute an etwas glauben, ist es bald real", antwortete Günther. „Wenn Sie wollen, hole ich uns noch ein Bier."

„Lieber nicht, die alte Dame hat etwas gegen Alkohol."

„Na dann, viel Spaß mit Ihrem neuen alten Auto!", meinte Günther.

Hoffentlich, dachte ich, hält die Schüssel wenigstens ein paar Monate.

***

„Sie wissen eh", erklärte mir mein Betreuer bei der Discordia-Versicherung, der ich ihrer Diskont-Tarife wegen schon seit Jahren die Treue hielt, „dass der Zeitwert Ihres Wagens nur mehr bei 300 Euro gelegen ist, also genauer gesagt, bei minus 300 Euro, ein negativer Marktwert."

„Minus?", fragte ich verblüfft. „Negativer was?"

„Ja, Sie hätten einem Käufer dreihundert Euro bezahlen müssen, um den Ford Granada loszuwerden. Die Kosten für eine Verschrottung, müssen Sie wissen."

„Sind Sie verrückt geworden?"

„Nein, das steht so in der Eurotax-Liste."

Mein Betreuer residierte in einem Palast – die Discordia-Versicherung hatte beim Neubau ihrer niederösterreichischen Hauptgeschäftsstelle an Marmor nicht gespart –, in einer Hochburg des Geldes, aber sein Bürokammerl war kleiner als mein Badezimmer. Die einzigen persönlichen Gegenstände darin waren ein winziger Frosch aus orangefarbener Keramik und ein Stand-Foto eines schwarzbraunen Terriers, das in einem Plexiglasrahmen steckte, auf seinem Schreibtisch. Ich hatte ihm den Ford Granada als gestohlen gemeldet und die entsprechende Anzeige vorgelegt.

„In der Polizze ist keine Diebstahlsklausel enthalten. Leider", fügte mein Betreuer mit Blick auf seinen Bildschirm hinzu.

Seit Jahren trug ich seine Visitenkarte in meiner Brieftasche herum, konnte mir aber ehrlich gesagt nicht einmal seinen Namen merken. Ein dünner Mann mit fast farblosen, kurzgeschorenen Haaren im obligaten grauen Business-Anzug. Selbst seine konservative dunkelblaue Krawatte war eigentlich farblos, so unauffällig wie die ganze Erscheinung.

Jetzt wird er mir noch einen Kaffee anbieten, dachte ich, und dann nach einigen Minuten unverbindlichen Geplauders versuchen, mich möglichst rasch loszuwerden.

„Darf's vielleicht ein Kaffee sein?", fragte mein Betreuer. Es klang so, als wäre er heilfroh, wenn ich ablehnen, sofort aufstehen und gehen würde.

„Lieber wäre mir eine Art Abschlagszahlung von Ihrer Seite. Wegen langer Versicherungsdauer oder so", schlug ich vor.

„Tut mir leid, aber das sehe ich alles nicht in Ihrer Polizze."

„Wofür war mein Wagen eigentlich so lange bei Ihnen versichert?", nervte ich weiter.

„Schauen Sie, die Discordia ist die mit Abstand günstigste Kfz-Haftpflicht-Versicherung, die es in diesem Land gibt. Da ist kein Platz für etwaige Kulanzzahlungen. Nicht in Zeiten wie diesen. Leider."

Außerdem, dachte ich, ist das sowieso eine Pflichtversicherung. Da durfte man sich nicht auch noch Leistungen erwarten. Wie sollten die sonst all den Marmor finanzieren, die Boni für die Leitenden und die Kupons?

„Sie können richtig gut erklären", ätzte ich, „das ist schon fast die halbe Prämie wert."

„Wissen Sie, dass das jetzt das Netteste war, was mir in den letzten Tagen gesagt worden ist? Von einem Kunden, meine ich", antwortete er treuherzig. Sein Sinn für Ironie war wohl ziemlich unterentwickelt.

„Na ja, dann weiß ich jedenfalls Bescheid und werde mich wieder auf die Socken machen", meinte ich und stand auf.

Mein Betreuer war offensichtlich erleichtert, dass ich keinen weiteren Wirbel schlagen würde. Nur keine Wickel, vor allem nicht jetzt, denn die Mittagspause war nahe.

Geradezu schwungvoll schüttelte er meine Hand.

„Danke für Ihr Verständnis."

Der allgemeine Kuchen wird kleiner, immer kleiner, jeden Monat, jedes Jahr ein Stück kleiner, dachte ich, aber gerade die Versicherungen schnitten sich ein immer größeres Stück davon ab. Jeder hatte heutzutage Angst, auch noch das Letzte zu verlieren, die Existenz, die bürgerliche Existenz. Keiner wollte auf der Straße landen wie schon so viele vor ihm. Jeder war daher bestrebt, sich so gut wie möglich gegen die Krise abzusichern – mit immer weiteren Versicherungen. Auf den Gängen warteten jede Menge sogenannter Kunden, sogenannter Parteien, warteten Leute wie ich, um sich zuerst einen Bären aufbinden und dann das Fell ebendieses Bären über die Ohren ziehen zu lassen. Es war fraglich, ob überhaupt jemand von ihnen ein Brösel vom Kuchenstück der Discordia abkriegen würde.

Währenddessen residierte der Regionaldirektor im obersten Stockwerk. Auf dem Dach des Versicherungspalastes gab es einen Hubschrauber-Landeplatz und ein ehemaliges Vorstandsmitglied der Discordia wäre vor einigen Monaten fast Staatssekretär geworden.

Das ist halt das Spiel, Miert, dachte ich, und du wirst es nicht ändern.

***

In einem winzigen Lokal in der Eybnerstraße gleich hinter dem Hauptbahnhof verkaufte Renato Kebab über die Gasse. Seinen Namen hatte er sich kurz nach der Flucht aus dem Irak, aus Mossul, zugelegt. Wenn er gut aufgelegt war, und das war er praktisch fast immer, erzählte er seinen Kunden Märchen aus Tausendundeiner Nacht, während er das Fleisch mit einem großen Messer vom Drehspieß fizelte, das selbstgebackene Fladenbrot mit einem kleinen Messer aufschnitt und schließlich Fleischstückchen, kleingeschnittenen Zwiebel und Salat sowie eine Tomatenscheibe mit einer Küchenzange in die Pide stopfte und ein wenig Joghurt aus einer weißen, dickbauchigen Plastikflasche darübergoss. „Bitte scharf?" Er sprach schnell und verwendete in seiner Suada zwar den lokalen Dialekt, aber auf dieser lexikalischen Basis vor allem die arabische oder vielleicht auch aramäische Syntax, so dass ich noch keine seiner Erzählungen restlos verstanden hatte. Wenn ich gut aufgelegt war, und das war ich eher selten, half ich ihm beim Konzipieren und Ausfüllen diverser Eingaben und Anträge an die Behörden, denn Renato haderte mit der Bürokratie, speziell mit der Harlander Bürokratie, die zu seiner Überraschung alles in allem doch etwas kafkaesker und fieser war als die in Mossul und bei kleinen Leuten wie ihm keinen Verhandlungsspielraum kennen wollte. Nur die großen Fische, musste ich ihm oft rechtgeben, bekamen die Möglichkeit, mit etwas Tam-Tam und Bakschisch ihre Angelegenheiten zu regeln, darin waren sich Österreich und der Irak nicht unähnlich.

Sein Lokal war jedenfalls so klein, dass kaum mehr als ein Drehspieß, ein Ofen, ein Kühlschrank, ein Tisch mit einer kleinen Arbeitsfläche aus weißem Hartplastik, eine Abwasch und er selbst darin Platz hatten. Von einem Gastraum keine Rede. Dabei bot er auch noch Pizzas über die Theke an. In den ersten zwei Jahren in meinem Grätzel war er fünfmal überfallen worden. Obwohl Renato ein mächtiger Mann mit Schultern breit wie eine LKW-Achse war, hatte er sich kein einziges Mal gewehrt. Das lag vielleicht daran, dass er Parse war. Die ersten beiden Räuber, betrunkene Jugendliche, konnte er noch mit Gratis-Kebabs im wahrsten Sinne des Wortes abspeisen. Der dritte Räuber entkam mit der Tageskasse, einer durchsichtigen Tupperware-Vorratsbox halbvoll mit Münzgeld. Beim vierten Überfall bekam Renato einen nicht sehr tiefen Messerstich in den linken Unterarm ab, der Räuber floh ohne jede Beute. Beim fünften Überfall war wieder einmal die Tageskasse weg.

Während Renato seine Geschichten aus Mossul erzählte, konnte ich gut nachdenken. Manchmal resümierte ich sogar mein halbes Leben, während er wohl sein früheres Leben im Morgenland vor mir ausbreitete und dabei weitgehend unverstanden blieb. So what, that's life, dachte ich – und dann stieg mir der Geruch des feuchten, nassen Grases, wenn man dem Stürmer entgegengrätschte und die Grasnarbe mit den Stoppeln der Fußballschuhe aufriss, in die Nase, obwohl es in der Eybnerstraße wie gewöhnlich nur nach Autoabgasen, verfaulendem Gemüse und Kanal roch.

Ich dachte an den einstigen Nachbarn, der sich an den Hundstagen im Garten duschte und dabei seine Glatze mit frischen Brennnesseltrieben peitschte, was den Haarwuchs anregen sollte. Der Regenwurm kam mir in den Sinn, dem ich im ersten Kindergartenjahr für ein Fuggerl, das war damals eine 50-Groschen-Münze, den Kopf abgebissen hatte. Oder war es der Schwanz? Wieder roch ich – wie vor Jahrzehnten – den Ruß, wie damals, als in den Eisenbahner-Hauptwerkstätten hinter dem Alpenbahnhof alle paar Wochen der eine oder andere ausrangierte Waggon nicht mühselig auseinandergenommen und abgewrackt, sondern arbeitsstunden- und kostensparend einfach angezündet, abgefackelt worden war. Ich erinnerte mich an den ersten Wein mit vierzehn, an eine Flasche, die ein Klassenkamerad aus dem Keller seines Vaters entwendet hatte. Ich verzehrte Renatos Kebab, hörte halb seiner Suada zu, und da war sie wieder, die kalte, schneidende Luft beim Eishockey-Spielen auf der zugefrorenen Traisen. Und der Milchkaffee meiner Großmutter mütterlicherseits in dem großen, dickwandigen, weißen Häferl mit der hellblauen Schrift, der von einer Muttertagsaktion der Stadt Harland im Jahr 1958 kündete. Und das Gesicht meines Kompaniekommandanten, eines Tiroler Karriereoffiziers, als ich nach der Grundausbildung in der hiesigen Kopalkaserne den angebotenen Scharfschützen-Lehrgang ausgeschlagen hatte. Und das Plüsch-Rentier mit Schneebrille, das *Don't worry, be happy* singen konnte und das ich mir zu meinem dreißigsten Geburtstag – scheinbar hatte ich damals etwas Aufmunterung nötig gehabt – selbst geschenkt hatte. Und nicht zuletzt die dick mit Butter bestrichenen und großzügig mit dünn geschnittenem Kochschinken belegten Weißbrotscheiben meiner Großmutter väterlicherseits. All das war letztlich ich. Vielleicht taugte ich für Verhandlungen in den Palästen des Geldes nicht so wahnsinnig gut, aber für Harland war ich bestens geeignet. Selbst wenn die Stadt voller Teufel wäre, Harland war meine Stadt und würde es immer bleiben.

***

Nach dem Start hatte der Motor ein bisschen zu nageln begonnen, aber ansonsten hatte der Fiesta die paar hundert Meter von Renatos Gastrotempel bis zu meiner fashionablen Wohnadresse problemlos geschafft. Immerhin, dachte ich. In Zeiten wie diesen musste man für jedes Ausbleiben einer kleineren oder größeren Katastrophe dankbar sein. In diesem Sinne hatte ich keinerlei Vorahnung, was mich in meinem Zinshaus erwarten würde. Mein berühmter Instinkt funktionierte eben nicht hundertprozentig, wenn überhaupt, dann höchstens fifty-fifty. Im verwahrlosten Flur im Erdgeschoß war noch nichts Auffälliges zu entdecken. Keine Menschenseele, nur die altbekannten Stellen mit geplatztem Verputz an den Wänden und an der Decke, die gewohnten, zerkratzten Wohnungstüren, an denen schon seit Jahren keine polierten Namensschilder mehr hingen, und die Reste der nächtlichen Spielchen der einen oder anderen Dame vom Straßenstrich und ihrer ärmlichen Freier. Es roch nach Leere und tausend vertanen Chancen.

Sofort sah ich, dass meine Wohnungstür aufgebrochen worden war. Und sie stand sperrangelweit offen. Ich blieb einen Moment davor stehen und bemühte mich, in mein Wohnbüro hineinzuhorchen. Nichts. Kein Laut, kein Geräusch, kein Atmen eines etwaigen Eindringlings. Entweder sie warteten direkt hinter der Tür, dachte ich, um mir eins überzubraten, oder sie sind schon längst weg.

Ich betrat mein Zuhause. Oder das, was davon noch übrig war. Denn schon das Wartezimmer meines Wohnbüros sah aus wie das Gesicht eines Schwergewichtsboxers nach der 27. oder 28. Runde. Der Schreibtisch war umgestürzt und sämtliche Schubladen waren herausgezogen, umgedreht und teilweise zertreten worden. Dazwischen kugelten meine Unterlagen, meine Buchhaltung und meine persönlichen Dokumente und Urkunden, herum. Meine Eichenstühle waren in einer Ecke auf einen Haufen geworfen, ihre Sitzflächen eingetreten worden. Meine drei gerahmten und verglasten Flohmarkt-Stiche hatte jemand von den Wänden genommen und mit Schuhen oder Stiefeln zerdeppert. Darüber hinaus hatten sich die Eindringlinge die Mühe gemacht, den abgenützten Spannteppich an mehreren Stellen zu zerschneiden und teilweise herauszureißen. Außerdem hatten sie die Beleuchtung, eine Milchglaslampe und die Glühbirne, zerschlagen. An der Decke baumelte nur mehr die Fassung an einem kurzen, braunen Kabel. Die ausgebleichte Blümchentapete hatten sie ein wenig aufgepeppt, ich tippte auf Zahnpasta, Butter und sehr viel Geschirrspülmittel. Vorsichtig wie Henri Dunant über die Toten von Solferino stieg ich über die verstreuten Glassplitter.

Im Wohnbereich sah es nicht besser aus, ganz im Gegenteil. Die hatten sich sogar die Mühe gemacht, mein Besteck zu verbiegen! Einzeln! Alle Gabeln, Messer, Löffel, staunte ich, alle Schöpflöffel und Salatzangen. Außerdem waren sämtliche Küchenkästchen und auch die Dunstabzugshaube über dem Herd von den Wänden gerissen worden. Die Lebensmittel im Kühlschrank hatten sie alle ihrer Verpackung entledigt und sie dann mit Karacho wieder hineingefetzt. Auf der am Boden liegenden Kaffeemaschine musste jemand mit schweren Stiefeln herumgehüpft sein. Die Armaturen der Spüle waren verbogen, fast herausgerissen, ebenso das Waschbecken mit dem Siphon. Die vordere Klappe des Backrohrs war einen Spalt geöffnet, es stank nach Urin daraus. Ganz zum Schluss hatten sie wohl noch sämtliche Vorräte an Öl und Essig und flüssigen Putzmitteln auf dem Küchenboden ausgeleert. In der Küche war es glitschig wie auf der Innsbrucker Olympiaeisbahn.

Im Wohnzimmer und im Schlafzimmer hatten sie, wahrscheinlich weil mehr Platz war, offensichtlich mit einer Hacke oder einer Axt gewütet. Mein Kleiderkasten war nur mehr zehn Zentimeter hoch, Spreißelholz. Der gläserne Couchtisch lag in Scherben. Die beiden Fauteuils waren Sperrholz, ihr grüner Kunstlederbezug war mit einem Tapeziermesser zerschnitten worden. In meinem Bett fanden sich Fäkalien und Klopapiergirlanden. Der alte Schwarzweiß-Fernseher war jetzt Elektronikschrott. Die paar Bücher, die ich besaß, waren aus dem einzigen Regal herausgerissen, zertrampelt und zerfetzt worden. Mit dem linken Fuß stand ich auf dem traurigen Überrest von Orwells *Auftauchen, um Luft zu holen,* mit dem rechten halb auf einer ehemals schönen Ausgabe von Evelyn Waughs

Schwarzes Unheil, halb auf dem eingerissenen Cover des zweiten Bandes der Harlander Stadtgeschichte von August Hermann aus dem Jahr 1930.

Im Klo hatten sie die WC-Papier-Halterung heruntergerissen und den Plastik-Spülkasten mit ein, zwei kräftigen Fußtritten eingetreten, den Klodeckel zerbrochen und energisch in die Muschel gestopft. Auch im Bad war alles zerstört, was sich nur irgendwie ohne Zuhilfenahme von schwerem Baugerät wie etwa einer Abrissbirne zerstören ließ. Die Waschmaschine lag wie ein quaderförmiger Riesenkarpfen in der Badewanne.

Auri sacra fames – auf der Suche nach dem Gold war alles durchwühlt, alles durchsucht worden. Und jemand hatte sich anscheinend sehr geärgert, kein bisschen Edelmetall bei mir gefunden zu haben. Mein ganzes Wohnbüro war gründlich zerdeppert. Ein kleiner Ground Zero. Meine Wohnung sah aus wie eine altehrwürdige Ikone, die im Laufe der Jahrhunderte ein paar Mal in die Wolga gefallen, mit drei Klöstern abgebrannt und danach jahrzehntelang von den Sowjets in einer Kolchose als Nudelbrett missbraucht worden war.

Wieder einmal ein Tiefpunkt in meiner Karriere, dachte ich. Angesichts der immensen Wut, die hinter dieser destruktiven Aktion steckte, konnte ich einstweilen nicht in meiner Wohnung bleiben. Ganz davon zu schweigen, dass die sowieso unbenutzbar war, vielleicht für immer. Nicht einmal die Eingangstür ließ sich mehr schließen. Wo sollte ich hin? Ein Frauenhaus für Männer war ja ein Widerspruch in sich, und daher gab es das auch nicht. Und die Notschlafstelle der Emmaus-Gemeinschaft am Kalvarienberg wollte ich mir ehrlich gesagt nicht zumuten. So tief war ich doch noch nicht gefallen. Immerhin hatte ich ja noch ein Auto und ein paar Euro in der Tasche.

***

Ein paar Socken und Unterwäsche, ein paar zerknuddelte Hemden, auf denen die Eindringlinge mit den Schuhen herumgetrampelt waren, zwei, drei Pyjamas, zwei untermittelprächtige, nur mäßig derangierte Anzüge, eine dunkelblaue Steppjacke, über die nur ein wenig Ketchup gegossen worden war, einen fadenscheinigen Norweger-Pulli, der unversehrt schien – all das packte ich in meine alte Sporttasche, die ich einst als Honoraranzahlung von einer uralten Marktfrau erhalten hatte, der ihren Angaben nach irgendeiner ihrer Nachbarn regelmäßig das bisschen Obst von ein paar Bäumen in ihrem Garten stahl, die sie eigentlich auf dem Markt am Herrenplatz verkaufen wollte. Ich hatte ihr nicht helfen können, weil ich ehrlich gesagt viel zu faul gewesen war, um mich nächtens auf ihrem Grundstück auf die Lauer zu legen, und so war es bei der Sporttasche geblieben, die sie nie zurückgefordert hatte. Von einigen meinen übrigen Sakkos waren der eine oder andere Ärmel und aufgesetzte Taschen abgerissen worden, eine schwarze Kunstlederjacke wies jede Menge Schnitte wie von einem Stanley-Messer auf. Mit dem Rest meiner nicht sehr umfangreichen Garderobe hatten sie das Klo verstopft. Im devastierten Badezimmer fand ich meine Zahnbürste, einen unversehrten Nassrasierer und ein paar Handtücher. Der Rest meiner Toilettsachen war praktisch unbrauchbar. Ich konnte auch kein Stück Seife mehr finden, vielleicht hatten die Eindringlinge sie aufgegessen. Eines war jedenfalls klar: Bis ich diese Eindringlinge oder das Gold gefunden hatte, war ich meines Lebens nicht mehr sicher. Schon gar nicht in meiner Wohnung.

***

Im Vorzimmer suchte ich all die verstreuten, teils zerknüllten, teils zerrissenen Papiere zusammen. Man hebt sowieso zu viel auf, dachte ich. Wen würden meine Schulzeugnisse noch interessieren, wo sollte ich mich damit bewerben? Ich versuchte, die Dokumente, die ich finden konnte, auf dem Schreibtisch, den ich wieder aufgestellt hatte, glattzustreichen. Eingerissenes stellte ich mit jeder Menge Tixostreifen halbwegs wieder her. Dann holte ich den Zettel mit Salma Hayeks Handynummer, den sie mir nach dem Gelage in meiner damals noch intakten Wohnung hinterlassen hatte, aus meiner linken Hosentasche und wählte. Niemand hob ab. Ich sprach auf die Mailbox und bat sie für den Abend um ein Treffen im Gästehaus „Kobe“ in Unterradlberg. Ich war es ihr schuldig, diesen Anruf zu machen, auch wenn ich damit ein mehr oder weniger großes Sicherheitsrisiko einging.

Ehrlich gesagt war es nicht das erste Mal, dass ich aus beruflichen Gründen für einige Zeit untertauchen musste, ohne aber die Stadt verlassen zu können. Walter Kobe, mein Schulfreund – wenn man ihn so nennen wollte –, war dafür die erste und wahrscheinlich beste Adresse. Nach der Schule hat er mit sich beziehungsweise mit seinem Leben nichts Gescheiteres anzufangen gewusst, als in das Gästehaus „Edith“ in Unterradlberg einzuheiraten, einen notdürftig renovierten und adaptierten Kleinhäuslerhof, in den seine inzwischen längst verstorbenen Schwiegereltern vor Jahrzehnten ein paar Campingbetten gestellt hatten. Seither hatte sich, wie ich aus eigener leidvoller Erfahrung nur zu gut wusste, an der Ausstattung der Gästezimmer nur Unwesentliches verändert und verbessert. Das Geschäft mit den paar Bauarbeitern und Vertretern, die dort dann und wann nächtigten, nolens volens, weil manchmal wegen einer Messe oder eines Tennisturnieres in Harland nichts anderes zu bekommen war, ging seit eh und je schlecht. Walter und Edith Kobe konnten vom Ertrag des Gästehauses nicht leben, jedenfalls nicht wirklich. Die kleine Pension trug keine zwei. Erst als Edith vor ein paar Jahren bei leichtem Augusthochwasser in eine Wasserwalze bei einer Traisen-Wehr geriet und aus dem tosenden, grünbraunen Flusswasser nicht wieder hochkam, ging es meinem alten Schulkollegen etwas besser, wenn auch nur wirtschaftlich. Nebenbei musste er allerdings immer noch ayurvedische Rasierwässer vertreiben und war sein eigenes Zimmermädchen. Während der gesamten Gymnasialoberstufe hatte ich, obwohl wir in dieselbe Klasse gingen, nicht mehr als drei oder vier Worte mit ihm gewechselt. Warum, wusste ich nicht.

Das Beste am Gästehaus „Kobe“ ist, dachte ich, dass man dort auf Wunsch nicht mit einem Meldeschein belästigt wird. Walter ersparte sich dadurch die Zahlung der Tourismusabgabe für den jeweiligen Gast und dieser ersparte sich, dass sein Aufenthaltsort dem hiesigen magistratischen Meldeamt und damit der Polizei oder sonstigen Behörden bekannt wurde. Ich hatte nicht nur mich, sondern auch Leute von auswärts schon ein paar Mal in seinem Gästehaus untergebracht, deren Namen im Melderegister sich während ihres Aufenthaltes in Harland eher unvorteilhaft ausgenommen hätte, zuletzt einen älteren Wiener Geschäftsmann, der bei der hiesigen Staatsanwaltschaft gegen Oberleutnant Gabloner aussagen wollte, dann aber im letzten Moment doch kalte Füße bekommen hatte und rasch wieder abgereist war. Das Zweitbeste am Gästehaus „Kobe“:

Wenn ich wie so oft wieder einmal nicht ausreichend liquide war, um die Zimmerrechnung bezahlen zu können, erzählte ich Walter, der in Unterradlberg ein weitgehend ereignisloses Leben lebte und mich wie ein leicht schwachsinniges Kind schrankenlos bewunderte, alte, für ihn aufregende Fälle von mir. Der nahm das für bare Münze, in zweierlei Sinne. Natürlich waren meine Erzählungen nur erfundene Gschichterln, orale Literatur, Kurzkrimis, die ich mir aus den Fingern saugte. Walter erschien mir zu instabil, um ihm Geheimnisse ehemaliger Klienten anzuvertrauen. Denn krankhaftes Nägelkauen oder Bettnässen waren nur die harmlosesten von vielen sehr realen Geheimnissen meiner Kundschaft. Und Diskretion war die Basis meines Geschäftes.

Die geretteten Papiere packte ich in meiner Sporttasche obenauf. Als Letztes beschriftete ich einen großen, gepolsterten Briefumschlag mit meinem Namen und der Adresse des Gästehauses „Kobe". Ich klebte alle Briefmarken darauf, die ich nur finden konnte. Dann steckte ich mein abgeschaltetes Handy und das Ladegerät hinein und verschloss den Umschlag sorgfältig. Ich würde ihn in den Briefkasten drei Häuser weiter werfen. Und dann, dachte ich amüsiert, können sie mich für ein Weilchen peilen, soviel sie nur wollen.

***

Ich kaufte Rauchsalami in Scheiben, eine Großpackung holländischen Gouda ebenfalls in Scheiben, von dem ich hoffte, dass es sich nicht um Analogkäse handelte, ein paar Debreziner und zwei Dosen Gulaschsuppe, die sich zur Not fast überall aufwärmen ließen, eine Großpackung Semmeln und ein Viertel Butter, eine

Tube Estragonsenf und Essiggurkerl. Nicht zu vergessen, denn Kobes Kaffee war eigentlich nur zum Blumengießen geeignet, ein paar Dosen Caffè Latte. Und eine Flasche Samos, um dann und wann die Melancholie zu vertreiben. Dazu musste ich mir auch noch Besteck und zwei, drei Teller aus Plastik zulegen, die für (Grill-)Partys in dem kleinen Billa an der Mariazeller Straße angeboten wurden. Das Catering bei Walter war, wie ich nur zu gut wusste, mehr berüchtigt als berühmt. Walter konnte meines Erachtens nicht einmal Wasser, geschweige denn ein Hühnerei kochen, bot aber trotzdem unverdrossen Frühstück und sogar Abendessen in seiner kleinen Pension an. Wahrscheinlich aus purer Verzweiflung über den schleppenden Geschäftsgang, die ausbleibende Kundschaft. Außerdem deckte ich mich mit Rasierwasser, einem Deostick, Flüssigseife, Haarshampoo und Zahnpasta ein und erstand auch einen Kamm, eine Bürste und eine Nagelschere. Eigentlich braucht man ja gar nicht viel im Leben, dachte ich. Vor allem, antwortete mir mein Über-Ich, das sich in meiner Kindheit nach und nach aus den Lebensmaximen und Überzeugungen diverser Erziehungsberechtigter und Verwandter selbst erschaffen hatte, wenn man so ein Sonderling ist wie du, Miert. Manchmal, nein eigentlich meistens überforderte mich mein Über-Ich. Kein Wunder, dass ich es ignorierte. Meistens. Eigentlich immer.

Im Supermarkt blickte ich mich wiederholt argwöhnisch um, konnte aber nichts Ungewöhnliches, nichts Bedrohliches ausmachen. Kein Attentäter. Keine Schläger zwischen den Regalreihen. Keine Ninja-Gestalten in schwarzen Mönchskutten. Keine Zivilfahnder zwischen Gouda und Emmentaler. Kein Gabloner vor den Klopapier-Stapeln.

Evelyn Waughs erster und letzter Selbstmordversuch, er wollte sich im Meer ertränken, scheiterte daran, dass der suizidale Schwimmer wenige Meter vom Strand entfernt von drei Quallen attackiert wurde, eine überaus schmerzhafte Begegnung mit dem schlechthin Kreatürlichen. Der Malträtierte war davon so genervt, dass er schnurstracks wieder an Land schwamm und fortan bösartige Bestseller schrieb. Auch ich war nun zweifellos am Ende. Die Frage war nur: Wo waren meine Quallen?

Der Parkplatz vor dem Billa war kaum belegt. Ein paar abgeschlossene und offensichtlich leere PKWs. Der ebenfalls nicht besetzte Lieferwagen eines Installateurs. Eine ältere Frau, die ein halbes Dutzend Katzenstreu-Säcke aus ihrem Einkaufswagerl hob und in den Kofferraum ihres silberfarbenen Hyundai schlichtete. Niemand verfolgte mich, als ich in nördlicher Richtung auf die Mariazeller Straße auffuhr. Ich fuhr gerne Auto, auch wenn ein solches Bekenntnis dieser Tage nicht gerade politisch korrekt war. Ich fuhr wirklich gerne Auto, auch wenn ich in einem klapprigen Kleinwagen wie dem alten Ford Fiesta unterwegs war. Autofahren hinderte zuverlässig am Denken, natürlich nur, wenn man kein Automatik-Getriebe und deshalb hinter dem Lenkrad zu tun hatte. Auch wenn man die meisten Strecken, die einem gut bis halbwegs gut bekannt waren, eigentlich nur mit dem Rückenmark fahren könnte. Die Straße zwischen Harland und Unterradlberg war jedenfalls hübsch kurvenreich und schnitt sich in einen bewaldeten Abhang. Ein Ruck nach rechts mit dem Lenkrad, dachte ich, und schon wäre ich aller Sorgen ledig. Dass du Kaffee in Dosen kaufst, Miert, ist allein schon Beweis genug für deine vollkommende Unzivilisiertheit, bemerkte mein Über-Ich überflüssigerweise. Klappe, dachte ich, im Moment habe ich ganz andere Probleme.

***

„Es wäre mir sehr recht, wenn du mich die nächsten Tage nicht mit einem Meldeschein belästigen würdest – wenn du weißt, was ich meine?!“, sagte ich zu Walter Kobe, der ein bisschen wie ein nicht anerkannter Sohn von Terence Hill aussah. Allerdings war sein Haar bereits durchgehend grau und wirkte irgendwie schuppenflechtig.

Mit meiner schweren Sporttasche und den beiden vollen Billa-Einkaufssackerln stand ich in der Lobby des Gästehauses „Kobe“, wobei Lobby ein viel zu großes Wort für ein windfangartiges Vorzimmer war, in dem nicht mehr als Walter Kobe und vielleicht noch zwei Personen, ein großes Schlüsselbord und ein Ikea-Schreibtisch mit zwei Bürosesseln Platz hatten. Mit einem größeren Koffer kam man wahrscheinlich gar nicht durch dieses Foyer, so eng war alles. Mit mir darin war die Lobby jedenfalls voll, proppenvoll.

Walter schien sich ehrlich zu freuen, mich zu sehen. Damit gehörte er, fand ich, einer geradezu grotesk winzigen Minderheit an.

Unvermittelt musste ich an Manuel Higatzberger denken, an meinen vermutlichen Sohn, meinen verlorenen Sohn. Es war ein guter Gedanke, auch wenn er ein wenig schmerzte.

„Natürlich, Marek“, antwortete er. „Schön, dass du mich wieder einmal beehrst. Ich geb dir auch mein bestes Zimmer.“

Ein deutliches Indiz dafür, dachte ich, dass er außer mir im Moment keinen anderen Gast hat.

„Du kannst auf die Gesamtrechnung zehn Prozent Trinkgeld draufschlagen. Hier sind einmal 150 Euro als Anzahlung. Dafür versteht sich ein frisches Leintuch von selbst. Du wirst, fürchte ich, auch meine Wäsche waschen müssen."

„Natürlich, Marek."

„Wenn jemand hier auftauchen sollte und sich nach mir erkundigt, gibst du mir möglichst unauffällig Bescheid. Klopf im Vorbeigehen an meine Zimmertür oder so", instruierte ich Walter.

Im Gästehaus „Kobe" gab es, wie ich nur zu gut wusste, keine Zimmertelefone. Hatte es auch nie gegeben. Selbst Walter verfügte nur über ein Handy.

„Heute Abend werde ich Damenbesuch haben, Walter."

„Du Glücklicher ...", seufzte er.

„Die Dame heißt Salma Hayek. Bei der brauchst du mich nicht vorzuwarnen."

„Die Filmschauspielerin?", fragte Walter erregt.

„Natürlich nicht, du Dussel – du bist ja auch nicht Terence Hill!", antwortete ich.

Ich überlegte kurz, warum sich einer wie Walter Kobe eigentlich noch nicht umgebracht hatte. Wahrscheinlich hatte er irgendwo ein paar Quallen gefunden. Oder was es auch immer war, dass ihn davon abhielt. Vielleicht waren es ja sogar ich und meine Gschichterln.

***

In meinen gewohnten Billa-Supermarkt an der Mariazeller Straße bot mir ein dicklicher, ungepflegter Mann mit strähnigen weißblonden Haaren seine Tochter zum Kauf an. Als Kaufpreis nannte er unverblümt fünf Kisten Egger-Bier, fünf Stangen Marlboro Light, zwei Kilo Lungenbraten sowie hundert Euro zusätzlich. Ich steckte mitten in einer längeren Warteschlange vor der einzigen geöffneten Kassa und die Sache war mir mehr als peinlich, da der schmierige Vaterverkäufer, der einen dunkelblauen Adidas-Trainingsanzug mehr als ausfüllte, sein unmoralisches Angebot mit lauter Stimme vorbrachte. Als der Unsägliche, der mit seinem Einkaufswagerl genau hinter mir stand, auch noch damit begann, eingehend die körperlichen Vorzüge, die Jugend und die Jungfräulichkeit seiner Tochter zu rühmen, wäre ich am liebsten im Boden versunken. Wie war, fragte ich mich, der Meschuggene, der nicht einmal alkoholisiert schien, bloß auf mich gekommen? Sah man mir an der Nasespitze an, dass ich Single war? Schaute ich etwa aus wie ein typischer Hurenbock? Verzweifelt versuchte ich, aus dem Traum zu entkommen, und stand plötzlich vor einem Gebäude aus schwarzroten Ziegeln, offenbar ein kleines Lagerhaus. Neben einem ziemlich mittig gelegenen Eingangstor war auf einem schon lange nicht mehr polierten Messingschild zu lesen:

Seebestattung Hans Albers
(im Halbstock rechts)

Obwohl mir auffiel, dass das Gebäude ebenerdig war, also keinen Stock und damit auch kein Mezzanin hatte, öffnete ich das Tor und trat ein. In einem nicht allzu großen Vorraum war eine Horde von dunkelblauen Schlümpfen versammelt, die mir samt ihrer weißen Zipfelmützen höchstens bis zu Hüfte reichten. Ein Teil von ihnen quietschte leise und unablässig vor sich hin, wie wenn man eine Spielzeug-Plastikpuppe zusammendrückte und wieder losließ. Der größere Teil trug winzig kleine Ziehharmonikas und sang:

La Paloma ohe / wie die Wogen der See
La Paloma ade / einmal wird es vorbei sein

Ich drängte mich durch das Schlümpfe-Orchester, um in den Hauptraum des Lagers zu gelangen. Die Körper der kleinen Musiker fühlten sich wie Gummibären an. Als ich fast durch war, wurde ich von einem etwas größeren Schlumpf mit einer schwarzen Zipfelmütze angesprochen: „Ich weiß eh, dass die alle eine Seebestattung bestellt haben, aber dann haben die Angehörigen halt nicht bezahlt. Weder die Überführung noch die Einäscherung. Was sollte ich denn machen, Herr Inspektor?"

Da ich mir keine Antwort wusste, quietschte ich zweimal kurz. Ich hörte mich allerdings keineswegs wie ein Lagerhaus-Schlumpf an, sondern eher wie ein stark verkühlter Kodiakbär. Schließlich gelang es mir, die Gummibärli-Kapelle hinter mir zu lassen und in den Hauptlagerraum zu gelangen. Dort standen auf zig Regalen und Paletten hunderte, wenn nicht tausende Urnen – aus Plastik, aus Metall, aus Steingut, aus Holz. Schwarze Urnen, silberne Urnen, violette Urnen. Mit Kreuz, ohne Kreuz. Ich nahm eine goldene Urne von einem Regal und las die Beschriftung:

Isidor Novy
R.I.P.

Ich schraubte den Deckel ab und schaute hinein. Die Urne war halbvoll, allerdings nicht mit Asche, sondern mit goldgelben Gummibären, Goldbären, die einen scharfen, stechenden Geruch verströmten. Schnell machte ich den Deckel wieder zu. Während die Schlümpfe im Vorraum dazu übergingen, *Miert, grüß mir die Sonne* zu intonieren, erwachte ich in einem Campingbett der Pension Kobe. Walters bestes Zimmer war nicht größer als das Badezimmer einer durchschnittlichen Sozialwohnung. Vor dem Fußende des Bettes standen meine ungeöffnete Sporttasche und die Billa-Einkaufssackerl. Ich hatte es gerade noch geschafft, meine Schuhe auszuziehen, und war dann aufs Bett gefallen. Als ich auf dem Leintuch aufschlug, war ich bereits eingeschlafen. Wer so müde war wie ich, konnte wahrscheinlich sogar auf einem toten Alligator schlafen. Und obwohl kein derartiges Reptil in der winzigen Kammer zu entdecken war, schlief ich sofort wieder ein.

***

In diesem Traum bemühte ich mich, aus dem ganzen Gewusel und Gewirr des ersten Traumes einen Hinweis auf den Verbleib des Goldschatzes zu finden, irgendetwas, was sich auf den Fall Isidor Novy übertragen ließ.

„Der Einsiedler wird doch nicht sein Gold mit Zucker und Gelatine vermischt und in die Form von zigtausenden Gummibären gegossen haben?“, fragte ich meine Großtante Frieda, die mich ob dieser Frage völlig verständnislos ansah.

„Weg! Scheuch die Katze weg!“, antwortete sie und starrte panisch auf die schwere, ja fette Tigerkatze, die eben lautlos ins Zimmer geschlichen war. „Vertreib das elende Vieh!“, verlangte sie noch einmal.

Tante Frieda lag seit eineinhalb Jahren im Bett und wurde von den pragmatisierten Angestellten des

Landespflegeheimes Harland – die ihren Job vor allem dem Umstand zu verdanken hatten, dass bereits ihre Großväter der Partei des Landeshauptmanns angehört hatten – mehr schlecht als recht gepflegt. Ich besuchte sie jeden ersten Mittwoch im Monat, weil ich sie für meine Erbtante hielt.

Das schöne Tier hatte sich mittlerweile am Fußende von Tante Friedas Pflegebett niedergelassen und damit begonnen, seine rechte Pfote zu lecken. Auch sie war so etwas wie eine Mitarbeiterin des Pflegeheimes und sollte bei den zumeist dementen Insassen etwaige Reste von Sozialkompetenz fördern. Es gab auch Goldfische, zwei Hamster und ein paar Wellensittiche.

„Wieso? Wieso soll ich die Katze wegjagen?“, fragte ich. Schließlich hatte ich auch schon für „Vier Pfoten“ gespendet, wenn auch nur wenig.

„Diese Katze bringt den Tod“, hauchte Tante Frieda angsterfüllt, „Sie ist ein Omen. Die riecht das, wenn es einem dreckig geht.“

„Echt?“, wunderte ich mich

„Ja, sie ist ein Todesengel! Wenn sie in ein Pflegezimmer kommt und dort etwas länger bleibt, stirbt die Bewohnerin! Normalerweise läuft sie nur in den Gängen herum oder sitzt auf den Fenstersimsen im Speisesaal und in den Sozialräumen, meistens neben dem Käfig mit den Wellensittichen. Die Viecher stinken bis in mein Zimmer herein.“

„Wow“, antwortete ich.

„Ja, es hat sich schon oft erwiesen, dass diese verdammte Katze ein Todesengel ist!“, echauffierte sich Tante Frieda.

„Wie oft?“, erkundigte ich mich neugierig.

„Schwester Walpurga führt die Statistik. Rein interessehalber. Die Quote dürfte mittlerweile, soweit ich weiß, bei 91% liegen", wusste meine Tante Frieda zu berichten.

„Und wie schnell stirbt eine Insassin, nachdem die Katze ihr Zimmer betreten hat?", fragte ich nachdenklich.

„Zwei bis drei Stunden. Manchmal hat es aber auch einen halben Tag gedauert."

Die Katze leckte nun auch ihre linke Pfote und machte keinerlei Anstalten, Tante Friedas Einzelzimmer wieder zu verlassen.

Nicht schlecht, dachte ich, vor allem, wenn man bedenkt, dass die Insassin dieses Zimmers meine Erbtante ist.

„Kannst du nicht irgendetwas nach ihr werfen, Tantchen?", schlug ich vor. „Damit lässt sich das Tier sicherlich auch vertreiben."

„Meine Schultergelenke funktionieren schon seit der Wiederwahl Obamas nicht mehr. Oder seit der Liquidierung Osamas, was weiß ich."

„Na ja, ich muss dann leider, Tantchen. Du weißt schon, Termine über Termine."

„Aber du musst doch erst die Katze verscheuchen!", forderte Tante Frieda.

„Nichts für ungut, aber das kannst du von einem Tierfreund wie mir nicht verlangen. Na ja, verlangen schon, aber nicht erwarten", antwortete ich und stand mit federnden Beinen von meinem Besucherstuhl auf.

„Ich möchte nicht mit Katzenhaaren im Mund sterben! Ich enterbe dich!", schrie Tante Frieda.

Letzteres wird sich, dachte ich, wohl rein zeitlich nicht mehr ganz ausgehen.

„Ich wünsche dir alles Gute für die nächste Welt, Tante Frieda. Grüß mir dort nach Möglichkeit alle schön, die mich vor ihrem Hinscheiden gekannt haben. Besonders Frau Professor Salzsäure, meine Chemielehrerin aus dem Gymnasium, die Frau war so ätzend", antwortete ich, während ich das Zimmer ruhigen Schrittes verließ. Um die Katze, die sich nicht von der Stelle gerührt hatte und noch immer ihr Fell pflegte, machte ich einen gehörigen Bogen, um sie nur ja nicht zu verscheuchen.

***

Hoffentlich bricht in diesem Lift jetzt kein Brand aus. Schließlich ist die vermaledeite Katze auch zu mir ins Zimmer gekommen, dachte ich im Aufzug, der mich aus dem dritten Stock des Pflegetraktes in die Eingangshalle bringen sollte. Und ich überlegte, dass ich eigentlich niemals eine Großtante oder Tante namens Frieda gehabt hatte. Und schon gar keine ätzende Chemieprofessorin. Plötzlich begann der Aufzug zu ruckeln, die Lichter an der Decke und an der Anzeigentafel flackerten. Ich hörte einen halblauten Knall und der Lift bremste sich abrupt bis zum Stillstand ein. In der Kabine wurde es schlagartig dunkel. Die verdammte Katze, dachte ich.

„In meiner Zelle ist noch ein Prepaid-Handy versteckt, ein bisschen Gras und die vorvorletzte Ausgabe des *Hustler*. Mag das alles haben, wer will. Ich gehe, wie ich gekommen bin – mit einer Sauerstoff-Unterversorgung. Ich war ein blaues Baby, nun ist Pentobarbital für einen COPD-IV-Patienten wie mich geradezu eine Erlösung. Ich liebe dich, Mama."

Die Stimme kam aus einem Gesicht, das gar kein Gesicht war, sondern nur ein dunkles Loch. Durch einen Spalt in der Lifttür, der vielleicht etwas mehr als einen halben Zentimeter breit war, fiel etwas Licht ins Dunkel der Aufzugskabine. Eine verkrümmte Gestalt im gestreiften Häftlingsdrillich saß mir gegenüber auf einem einfachen Holzsessel. Das alles war plötzlich da. Und auch noch ein Tisch. Ich hatte die Ellbogen auf der Tischplatte und verstand mit einem Mal, dass es meine Aufgabe war, diese Worte niederzuschreiben. Ich bemerkte eine dunkelblaue Uniform mit silbernen Litzen an mir. Vor mir lag ein kariertes Schulheft, mit der rechten Hand führte ich einen gut gespitzten Bleistift.

„Ich werde direkt in den Himmel auffahren! Ich werde Jesus erzählen, wie schlecht ihr alle seid, wie abgrundtief schlecht!“, redete der Häftling ohne Gesicht keuchend weiter.

Wie soll ich das, dachte ich, bloß mitschreiben? Bei der Beleuchtung?

„Ich hätte gerne ein Gedicht, ein wirklich gutes Gedicht geschrieben. Stattdessen bin ich nicht einmal Gynäkologe geworden. Verzeih mir, Mama“, sagte das Häftlingszebra.

Die Bleistiftspitze brach ab. Ich suchte in den Hosentaschen meiner Uniform nach einem Spitzer.

„Meine letzten Worte? Höchstens ein paar nicht zitierfähige Ausdrücke. Selbst wenn ich die singen würde, wären sie noch immer nicht zitierfähig. Also lassen wir es lieber.“

Vor mir saß jetzt Charles Manson. Ich erkannte ihn sofort. Amüsiert, wenn man im Zusammenhang mit seiner Persönlichkeit überhaupt von so etwas wie Amüsement sprechen konnte, sah er mir zu, wie ich weiter vergebens nach einem Spitzer oder einem anderen Schreibgerät suchte.

„Da haben sie ja den Besten geschickt für meine berühmten letzten Worte, den Allerbesten“, sagte Manson und kicherte abscheulich. Es klang wie eine Schweinsblase, in die ein großes Schlachter-Messer gestochen wurde.

***

„Weißt du was, Marek? Manchmal glaube ich, dass alles keinen Sinn hat“, sagte Walter halblaut. „Ich vermisse die Edith immer noch. Eigentlich jeden Tag, was heißt, jede Minute.“

Gegen 18 Uhr war ich in meinem Zimmer aus all den schwarzen Träumen aufgewacht. Von Salma Hayek keine Spur. Ich hatte meine Sporttasche und meine Einkäufe ausgepackt und im einzigen Kasten verstaut. Dann hatte ich mich etwas frisch gemacht und war mangels einer besseren Idee in die Lobby des Gästehauses „Kobe“ hinuntergegangen, die Zimmer der kleinen Pension lagen sämtlich im ersten Stock. Walter hatte einen Doppler Rotwein und ein Glas auf seinem Ikea-Büroschreibtisch stehen und war offenbar heftig am Trinken.

„Wenn du willst, erzähle ich dir eine Geschichte, Walter“, bot ich meinem Vermieter an, weil ich sonst auch keinen Trost wusste.

„Nur wenn du auch mit mir trinkst.“

„Das brauchst du mich nicht zweimal bitten“, antwortete ich und fügte hinzu: „Hättest du vielleicht auch was zum Beißen?“

„Na ja“, antwortete Walter, „weil keine Gäste da sind und ich sowieso einen schwachen Magen habe ... also viel mehr als Pistazien und vielleicht ein Butterbrot kann ich dir im Moment ehrlich gesagt nicht anbieten.“

„Pistazien sind gut zum Wein“, sagte ich rasch.

Walter holte ein zweites Glas und eine kleine, dunkelgrüne Keramikschüssel mit Nüssen aus einem Kastl unter dem Schlüsselbord. Dann setzten wir uns beide an den Schreibtisch. Es war nicht gerade sehr gemütlich in der kleinen Lobby, aber Walter und ich hatten halt nichts Besseres. Wir waren die Gründerväter und die ersten beiden Mitglieder der Liga der Außergewöhnlichen Loser, in die aber außer uns niemand eintreten wollte.

„Wie hast du Edith kennengelernt?“, fragte ich.

„Am hiesigen Bauernbundball. Ich hatte ein Wettsaufen mit einem gewissen Grametzberger laufen. Mir war unendlich schlecht. Da bin ich hinausgegangen, während der Grametzberger weiter wie ein verdammter Pflock an der Bar stehen geblieben ist. Draußen hat mich dann die übliche Luftwatschen erwischt – und umgehauen. Die Edith, die ich bis dahin nur vom Sehen gekannt hab, hat mich aufgesammelt und nach Hause gebracht. Purer Altruismus. Dafür habe ich ihr auf der Heimfahrt auch noch ins Auto gespieben. Einen kräftigen Schwall auf das Armaturenbrett auf der Beifahrerseite.“

Was für süße Erinnerungen, dachte ich.

„Damals habe ich noch bei meinen Eltern gewohnt. Ich bin dann aber bald zu ihr und ihren Eltern gezogen“, fügte Walter hinzu. „So bin ich Pensionswirt geworden. Die Schwiegereltern waren damals schon ziemlich weh beinander. So bin ich in den Betrieb hineingewachsen. Die Edith und ich hatten anfangs große Pläne mit dem Gästehaus. Aber die Banken haben sich beharrlich geweigert, diese Pläne zu finanzieren. Na ja, vielleicht war das letztlich sogar ein Glück ...“

„Was habt ihr getrunken, der Grametzberger und du?“, fragte ich ehrlich interessiert.

„Grappa mit eingelegtem Süßholz.“

„Klingt heavy, echt heavy“, meinte ich.

„War es auch. Nie wieder trinke ich auch nur einen einzigen Schluck von dem verdammten Zeug.“

„Woher ist der Rotwein?“, fragte ich und zeigte auf den Doppler.

„Burgenland."

„Und von wo genau?", fragte ich weiter.

„Es steht nur Burgenland drauf", antwortete Walter.

Ich bin ja auch, dachte ich, ein Banause in vielerlei Hinsicht, aber Walter schlägt mich um Längen.

„Die Pistazien sind aus dem Iran", meinte Walter.

„Von Pistazien verstehe ich nichts."

„Ist mit dem Wein was nicht in Ordnung, Marek?", fragte Walter beinahe ängstlich. „Soll ich eine andere Flasche holen?"

„Nein, überhaupt nicht. Alles bestens, Walter", sagte ich, füllte mein Glas auf und nahm einen ordentlichen Schluck.

***

„Bei unserem Pech haben wir im ersten Cupspiel natürlich Ginzburg zugelost bekommen", erzählte ich und Walter hörte aufmerksam zu, „ausgerechnet Ginzburg. Gegen die haben wir eigentlich noch nie gewonnen. Seit 1921 nicht. So lange gibt es unseren Verein nämlich schon. In Ginzburg dagegen gibt es das Zweigwerk eines großen Verpackungskonzerns, und die buttern Geld in den Fußball, dass es eine Freude ist. Jedenfalls für den FC Ginzburg, nicht für uns. Die können sich teure Legionäre leisten, so dass sie uns seit eh und je an die Wand spielen. Natürlich auch im ersten Cupspiel in diesem Jahr, auch wenn das für uns ein Heimspiel gewesen ist. Bereits nach der ersten Hälfte, in der sie noch dazu Rückenwind gehabt haben, haben sie mühelos 1:0 geführt und es gab keinen Grund, warum die Partie nicht in der Art weitergehen sollte. Keinen Grund, überhaupt keinen Grund – bis Dogan II einen Gizi gekriegt hat. Wir haben es alle sehen können. Das war beim ersten Freistoß der Unsrigen, ungefähr in der 65. Spielminute. Der zweite Dogan, der normalerweise einen halbwegs scharfen, aber sicherlich keinen überragenden Schuss hat, hat sich irgendwie resigniert den Ball für einen Freistoß aus halbrechter Position und circa fünfunddreißig Meter Entfernung zum Ginzburger Tor aufgelegt. Und dann eben plötzlich der Gizi. Wir haben alle gesehen, wie sich sein Gesicht mit einem Mal krampfartig verzerrt hat. Irgendwie schiach. Wahrscheinlich hat er daran gedacht, dass wir seit 1921 immer nur verloren hatten. Und vielleicht auch daran, was es bedeutet, ein ganzes Fußballerleben bei einem unterklassigen Verein spielen zu müssen. Mit noch immer verzerrtem Gesicht hat er den Ball auf den Rasen gelegt, noch ein wenig an ihm herumgezupft und ist dann langsam, fast schon bedächtig, vier Schritte zurückgegangen und angelaufen. Den Schuss haben gar nicht gesehen. Überhaupt niemand hat den gesehen. Dieser Schuss war wie ein Strich. Der Ginzburger Tormann hat sich noch kein Jota bewegt, als die Wuchtel bereits über ihn hinweggeflogen und im langen Kreuzeck gelandet ist. Ehrlich gesagt war Dogan II selber verblüfft über diesen Schuss und hat die ganz erstaunliche Schussgeschwindigkeit später weitgehend dem Rückenwind zugeschrieben. Keine fünf Minuten später hat er einen Corner von links direkt verwandelt. Das hat eigentlich noch kein Spieler von unserer Kampfmannschaft in einem Bewerbsspiel zusammengebracht, ja noch nicht einmal versucht hat das einer der Unsrigen."

„Ist das eine wahre Geschichte?", fragte Walter.

Das ist doch irrelevant, dachte ich und erzählte einfach weiter: „Zu diesem Zeitpunkt waren die Ginzburger aber immer noch haushoch überlegen – und zwar in allen Belangen. Sowohl was das Spielermaterial betraf, als auch in puncto Taktik, Spielwitz und Disziplin. Die Unsrigen haben sich notgedrungen darauf beschränkt, sich kurz vor dem eigenen Sechszehner einfach hinzustellen und mit Zähnen und Klauen, mit Kratzen, Beißen, Zwicken und Spucken zu verteidigen. Dieses steinzeitliche Konzept hat einen der Ginzburger so sehr geärgert, dass er Dogan I ohne Ballberührung mit einer wirklich grauslichen Blutgrätsche niedergesäbelt und ihm schließlich nach einem kurzen und intensiven Disput, wie er in der zweiten Klasse Traisental bis heute nicht unüblich ist, mit einem Kopfstoß das Nasenbein gebrochen hat. Gelb-Rot natürlich, und Dogan II hat blitzschnell abgespielt, eigentlich hat er nur das Leder mit aller Kraft nach vorne gedroschen, weit über die Mittellinie hinaus bis fast in den gegnerischen Strafraum hinein, wo unser Thailänder, dessen Namen sich selbst die größten Fans unseres Vereines nicht merken können, wohl vor Erschöpfung stehen geblieben war. Nun ist er aber plötzlich wie ein Gratzter mit dem Ball losgerannt, wobei ihm gleich drei Ginzburger Defensivleute auf den Fersen gewesen sind, ihn aber keiner so richtig stoppen konnte, bis er im gegnerischen Strafraum in eine ordentliche Faustwatsche des Tormanns gelaufen ist. Klarer Elfmeter.

Dogan II hat trocken eingenetzt und fünf Minuten später haben wir gewonnen. Das erste Mal seit 1921 gewonnen, und das gegen eine wie immer haushoch überlegene Ginzburger Mannschaft, gegen unseren Angstgegner. Wobei man zugeben muss, das wir uns in unserer Spielklasse fast nur Angstgegnern gegenübersehen."

„Schenk dir noch was ein, Marek", forderte mich Walter auf.

„Ich muss einen halbwegs klaren Kopf behalten, die Geschichte ist noch lange nicht aus, die geht noch weiter."

„Sei mir nicht böse, aber eine Sumo-Geschichte wär mir ehrlich gesagt lieber. Sumo sehe ich mir manchmal im Fernsehen an. Der Fußball ist doch längst durch all das Geld verdorben. Durch die Gier und durch das Wetten. Nur mehr manipulierte Spiele. Allein beim Anblick all der großkotzigen Stadien und der großkotzigen Spieler im Fernsehen könnte einem schlecht werden."

„In meiner Geschichte ist nichts manipuliert", entgegnete ich.

„Ich habe eigentlich nie Fußball gespielt", erklärte Walter und leerte sein halbvolles Weinglas.

„Da hast du zweifellos etwas verpasst", meinte ich. „Die ersten 18, 19 Jahre meines Lebens habe ich nichts anderes getan als zu kicken. Schau dir meine Waden an, richtige Fußballer-Haxen."

***

„Zwei Wochen später dann das zweite Cupspiel gegen eine gefürchtete Holzermannschaft aus dem Mostviertel. Noch dazu ein Auswärtsspiel. Natürlich ist nur der harte Kern des Fanclubs, darunter – eh klar – Mario, in das winzige Dorf in der Nähe von Ardagger gereist. Zwei, drei PKWs, ein paar Kisten Bier und keine Cheerleader, keine Groupies. Unseren Verein findet keine sexy. Dieses zweite Cupspiel zu gewinnen war noch unwahrscheinlicher. Die Mostviertler waren praktisch lauter so Zwei-Meter-Prügel, weißblonde Bauernburschen mit dicken, kräftigen Waden und Beinen und Schultern so breit wie Mähdrescher. Schon rein körperlich haben sie das Spiel klar dominiert, nachdem sie den Unsrigen von Anfang an die Schneid abgekauft haben mit ihren rosigblonden Killerbeinen. Wonka und Frischauf, unser ganzes defensives Mittelfeld, sind in der ersten Hälfte verletzt ausgeschieden, und dass wir in den ersten 45 Minuten kein Tor kassiert haben, ist ein Wunder, nein, eigentlich ein Wunderl: Erwin Wunderl, ursprünglich nur der Keeper der U21, aber jetzt erster Tormann der Kampfmannschaft, nachdem sein Vorgänger, Heinz ‚Koncilia' Wawra, vor zwei Monaten mit einem Mazda-Sportcoupe beim Knoten Steinhäusl mit 220 Sachen von der Autobahn abgekommen war, Friede seinen abgetrennten Tormann-Gliedmaßen. Eigentlich studiert der Erwin Sonder- und Heilpädagogik, aber das macht nichts, denn an diesem Sonntag im Mostviertel hat er alles, einfach alles gehalten."

„Ja, ja, Steinhäusl ...", murmelte Walter und leerte sein Glas.

„Gleich zu Beginn der zweiten Hälfte unser einziger Angriff im ganzen Spiel. Ficklhuber hat von rechts eine Art von Bananenflanke vor den gegnerischen Strafraum geschlenzt, Dogan II hat den Ball irgendwie vor die Brust gekriegt, ihn mit einer geradezu brasilianischen Eleganz genommen, die ihm niemand, schon gar nicht Mario und wir, zugetraut hätte. Mit, zwei, drei Schritten war er schon im Sechzehner der Mostviertler, aber anstatt zu schießen, hat er eine unglaubwürdige, geradezu lächerliche Schwalbe produziert, obwohl ihn in diesem Moment nicht einmal ein Verteidiger attackiert hat. Die hatten sich schon daran gewöhnt, dass wir eh keinen Angriff zustande bringen. Pfiff. Elfmeter. Eine klare Fehlentscheidung, aber natürlich freut man sich trotzdem. Immens. Auch der Mario hat sich immens gefreut und sich gleich an seinem sechsten oder siebenten Bier verschluckt. Die Mostviertler haben vehement protestiert, also genauso immens, wie wir uns gefreut haben. Sie haben getan, als ob sie den Schiedsrichter stante pede erschlagen, auf der Stelle lynchen wollten. In all dem Wirbel, dem Tumult und der Aufregung hat sich Dogan II den Ball gegriffen und ihn umständlich am Elfmeterpunkt zurechtgelegt. Der Schiedsrichter hatte die Attacken der riesigen, aufgebrachten Bauernburschen, das Schubsen und Drängeln, das Reißen am Leiberl, die Knüffe und Püffe, die Stöße und Reiberl irgendwie überlebt und hat gepfiffen. In seinen Augen hatte Dogan wieder den Gizi. Wahrscheinlich hat er sich über den heftig-unsportlichen Protest der Mostviertler geärgert. Er ist angelaufen und schneller geworden. Kurz vor dem Elferpunkt hat er seinen Unterleib und seinen Rücken unverständlicherweise um fast 180 Grad nach links gedreht – und den Ball kräftig mit der linken Ferse getreten! Diesmal hat sich nicht nur der Mario an seinem Bier verschluckt, sondern wir alle, der ganze Fanclub. Dogan hat den gegnerischen Tormann, der so etwas auch noch nicht, in seinem ganzen Leben noch nicht gesehen gehabt hat, am falschen Fuß erwischt. Der alles andere als scharfe Ball ist ins rechte Eck gerollt und hat eineinhalb Meter hinter der Torlinie das weiße Polypropylen-Netz gestreichelt. Von dieser Demütigung, ja Demütigung haben sich die Mostviertler nicht mehr erholt. Die ganze zweite Hälfte nicht mehr. Lustlos haben sie die Partei zu Ende gespielt und gar nicht mehr versucht, auf unser Tor zu ziehen. Das Ergebnis: Vierzig Minuten ödes Gestocher im Mittelfeld, aber Sieg ist schließlich Sieg. Noch dazu in einem Auswärtspiel in einer so exotischen Region voller Drangsale und Gefahren wie dem Mostviertel."

***

„Beim dritten Cupspiel gegen einen bekannten Landesligaklub aus der Südbahnregion sind wir sowieso von vornherein auf verlorenem Posten gestanden, obwohl es ein Heimspiel war. Die hatten zwei Spanier im Sturm, die nach Belieben durch unsere Verteidigung spaziert sind, als ob ihnen eine U10 oder U12 aus lauter Möcherln gegenüber gestanden wäre. Nach fünf Gegentoren schon in der ersten Hälfte, diesmal kein Wunderl, haben wir zu zählen aufgehört und uns nur mehr dem Bier ergeben. In der Pause hat der Mario von unserem örtlichen Arbeitersamariter, einem erfahrenen Rettungssanitäter, mit einer Kreislaufspritze wieder fit gemacht werden müssen. In der 75. Minute und bei einem bereits zweistelligen Torrückstand war Ficklhuber so frustriert, dass er einem der Gäste das Wadenbein gebrochen hat. Ein wirklich hässliches und unnötiges Foul übrigens, auch wenn ich das von einem der Unsrigen sagen muss. Natürlich hat es dafür Gelb-Rot gegeben. Keine fünf Minuten später ist ihm unser Dogan I wegen Nachtretens unter die Dusche gefolgt. Kurz vor Schluss hat dem Ganzen leider Gottes unser Friesenbichler die Krone aufgesetzt, als er den Kapitän der Gäste zuerst mehrmals heftig angespuckt hat und ihn dann auch noch anpinkeln wollte. Der Versuch war übrigens leider erfolgreich. Der mitgereiste Anhang des Landesligaklubs hat getobt und nach Spielende versucht, erst das südliche Ende unseres Klubhauses und dann Friesenbichler anzuzünden. Zum Glück ist unser Schriftführer ein ewiger Jus-Student, der darob einen geharnischten, schriftlichen Protest an den niederösterreichischen Fußballverband losgelassen hat – keine Woche später war das Spiel 3:0 zu unseren Gunsten strafverifiziert und wir waren damit im Cup schon wieder eine Runde weiter. Ich muss zugeben, dass nach dem Eintreffen dieser Nachricht der Fanclub mit Mario mehr als zwei Tage nicht aus dem Delirium herausgekommen ist."

„Hast du irgendetwas gegen das Trinken?", fragte Walter, der bereits einigermaßen illuminiert war und leerte wieder einmal sein Glas in einem Zug. „Jedenfalls habe ich den Eindruck, irgendwie willst du mich vom Trinken abhalten." „Ich hole mir jetzt jedenfalls einen neuen Doppler", fügte er hinzu.

Ich ignorierte ihn und erzählte weiter: „Bei der ersten Cuppartie gegen einen Erstligaklub, gegen den wir daheim angetreten sind, waren wir wie üblich natürlich völlig chancenlos. Jeder hat eigentlich mit unserem Ausscheiden gerechnet ..."

„Und damit willst du mich von den Gedanken an Edith wegbringen?", fragte Walter. „Du bist echt ein Ungefühl!"

„Es gibt einen Trost, das ist der Schluss der Geschichte", meinte ich.

„Es gibt nie einen Trost. Das ganze Leben ist trostlos. Wie sollen dann die Geschichten anders sein?", meinte Walter. „Eine Handball-Geschichte wäre mir lieber gewesen. Ehrlich gesagt sind deine Geschichten fast genauso trostlos wie mein Leben", fügte er hinzu.

„Darauf sollten wir trinken, Walter", antwortete ich.

„Einige Zeit nach dem Tod von Edith habe ich mir beim Bandagisten Windeln besorgen müssen, wie für ganz alte Leute, Windeln für Erwachsene, Gummiwindeln. Die Ränder sind selbstklebend. Man klebt sich das auf die Haut, auf den Bauch und das Kreuzbein, und es ist halbwegs dicht", erklärte Walter plötzlich. Ein Grund mehr zum Trinken, dachte ich.

„Du bist der einzige Freund, den ich habe, Marek. Deshalb sage ich dir das."

„Schon gut, Walter", antwortete ich leise. „Eine Menge Leute sind inkontinent. Das macht nichts."

***

„Manchmal habe ich das Gefühl, ich sei eine Druidin", meinte Salma. Sie trug Jeans, Lederjacke und die roten Schuhe und sah wahnsinnig jung aus. Jedenfalls im Vergleich zu Walter und mir. Nur ihr offenes, helles Gesicht war müde. Kein Wunder bei all den Kalamitäten, die ich ihr beschert hatte.

„Wieso?", fragte ich konsterniert. „Weil du Unmengen von Wein verträgst?"

„Na, du hast es notwendig!", gab Salma zurück.

Ich muss zugeben, dass Walter längst betrunken unter seinem Ikea-Schreibtisch lag, als Salma spät an diesem Abend doch noch im Gästehaus „Kobe" erschienen war. Mein alter, trauriger Schulkamerad hätte sicherlich ein verheerendes Bild abgegeben, aber er hatte sich im Rausch unter dem Möbel so zusammengekauert, dass Salma ihn vorerst gar nicht bemerkte. Sie sah nur mich am Schreibtisch sitzen und genüsslich Rotwein trinken. Sein Glas hatte Walter mit sich in den Orkus genommen. Was weiß ich, was er dort unten damit gemacht hatte. Vielleicht hatte er im Rausch hineingebissen. Jedenfalls hatte er – noch – nicht in das Glas erbrochen, das hätte ich olfaktorisch wahrgenommen. Wir beide, dachte ich, waren eine ganz schöne Versagerpartie, *the odd couple*.

„Ich werde dir ewig dankbar sein ...", versuchte ich eine Einleitung zu einem Hauptteil, der mir inhaltlich noch nicht ganz klar war.

„Mein Taxi wartet draußen. Es ist spät. Ich wollte mich nur von dir verabschieden, Marek", meinte Salma. „Ich habe mit meinem Professor telefoniert. Ich belege jetzt ein anderes Seminar von ihm. Es muss ja nicht immer teilnehmende Beobachtung sein, auch aus der Literatur, aus dem Schrifttum kann man schöne Fälle schöpfen."

„Oh", antwortete ich, „echt?"

„Ja, ich werde über die mediale Berichterstattung im Fall Kniesek schreiben. Eine reine Literaturrecherche."

„Aha."

Klingt uninteressant, dachte ich, eine akademische Nacherzählung von Zeitungsberichten, von dem, was ein paar Zeitungsfritzen damals aus dritter oder vierter Hand erfahren und niedergeschmiert haben. Außerdem sollte man das absolute Böse, und in diese Monster-Kategorie fiel Werner Kniesek zweifellos, nicht den Journalisten überlassen. Eher den Theologen.

„Klingt interessant", sagte ich.

„Ich werde kaum mehr in Harland sein. Eigentlich so gut wie nie mehr."

„Dann können wir uns ja vielleicht darauf einigen, dass das, was vorletzte Nacht passiert ist, irgendwann irrelevant ist?", fragte ich vorsichtig.

„Willst du mir jetzt das Du-Wort entziehen oder was?"

„Nein, ich meine das andere."

„Welches andere?", fragte Salma.

„Na, die Geschichte auf der Couchbank."

„Dass wir dort ein paar Flaschen wirklich guten Weins geleert haben?"

Meine Erinnerung, dachte ich verblüfft, war offenbar gar keine, sondern nur eine schmierige Männer-

Phantasie nach reichlich Alkohol, einer ziemlichen Überdosis Alkohol. Der Taser und der Wein waren meinem armen Hirn nicht gut bekommen.

„Also keine teilnehmende Beobachtung mehr?“

„Nein, aber ich habe noch einen Klienten für dich aufgetrieben. Quasi als Entschädigung für den Ford Granada, den ich vielleicht doch etwas voreilig angezündet habe“, sagte Salma. „Ein pensionierter, verwitweter Orthopäde, der ab November in Mallorca überwintern will und jemanden Vertrauenswürdigen sucht, der in dieser Zeit in seiner Harlander Villa wohnt. Odo Obernusser. Er steht im Telefonbuch und erwartet deinen Anruf in den nächsten Tagen. Gib ihm ein paar Referenzen und du hast den Job. Er hält dich mindestens für Nick Knatterton. Die Bedingungen kannst du aushandeln. Vermutlich kannst du mehr als ein paar Monate Gratis-Wohnen herausschlagen.“

„Wie machst du das bloß?“

„Ich bin einfach kommunikativer als du. Das ist auch nicht schwer. Du bist ungefähr so kommunikativ wie ein Granitblock.“

„Genau so fühle ich mich auch manchmal.“

„Wer ist übrigens der Mann unter dem Tisch? Ein neuer Fall für Marek Miert?“ Salma lächelte.

„Das willst du gar nicht wissen.“

Leicht schwankend stand ich auf und versuchte unbeholfen, meine Lebensretterin zu umarmen.

„Wenn du wieder einmal Lust hast, auf einen Schwerverbrecher zu schießen ...“, scherzte ich.

„Dann rufe ich dich an und wir ziehen in Harland um die Häuser, bis das Schussfeld klar ist.“

Salma entzog sich meiner Umarmung resolut, drehte sich um und war nach ein paar schnellen Schritten aus der Lobby des Gästehauses „Kobe“ und aus meinen Leben verschwunden.

Als der Dieselmotor ihres Taxis nicht mehr zu hören war, ging ich langsam in die Knie. Auf allen Vieren krabbelte ich unter den Schreibtisch und mühte mich ein paar Minuten damit ab, Walter in eine stabile Seitenlage zu bringen. Vielleicht würde er mich dafür hassen, weil er so im Schlaf nicht an Erbrochenem ersticken konnte, aber ich hatte einfach keine Lust, meinen Vermieter und damit mein Versteck zu verlieren.

Als ich wieder unter der Tischplatte hervorkroch, war mir mit einem Mal klar, wo Isidor Novy sein Gold versteckt hatte. Ich werde, dachte ich zufrieden, tief und traumlos schlafen und morgen den Schatz heben.

***

Es war ein Morgen wie aus einem Rosamunde-Pilcher-Roman, als ich mit dem Ford Fiesta langsam, sehr langsam auf dem holprigen Feldweg zwischen der ehemaligen Kaserne und dem Baumarkt in Richtung Hinterholz 1 dahinzuckelte, um den Fall Isidor Novy abzuschließen, ihn endgültig zu lösen. Ein hellblauer Himmel mit weißen Schäfchenwolken wie auf dem Bild eines naiven Kirchenmalers. Ein angenehm warmer Westwind, ein milder Hauch, der die ewige Schwefelwasserstoffwolke über der Stadt Richtung Wienerwald geweht hatte. Mein Bauch, der mit reichlich Milchkaffee und Buttersemmeln gefüllt war. Das erste Mal seit Tagen, ja Wochen fühlte ich mich gut, richtig gut. Wider Erwarten hielt die Federung des Ford Fiesta dem Schotterweg stand. Das Fahrwerk schwankte zwar wie ein Schweinchenpopo auf einem Kettenkarussell, aber es gab keine gerissenen Federn und der Unterboden setzte auch nirgendwo auf.

Isidor Novys Anwesen, das war schon aus der Entfernung nicht zu verkennen, sah reichlich ramponiert aus. Rund um die Hütte und den Schuppen hatte ein Bagger scheinbar willkürlich tiefe Prospektionsgräben gezogen. Eine ganze Reihe von Bäumen und auch sehr viel Unterholz und Gebüsch rund um die beiden einfachen Gebäude waren umgelegt worden, um weitere Grabungen zu ermöglichen. Jede Pflanze, jeder Grashalm schien zertreten. Novys Grundstück glich einer vielbefahrenen Motocross-Bahn, überall nur mehr Gatsch. Ich fuhr so nahe an den Schuppen heran, wie ich nur konnte, bis mich ein Graben stoppte, über den ich nur mit einem Panzer gekommen wäre.

Ich stieg aus. Das Labyrinth der Gräben führte mich, ja zwang mich zuerst zu Novys Hütte und dann hinter diese. Dort war offenbar selbst die Senkgrube hinter dem Plumpsklo freigelegt und durchsucht worden. Auch den Dieselgenerator hatte man zerlegt. Die Einzelteile lagen verstreut überall herum. Ich verzichtete darauf, mir das vermutete Chaos und die Zerstörung in der Wohnhütte anzusehen. Stattdessen stapfte ich, vorbei am Labyrinth der Gräben, weiter zum Schuppen. Die Tür war aufgebrochen worden, meinen nutzlos gewordenen Schlüssel, der noch von Ing. Scheibelreiter stammte, steckte ich gleich wieder ein. Gabloners Mannen hatten sich nicht die Mühe gemacht, den Eingang auch nur notdürftig zu sichern und amtlich zu versiegeln. Der Fisch, dachte ich, beginnt immer am Kopf zu stinken. Ich konnte Leute nicht ausstehen, die ihr Handwerk nicht verstanden. Im Inneren des

Schuppens hatte sich das Chaos vervielfacht, exponentiell vervielfacht. Es sah aus wie nach einem Angriff mit einem halben Dutzend Handgranaten.

***

Die zwei Steyr-Waffenräder ohne Sättel und Lichtmaschinen waren noch da. Ich zückte mein Taschenmesser, das es bei einem Weltspartag vor zig Jahren gratis gegeben hatte, und kratzte am Rahmen eines der beiden Räder herum. Die schwarze Lackierung war dick, sehr dick. Diese Lackierung sah nicht aus, als wäre sie dereinst im Werk aufgebracht worden. Mein Billigsdorfer-Feitl war schon ordentlich schartig, als endlich das Gold unter dem schwarzen Lack zum Vorschein kam. Wie im Fieber stürzte ich mich mit dem Taschenmesser auf das zweite Steyr-Waffenrad. Auch dessen Rahmen, das stand nach einigen Minuten heftiger Kratzarbeit fest, bestand aus purem Gold, aus dem eingeschmolzenen Münzgold, das Novy einst beim Überfall in Wald erbeutet hatte. Feine Arbeit, dachte ich, der alte Einsiedler war ein geschickter Handwerker, ein hochkarätiger Fahrradmechaniker, der sein Metier offenbar meisterlich verstanden hatte.

„He, was machen Sie denn da?“, riss mich eine raue, dialektal gefärbte Stimme aus meiner Euphorie.

Im Eingang des Schuppens konnte ich die Umrisse eines fetten Mannes erkennen.

Ich drehte mich von den überaus wertvollen Fahrrädern weg und ging langsam, aber zielstrebig auf die Stimme zu, wobei ich nur höllisch aufpassen musste, im Halbdunkel nicht über diverse Fahrradteile und sonstige Trümmer zu stolpern.

„Die Frage ist, was machen Sie da? Ich habe jedenfalls einen Schlüssel für diesen Schuppen. Und was haben Sie?“, ging ich in die Offensive.

„Ich habe ein handgeschriebenes Testament, laut dem der verstorbene Herr Isidor Novy, wohnhaft in Hinterholz 1, das komplette Inventar, sämtliche beweglichen Teile seines Werkzeugschuppens der Emmaus-Gemeinschaft Harland vermacht hat. Wie übrigens auch sein gesamtes Anwesen hier“, antwortete der Mann in der Tür ruhig. „Und das ist ja hier wohl Hinterholz 1“, fügte er hinzu.

***

„Aber hängen Sie diese Millionen-Erbschaft nur ja nicht an die große Glocke, meine Herren. Die Herkunft des Goldes ist nämlich nicht hundertprozentig astrein, auch wenn mögliche Ansprüche längst verjährt sein dürften. Trotzdem besteht die Möglichkeit, dass das Gold von einer Behörde abgeschöpft werden könnte“, sagte ich zu Oliver Hardy, einem der beiden Mitarbeiter des Emmaus-Flohmarktes, die mich im Schuppen ertappt hatten. Der andere sah tatsächlich ein wenig aus wie Stan Laurel, war aber überhaupt nicht komisch, sondern schweigsam wie ein Fisch. Beiden sah man irgendwie noch immer an, dass sie Jahre, wenn nicht Jahrzehnte auf der Straße verbracht hatten, bevor sie von Emmaus aufgefangen worden waren.

Ich hatte Isidor Novys Testament zweimal hintereinander aufmerksam durchgelesen. Es ließ an Deutlichkeit nichts zu wünschen übrig, war meines Erachtens ohne Fehl und Tadel. Während ich las, lehnte ich mich an die Karosserie des Emmaus-Lieferwagens, der im Übrigen auch nicht weiter als mein Ford Fiesta gekommen war.

„Das verstehe ich jetzt aber nicht“, meinte Hardy, der in einem Blaumann steckte und vor Aufregung schwitzte wie ein aktiver Geysir.

„Sagen Sie Ihrem Chef einfach, dass er mich in zwei, drei Tagen anrufen soll. Ich werde ihm ein paar Tipps geben, wie er einer Abschöpfung entgeht. Die Degussa hat ja eine Menge Zweigstellen. Außerdem kauft heute schon jeder Juwelier Bruchgold an, wenn nur die Menge nicht zu auffällig groß ist. Schließlich soll Isidor Novys Gold ja Emmaus zugutekommen und nicht dieser kalten Furie von Finanzministerin. Das hat jedenfalls, da bin ich mir sicher, der Erblasser so gewollt. Und danach richte mich“, sagte ich. „Marek Miert. Meine Handynummer steht im hiesigen Telefonbuch.“

***

Ich glaube, dachte ich, dass ich die Garçonnière bei der Hesserkaserne am Schießstattring schon finden könnte. Besser gesagt: finden sollte. Auch wenn Manuel nicht mein Sohn war, vielleicht würde Manuela noch etwas wissen wollen von mir. Nach all den Schlachten hatte ich plötzlich Sehnsucht nach so etwas wie Familie. Von wegen Krieger. Ich hatte schon genug herumgefuchtelt im Kampf mit Riesen, die alles andere als Windmühlen waren. Also quetschte ich mich in den Ford Fiesta und machte mich auf den Weg zum Schießstattring. Ein gutes Gefühl, dachte ich, endlich wieder ein gutes Gefühl.

Manfred Wieninger
Kalte Monde
Ein Marek-Miert-Krimi
240 Seiten, fest gebunden mit Schutzumschlag
€ 19.90
ISBN 978-3-85218-514-9

Marek Miert ist wieder da. Und er ist ganz der Alte: grantig und stur, cholerisch und melancholisch, aber das Herz auf dem rechten Fleck. In Harland, der tristesten aller Landeshauptstädte, hat sich auch nicht viel verändert. Noch immer hängt eine Dunstglocke über der Stadt, gehen Politiker mit Hassparolen auf Stimmenfang, verpestet der Mief der Vergangenheit die Gegenwart.
Doch dann passiert ein Mord. Und die Jagd auf den Mörder, der seine Opfer übel zurichtet und ganz Harland in Angst und Schrecken versetzt, beginnt. Oberleutnant Gabloner ist nicht zimperlich, wenn es um Schuldzuweisungen geht, und die Medien greifen die Mär von den blutrünstigen Ausländern dankbar auf. Nur Marek Miert glaubt nicht an die offizielle Version der Kriminalpolizei und mischt sich unverfroren in die Ermittlungen ein.
Es ist die dunkle Seite der österreichischen Mentalität, die uns in den Krimis von Manfred Wieninger entgegentritt. Sein eigenwilliger und grundsympathischer Ermittler Marek Miert taucht in seinem vierten Fall wieder tief in den Sumpf ewiggestriger Gesinnung und liefert einen Befund über den Zustand unserer Gesellschaft, der in seiner Schärfe und in seinem Sprachwitz seinesgleichen sucht.

„staubtrocken und einfach gut"
BRIGITTE, Stephan Bartels

Manfred Wieninger
Rostige Flügel
Ein Marek-Miert-Krimi
228 Seiten, fest gebunden mit Schutzumschlag
€ 19.90
ISBN 978-3-85218-559-0

Manfred Wieninger inszeniert in seinem fünften Marek-Miert-Krimi den ganz normalen Wahnsinn allgegenwärtiger Kriminalität vor der Kulisse einer österreichischen Provinzstadt. Sein sympathischer Privatdetektiv gerät dabei nicht nur einmal beinahe unter die Räder, und nur ein böser Zufall bewahrt ihn davor, seine Prinzipien im Strudel der Ereignisse über Bord zu werfen.
In Harland, der tristesten aller Landeshauptstädte im Osten Österreichs, hat die ukrainische Mafia Fuß gefasst und kontrolliert Drogenszene und Rotlichtmilieu. Oberleutnant Gabloner, der unberechenbare Chef der Harlander Kriminalpolizei, hat der Organisation den Kampf angesagt und schreckt dabei vor unlauteren Methoden nicht zurück. Und dann ist da noch ein Buchhändler, der in privater Mission die Überreste eines Zwangsarbeiterlagers aus der Nazizeit erforscht und damit offenbar schlafende Hunde weckt. Und zwischen allen Fronten: Marek Miert, chronisch erfolgloser Privatdetektiv mit rauer Schale und starkem Hang zu Übergewicht, ein Schrank von einem Mann mit ruppigen Umgangsformen.

„Selbstironie und Witz sind bessere Überlebensmittel als Waffen.“
Der Standard, Ingeborg Sperl

Manfred Wieninger
Prinzessin Rauschkind
Ein Marek-Miert-Krimi
204 Seiten, fest gebunden mit Schutzumschlag
€ 19.90
ISBN 978-3-85218-626-9

Marek Miert, schwergewichtiger Hinterhof-Detektiv aus Harland, ist nicht gerade vom Erfolg verwöhnt. Die trostlosen Jobs, mit denen er sich über Wasser hält, sind nicht gut fürs Renommee. Den verschwundenen Liebhaber eines verzweifelten Mädchens zu suchen, gehört da schon zu den besseren Aufträgen. Doch dann stolpert Miert über eine Leiche, die dem Gesuchten zum Verwechseln ähnlich sieht, und schon sitzt der Diskont-Detektiv mit Hang zu Mozartkugeln, Mannerschnitten und tiefgründigen Rotweinen selbst in der Bredouille. Wenn es aber gilt, einem Mädchen zu helfen, dem übel mitgespielt wurde, kommt Marek Miert in Fahrt und schreckt auch vor kriminellen Mitteln nicht zurück – schon gar nicht, wenn es um den Harlander Rotlichtkaiser und seine Machenschaften geht. Manfred Wieningers Marek-Miert-Krimis verbinden die Tradition amerikanischer Hard-Boiled-Novels mit einem kritischen Blick auf die österreichische Kleinstadt-Provinz – und einer guten Portion Ironie. Sein sympathisch-cholerischer Anti-Held glänzt auch in seinem sechsten Fall mit einer großen Klappe und zupackendem Engagement im Kampf für die Schwachen und Benachteiligten.

„Mit den Krimis von Manfed Wieniger hat die trostlose Bestandsaufnahme menschlicher Unvollkommenheit, die man vorzugsweise aus skandinavischen Krimis kennt, Einzug gehalten in die heimische Literatur.“
Wiener Journal